Für Jürgen Stüber,
viel Spaß & Spannung
beim Lesen.
Ein schönes Weihnachtsfest
& guten Rutsch

2015/11/28

mainbook

Das Buch

Thomas Martini, Ex-Polizist und Privatdetektiv, liebt das Leben und die Frauen. Als eine alte Bekannte von ihm ermordet wird, schaltet er sich in die Ermittlungen der Frankfurter Kripo ein. Die Presse tauft den Täter „Engelmacher von Frankfurt". Weitere Morde geschehen, vom Täter gibt es jedoch keine Spur. Doch dann gerät Martini selbst unter Tatverdacht, da er mit allen Opfern bekannt war. Er taucht unter, wird auf eine harte Probe gestellt und ersinnt einen Plan, um die Polizei aus seinem Nacken zu bekommen und den Mörder zu fassen. Martini setzt alles auf eine Karte und riskiert dabei nicht nur sein eigenes Leben …

Der Autor:

Alexander Schaub, 1969 in Frankfurt am Main geboren. Seit über 20 Jahren in der IT tätig, zurzeit im Bereich 3D-Druck im technischen Support. Verheiratet mit seiner Traumfrau Corinna. „Der Engelmacher von Frankfurt" ist sein Debüt.

ISBN 978-3-944124-82-7

Lektorat: Gerd Fischer
Covergestaltung: Olaf Tischer

Auf der Verlagshomepage finden Sie weitere spannende Bücher:
www.mainbook.de

Alexander Schaub

Der Engelmacher von Frankfurt

Krimi

Für meine Eltern, die besten auf der ganzen Welt. Ihr habt alles mehr als richtig gemacht!

Und für meine Frau, die mir mit ihrer Liebe immer wieder die Kraft gegeben hat, weiterzumachen und nicht aufzugeben.

Prolog

Vor vielen Jahren, irgendwo in Frankfurt

Die Frau blickte den Mann neben sich an. Schwarze Striche überzogen die helle Haut unterhalb ihrer Augen. Tränen bahnten sich den Weg an ihrer Nase entlang. Schminke klebte vom vielen Weinen auf ihren Wangen. Ihre Unterlippe und ihr Kinn zitterten.

Der Mann neben ihr wirkte ruhig. Keine Gemütsregung zeichnete sich in seinem Gesicht ab. Nur in seinen Augen blitzte unverhohlene Angst auf.

Die beiden saßen auf einer Holzbank, im Rücken eine Wand aus Nut- und Federbrettern. Die Verkleidung des Raumes bestand aus Holz. Zu ihrer Linken erstreckte sich eine Küchenzeile mit Propangasherd und einem Kühlschrank. Vor ihnen stand ein Klapptisch aus Kunststoff. An den Wänden hingen Bilder in hellen Plastikrahmen, eine glückliche Familie war zu sehen.

Der Mann rüttelte zum hundertsten Mal an den Fesseln. Kabelbinder schnürten sich um seine Handgelenke, genau wie um die der Frau. Eine Kunststoffschlinge fesselte die beiden aneinander. Von draußen hörten sie Geräusche, es klang wie das Ausschütten einer Flüssigkeit. Benzindämpfe breiteten sich langsam im Raum aus. Die Frau hustete trocken und wimmerte leise.

„Keine Angst!“, versuchte der Mann sie zu beruhigen, „uns passiert schon nichts.“

Die Frau blickte ihn aus geröteten Augen an. „Und was riechst du hier? Und für was sind die Fesseln? Und für was sitzen wir hier?“ Die Worte hätten sarkastisch geklungen, wäre da nicht diese alles verzehrende Panik in ihrer Stimme gewesen.

„Wahrscheinlich will er uns Angst machen.“

„Wenn dem so ist, hat es bei mir gewirkt.“ Sie legte eine kurze Pause ein, bevor sie rief: *„Ich habe Angst! Ja, panische Angst. Mehr Angst als ich kann man gar nicht mehr haben! Ich will hier raus!!!“*

„Ruhig! Bitte! Es wird schon alles gut gehen.“ Seinen Worten fehlte die Überzeugungskraft.

Die Frau sprach nicht weiter, resignierend blickte sie vor sich auf den Boden und seufzte leise. Oder war es ein Gebet? Er konnte es nicht verstehen, denn in diesem Moment begann seine eigene Angst, von ihm Besitz zu ergreifen.

Ein Mann betrat die kleine Hütte. In den Händen hielt er einen Benzinkanister. Er lief durch den Raum und begoss alle Möbelstücke, inklusive der Küche, mit dem Inhalt des Metallbehälters. Seine Augen waren dunkel und spiegelten keine Gefühle wider. Teilnahmslos trat er vor die beiden Personen und schüttete ihnen die ätzend stinkende Flüssigkeit über Kopf und Körper. Die Frau wand sich in einem Weinkrampf hin und her, kein einziges verständliches Wort kam über ihre Lippen.

Der Mann auf der Bank starrte sein Gegenüber an. Die Angst hatte sich mittlerweile in seinen Augen wie ein Dauergast eingenistet. „Können wir nicht noch einmal über alles reden? *Bitte* ...!“, flehte er.

„Nein!“ Der Mann mit dem Kanister verteilte die letzten Reste im Raum und warf das leere Behältnis in die Ecke neben der hölzernen Eingangstür.

Er baute sich vor den beiden zitternden Menschen auf, griff in seine Tasche und zog eine großkalibrige Pistole heraus. Mit einer Handbewegung ließ er das Magazin herausgleiten und überprüfte die Munition. Er nickte. Es waren die richtigen Patronen, die keine Funken verursachen und somit die Benzindämpfe nicht entzünden würden. Er schob das Magazin zurück in den Griff und ohne ein weiteres Wort zu verlieren, setzte er dem Mann den Lauf der Waffe an den Kopf.

Er drückte ab.

Die Kugel löste sich mit einem ohrenbetäubenden Knall und stanzte ein kleines Loch in die Stirn seines Opfers. Am Hinterkopf trat die Kugel aus, Blut und Gehirn spritzten an die dahinterliegende Wand.

Der Tote kippte in Richtung der Frau und eine graurote Masse verteilte sich in ihren Haaren und auf ihrer Bluse. Sie schrie hysterisch.

Der Mann mit der Pistole setzte sein höllisches Werkzeug ein zweites Mal an und drückte ab. Sofort erstarben die Laute der Frau. Auch in ihrer Stirn prangte ein Loch.

Er steckte die Waffe ein, holte eine Packung Streichhölzer aus seiner Hosentasche und rieb den roten Kopf an der Schachtel. Er sah der entstehenden Flamme zu, wie sie an dem Holz entlang leckte. Zwei Sekunden später warf er es auf die leblosen Körper. Im Bruchteil eines Augenblicks entzündete sich der Brandbeschleuniger. Er wich zwei Schritte zurück und beobachtete die Flammen einen Moment.

Dann griff er erneut zur Waffe.

And you need to feel my love inside
And I need to show what I can't hide
It's something that you just can't fight
It feels so good it must be right
There ain't no use in lyin' to myself

You're all that I want
You're all that I need
You're all that I see
You're everything to me
You're all that I feel
You're my dream come true
You're my everything

Kiss - Unmasked
You're all that I want

Kapitel 1

Mittwoch, 28. Juli 2010, 22:00

Er blickte über den Platz vor der Alten Oper. Für die vorgerückte Stunde wälzten sich ungewöhnlich viele Passanten über den Opernplatz, von der Freßgass zur Bockenheimer Landstraße und in die andere Richtung. Die letzten Strahlen der brennenden Sommersonne waren vor wenigen Minuten hinter dem Horizont verschwunden. Wie ein unsichtbarer Nebel hing noch die Hitze des Tages über der Mainmetropole. Diesen Sommer konnte man das Gefühl bekommen, dass die Protuberanzen der Sonne bis auf die Erde hinab schlugen. Das Thermometer fiel auch nachts nicht unter sechsundzwanzig, siebenundzwanzig Grad. Knappe vierzig Grad am Tag waren keine Seltenheit. Ganz Frankfurt stöhnte unter der Hitzewelle.

Die Menschen sind doch alle gleich, dachte er, erst wollen sie es warm und klagen über die Kälte, vor allem im Winter. Und wenn es dann warm ist, wollen sie es kälter haben.

Beschäftigt mit diesen und anderen Überlegungen lief er vom Mövenpick Restaurant zum Ende des Opernplatzes, zur Bockenheimer Anlage. Viele Male schon war er hier entlang geschlendert, um die Gegend auszukundschaften. Immer anders angezogen, denn er war ein Meister der Verkleidung. Selbst seine Mutter hätte ihn in diesem Moment nicht erkannt. Eine Halbglatze zierte seinen Kopf, ein dünner Kranz grauer Haare hing in Strähnen über seine Schläfen. Eine dicke Hornbrille klebte auf einer fettigen überlangen Nase. Wenn er nach unten sah, konnte er vor lauter Bauch nicht einmal seine Fußspitzen sehen. In der Masse der Menschen fiel er nicht mehr auf als all die Banker mit ihren schicken Koffern, Maßanzügen und frisch gestylten Haartrachten. Er war einer unter vielen und das war genau das, was er beabsichtigt hatte. Ein maliziöses Lächeln umspielte seine Lippen. Wenn sie wüssten, wer hier unter ihnen wandelt, würden sie schreiend das Weite suchen. Nein, nicht wirklich, ein paar würden ihn beglückwünschen, ihm danken und seine Hände schütteln, vielleicht sogar auf die Knie fallen? Ja, einen gab es, fiel ihm ein, er würde sofort vor ihm auf den Boden sinken, wenn er es verlangen würde. Die Vorstellung entlockte ihm ein zufriedenes Grinsen.

Seine Augen wanderten zur Alten Oper, die sich links erhob. Tempel der Künste und Musik. Sie war nach ihrer Zerstörung im Zweiten Weltkrieg erst 1981 wiedereröffnet worden. Er verharrte einige Sekunden und kam zu dem Schluss, dass der Wiederaufbau sich gelohnt hatte. Wäre das alte Gebäude nicht saniert worden, hätte er keinen Grund gehabt, allabendlich die Gegend um die Oper auszukundschaften. Vielleicht war sie nur für ihn wiederaufgebaut worden. Der Gedanke gefiel ihm.

Das Leben um den ehrwürdigen Bau pulsierte – aber das interessierte ihn nicht. All die Menschen, die über den Platz eilten oder in einem der vielen Cafés und Restaurants saßen: Beiwerk!

Zugegeben: Jeder große Künstler brauchte das. Sie waren sein Publikum. Wenn erst die Zeitungen von seinen Heldentaten berichten würden ... Er, der unumstrittene Herr über Leben und Tod, Alpha und Omega, Anfang und Ende. Ja, sie würden ihm danken. Sicher. Nichts konnte ihn aufhalten.

Er ging seinen Weg bis zum Ende, öffnete im Schatten der hohen Bäume den Kofferraum seines Wagens, brachte ein paar Kleidungsstücke zum Vorschein und streifte sie über. Er schloss die Kofferraumklappe und mischte sich wieder unters Volk. Einer unter vielen. Unerkannt. Genau das wollte er.

Katja Lürmann beendete ihren Arbeitstag gegen halb zwölf, wie fast jeden Abend. Sie verabschiedete sich von ihrer Kollegin Maria: „Also, bis morgen dann und grüß deinen Mann von mir."

„Klar, mach ich. Pass gut auf dich auf!", antwortete Maria.

„Ich passe immer auf mich auf", erwiderte sie, verschwand eiligen Schrittes durch den Hinterausgang der Oper und trippelte die fünf Stufen hinunter. Aus dem Augenwinkel nahm sie den Mann mit dem Besen und der Uniform des Opernpersonals wahr. Seit wann wurde nachts an den Müllcontainern gefegt? Doch dieser Gedanke beschäftigte sie nur eine Sekunde, dann schob sie ihn beiseite. Der Feierabend sowie zwei freie Tage warteten auf sie. Die Belohnung für die vielen Spätschichten der letzten Wochen.

„Entschuldigung junge Frau?" Der Mann mit dem Besen wandte sich ihr zu. „Können Sie mir sagen, wie spät es ist? Ich glaube, ich habe meinen Feierabend verpasst."

Sie blieb stehen und blickte auf ihre Armbanduhr: „Wir haben genau fünf nach halb zwölf."

Er bewegte sich langsam auf sie zu und lächelte, wobei sie seine Augen, die unter einer tiefsitzenden Schirmmütze verborgen waren, nicht sehen konnte. „Oh, eine halbe Überstunde. Danke für die Auskunft. Ohne Sie würde ich morgen früh noch hier arbeiten."

Sie erwiderte sein Lächeln: „Na dann, schönen Feierabend." Katja schickte sich an, ihren Weg in Richtung S-Bahn fortzusetzen. Die Entfernung zwischen dem vermeintlichen Kollegen und ihr betrug nur noch etwa eine Armeslänge. Der Unbekannte nickte ihr noch einmal zu, zog ein Taschentuch aus seiner Jacke und dann, mit der Geschwindigkeit einer zustoßenden Klapperschlange, war er bei ihr und drückte ihr das Taschentuch auf Mund und Nase. Katja nahm einen Geruch wahr, den sie nicht kannte. Panik ergriff sie, eine Überdosis Adrenalin überflutete sie Sie wollte sich losreißen, aber die Arme des Mannes fixierten sie von hinten wie Stahlklammern. Sie merkte, wie ihr Körper zusammensackte, sich ihr Geist langsam vernebelte und ihr Widerstand erlahmte.

Er fing den erschlafften Körper auf, legte ihn über die Schulter und blickte sich rasch um. Niemand war zu sehen. Dann eilte er zu seinem Auto. Der Kofferraum schwang auf und der bewusstlose Körper glitt hinein. Er knebelte und fesselte sein Opfer, verschloss die Kofferraumluke, setzte sich ans Steuer, startete den Motor und fuhr selbstzufrieden zu seinem zweiten und letzten Ziel des heutigen Abends.

Donnerstag, 29. Juli, 06:00

Die Reifen des silbernen Opel Omega quietschten leise, als sie die Ausfahrt zum Monte Scherbelino nahmen. Sie kamen von der Babenhäuser Landstraße. Andrea Lamprecht saß schweigend neben ihrem Kollegen Stefan Carstens. Beide hingen ihren Gedanken nach. Lamprecht, schon seit etwa sechs Jahren Kriminalhauptkommissarin beim Frankfurter K11, der Mordkommission, dachte an den bevorstehenden Tag, das Leid, die Tränen und die Lügen. Ein paar Stunden zuvor war eine Streife vom 8. Revier zum Monte Scherbelino gerufen worden, weil ein Angestellter des Frankfurter Entsorgungs-Service eine weibliche Leiche entdeckt hatte. Da die Kollegen vor Ort eine natürliche Todesursache ausschließen konnten, hatten sie das K11 verständigt. So waren Lamprecht und Kriminaloberkommissar Carstens gar nicht erst ins Präsidium gefahren, sondern direkt nach Sachsenhausen.

Sie fuhren den sonnenüberfluteten Waldweg entlang, bis Carstens den Opel vor dem ehemaligen Wirtshaus zum Stehen brachte. Der Monte Scherbelino stellte bis vor achtzehn Jahren ein beliebtes Ausflugsziel der Frankfurter dar. Von 1925 bis zu seiner Schließung 1968 diente der Monte, wie er im allgemeinen Sprachgebrauch genannt wurde, als Frankfurts Hauptmülldeponie, unter der auch viele Trümmer aus dem Zweiten Weltkrieg lagen. In den folgenden Jahren wurde er zu einem Erholungsort mit Spiel- und Grillplätzen umgestaltet. 1992 schloss die Stadt den Monte mit der Begründung, es könnten giftige Gase aus dem Erdreich austreten. Ein Sanierungsprogramm zur Entseuchung des Areals wurde gestartet. Seit 2001 lief die letzte Phase der Sanierung. Die FES brachte LKW-weise Asche aus der Müllverbrennungsanlage der Nordweststadt herbei, um den Boden zu stabilisieren und heute lag zusätzlich eine Leiche zur Entsorgung auf dem ehemaligen Müllberg.

Vom Wagen aus sah Lamprecht den Menschenauflauf aus Spurensicherung, Pathologie und uniformierten Kollegen des 8. Reviers, die den Leichenfundort abschirmten. Sie fuhr sich durch das kurze blonde Haar und öffnete die Tür, wo sie von der heißen Morgenluft in Empfang genommen wurde. Sechsundzwanzig Grad waren es bestimmt.

„Dann wollen wir mal." Carstens stand auf der Fahrerseite, den Ellenbogen auf das Autodach gelehnt, und seine blauen Augen blickten die Kommissarin prüfend an. „Alles okay?"

„Ja, klar. Ich will es nur hinter mich bringen."

Carstens nickte, wohl wissend, wie es in seiner Kollegin aussah. „Ich geh schnell zu Reiner und frage, wo wir schon hintreten dürfen." Der Kommissar gesellte sich zu dem Personenpulk und sprach mit Reiner Meister, dem Chef der Spurensicherung.

„Wir können ohne Problem den Tatort besichtigen", sagte Carstens, als er zurückkehrte.

Die Kommissare liefen die verbleibenden zehn Meter. Carstens sah die Leiche als erster und holte tief Luft. Lamprecht war für eine Sekunde wie versteinert. Der Anblick, der sich ihnen bot, war grauenvoll und zugleich auf morbide Weise faszinierend. Carstens griff in seine Jackentasche und zog ein Päckchen Zigaretten heraus. Er zündete sich die erste an diesem Tag an, nahm einen tiefen Zug und ließ den Rauch durch die Nase entweichen.

Die Frau lag nackt auf dem Rücken, die Arme rechtwinklig vom Körper abgespreizt und die Beine geschlossen. Das blonde glatte lange Haar war strahlenförmig um den Kopf drapiert und unter den grazilen Schultern lugten Papierflügel hervor. Beim genauen Betrachten konnte Lamprecht einen feinen Faden sehen, mit dem der Mörder ihren Mund zugenäht hatte. Auf der Stirn und den festen kleinen Brüsten waren unleserliche Worte eingeritzt. Das arme Ding, dachte Lamprecht, nicht sehr alt geworden. Die Kommissarin schätzte sie auf Mitte zwanzig.

Carstens fand als erster seine Sprache wieder: „Ich glaub, ich hab ein Dejà vû."

„Nicht nur du", antwortete Lamprecht. „Sie sieht identisch aus wie die Tote vor zwei Wochen." Dann, mit leichter Verzweiflung in der Stimme: „Ich glaube, das ist der zweite Mord in einer Serie und ich habe so gehofft, dass es keine wird. Hätte es nicht ein verrückter Einzeltäter sein können?!"

„Na ja, offiziell ist er noch kein Serienmörder. Erst ab der dritten Leiche."

„Dann solltet Ihr zwei euch ranhalten." Ein dunkelhaariger Mann mit graumelierten Schläfen legte Lamprecht die Hand auf die Schulter.

„Hallo Joe!", begrüßte die Kommissarin den Gerichtsmediziner.

Johann Berger war Anfang vierzig, mittelgroß mit leichtem Bauchansatz, der ihm sein sympathisch gemütliches Aussehen verlieh. Nach einhelliger Meinung aller Beamten des K11 war Berger der beste Pathologe Frankfurts. Böse Zungen behaupteten, er habe Pianisten-Hände, um in jeden Winkel zwischen den Eingeweiden der Leichen zu kommen.

„Wie ich höre, habt Ihr beiden die gleiche Feststellung getroffen wie ich." Die Kommissare nickten. „Wenn Ihr sie anseht, an was müsst Ihr als erstes denken?"

„Dass ich sie zu Lebzeiten gerne so gesehen hätte", antwortete Carstens wie aus der Pistole geschossen, woraufhin Lamprecht ihn in die Rippen boxte.

„Von dir habe ich nichts anderes erwartet", entgegnete Berger, „aber mal ernsthaft, was seht Ihr vor euch?"

„Sie sieht aus wie ... ein Engel", entfuhr es Lamprecht, die letzten beiden Worte sprach sie leise aus.

„Genau! Unser, nein ... Tschuldigung ... euer Mörder scheint sie in Engel zu verwandeln."

Lamprecht wandte sich dem Pathologen zu: „Du meinst eine Art Ritual?"

„Ganz genau", Berger nickte, „von der Untersuchung von vor zwei Wochen wissen wir, dass er ihr die Zunge abgeschnitten hat. Das gibt eine ziemliche Sauerei kann ich euch sagen. Des Weiteren wissen wir, dass er ihr den Mund zugehalten haben muss, bis sie an ihrem eigenen Blut ertrunken ist." Er blickte in die Runde und wartete auf die Zustimmung seiner Zuhörer. „Ich gehe davon aus, dass es diesmal genauso sein wird, wenn ich sie untersuche. Und dass ich wieder eine Anguis fragilis, eine Baby-Blindschleiche, in ihrem Mund finden werde. Außerdem hat er ihr Gesicht gründlich gereinigt. Dies alles gehört zu seinem Ritual."

„Ein Ritualmörder, verdammte Scheiße!", gab Carstens seine Gedanken preis. „Kannst du entziffern, was er ihr in Stirn und Brust geritzt hat? Die vor zwei Wochen war unbeschriftet", grinste Carstens.

Lamprecht warf ihm einen vernichtenden Blick zu. „Ja, kann ich. Angelus ist in die Stirn und Anguis in die Brust geritzt. Das ist lateinisch für Engel und Schlange. Wisst Ihr, an was mich dieses Engelsbild erinnert? An eine Fotografie von Gottfried Helnwein."

„Helnwein? Könnte der was mit den Morden zu tun haben? Vielleicht sollten wir ihn mal verhören“, schlug Carstens sogleich vor.

Das erste Mal an diesem Morgen, so erschien es Lamprecht, lachte Berger von Herzen. Nur kurz. Es schien, als habe er den ganzen Schlamassel für ein paar Sekunden der Freude vergessen. „Helnwein ist ein Österreichischer Künstler der ... sagen wir mal, sehr schräge Fotos macht. Kennst du die zweite CD von Rammstein, Sehnsucht?“

„Die habe ich zu Hause“, erwiderte Carstens.

„Dann weißt du, was ich meine. Helnwein hat die Bilder für das Cover aufgenommen.“

„Noch mal zurück zu den Worten“, unterbrach Lamprecht die Unterhaltung der beiden Männer, „hat er die eingeritzt, als sie noch gelebt hat?“

„Postmortem, sonst wäre mehr Blut ausgetreten und die Haare wären stark verklebt mit getrocknetem Blut.“

„Und kannst du mir schon einen ungefähren Todeszeitpunkt nennen?“, fragte die Kommissarin.

„Anhand der Lebertemperatur muss sie zwischen dreiundzwanzig und ein Uhr gestorben sein, genauer geht erst später.“

„Klar, hab ich nicht anders erwartet. Wann bekomme ich deinen Bericht?“

„Heute Abend, spätestens morgen früh.“

„In Ordnung, das reicht. Danke, Joe!“ Lamprecht winkte Carstens, sie wollte mit den Kollegen vom 8. Revier sprechen. Als sie sich noch einmal zu Berger umblickte, sah sie ihn in ein Brötchen beißen. Pathologen, dachte die Kommissarin nur, das Einzige, was ich jetzt brauche, ist ein Kaffee, aber bestimmt nichts zu essen.

Die uniformierten Beamten, die als erste vor Ort waren, erwarteten die Kommissare schon. „Guten Morgen, Carstens und Lamprecht vom K11“, stellte die Kommissarin sich und Carstens vor.

„Moin, moin“, antwortete der ältere der beiden Beamten. „Polizeimeister Richter“, er deutete auf seinen Kollegen, „und Polizeiobermeister Hansen.“

„Wer hat die Leiche entdeckt?“, fragte Carstens.

„Ein Herr Werner Schuhmann. Steht da drüben. Ach ja, der Ausweis der Toten. War alles noch da, Papiere, Geld und so weiter.“

Lamprecht nahm den Ausweis in Empfang: „Katja Lürmann“, las sie laut vor. „Den Namen kenne ich, aber ich weiß nicht von wo? Danke Kollegen, den Rest geben Sie bitte Meister, der soll alles unter die Lupe nehmen.“

„Wollen wir jetzt mit Schuhmann reden?“, fragte Carstens.

„Ja, machen wir, bevor wir den Angehörigen die schlechte Nachricht überbringen." Hoffentlich hatte sie keine Kinder, dachte die Kommissarin und schickte ein kleines Stoßgebet zum Himmel.

Werner Schuhmann, LKW-Fahrer der FES, sagte aus, dass das Zufahrtstor aufgebrochen war, als er heute Morgen auf dem Gelände angekommen war. Dann sprudelte es aus ihm heraus: „Isch hab' erst aagenomme, dass da aaner sein Müll billisch entsorsche wollt, aber dann bin isch üwwer die Leisch gestolbert. Isch kann Ihne saache, isch wär fast dod umgefalle. Mir geht's aach gar net gut. Des is mei erst Leisch, die isch geseje hab. Is irschendwie net so schee' aazugugge. So was kenn isch nur aus Büscher oder Filme, wenn Se wisse, was isch maan."

Sie bedankten sich bei Schuhmann und die Kommissarin gab ihm ihre Karte für den Fall, dass ihm noch etwas einfallen sollte. Polizeimeister Richter nahm seine Personalien auf und bestellte Schuhmann für das Protokoll am nächsten Tag auf das 8. Revier.

Lamprecht rieb sich nachdenklich das Kinn. „Ruf bitte Marco oder Carola an! Wir brauchen die Adresse der Familie und ich will alle relevanten Daten über die Tote, von der Geburtsurkunde bis zum letzten Wohnsitz. Außerdem sollen die beiden versuchen, Gemeinsamkeiten zwischen den Opfern zu finden, egal was, selbst wenn es nur die gleiche OB-Marke ist."

Castens griff grinsend zu seinem Handy und wählte die Nummer von Kriminalkommissar Marco Bergmann.

Währenddessen sinnierte Lamprecht: „Lürmann, wo hab ich den Namen nur schon mal gehört?"

29. Juli, 10:30

Das Telefon klingelte erbarmungslos und wollte nicht aufhören. Mein Bewusstsein schüttelte den Schlaf ab und ich fing an, in geregelten Bahnen zu denken. Es klingelte und klingelte. Ich blickte zur Schlafzimmertür. *Holla, die Waldfee*, wessen blonde Mähne lag da neben mir? Die Erinnerung kehrte langsam zurück. Ihr Name war Tina oder so. Es klingelte immer noch. Ich quälte mich hoch und suchte eines meiner Mobilteile. Der Nachteil an den schnurlosen Telefonen war, dass man sie nie fand, wenn man sie suchte, aber in der Küche wurde ich fündig.

„Martini, private Ermittlungen und Personenschutz", nuschelte ich verschlafen in den Hörer.

„Spar dir das, Thomas, hier ist deine Mutter.“ Wenn Sie mich Thomas nannte, und nicht wie üblich Tom, ging es um eine ernste Angelegenheit, das war mir sogar in meinem schlaftrunkenen Zustand klar. „Katja ist ermordet worden.“

Dieser Satz traf mich wie ein Schlag ins Gesicht. Katja, tot!?

„Äh ... wie ... also ...“

„Du musst für mich arbeiten. Besser gesagt für Elfriede.“

„Kennst ja meine Tagessätze“, rutschte es mir raus.

„Mir ist nicht zum Spaßen zumute, Herr Martini Junior. Elfriedes Tochter ist tot. Hast du das verstanden?“

„Ja, klar.“ Die Härchen in meinem Nacken stellten sich auf. Kein gutes Zeichen. Eine Reaktion meines Körpers, auf die ich mich immer verlassen konnte.

„Deine alte Partnerin war vor einer Stunde hier.“

„Andrea Lamprecht? Was wollte sie denn bei dir?“

„Thomas, ich bin nicht zu Hause, ich bin bei Elfriede. Frau Lamprecht hat Elfriede die traurige Nachricht überbracht.“

Elfriede war die beste Freundin meiner Mutter. Nachdem mein Vater Carlo eines Tages nach der Arbeit nicht nach Hause gekommen war, rückten Elfriede und wir näher zusammen, viel näher. Elfriede war Tag und Nacht für uns dagewesen. Vater war mit einer jüngeren Frau ins Ausland durchgebrannt und zahlte keinen Unterhalt, weder für Mutter noch für mich. Harte Zeiten. Doch Elfriede hatte uns geholfen. Mehr als einmal war ich der Babysitter für die kleine Katja und in späteren Jahren passte ich auf sie auf wie ein großer Bruder.

Und jetzt war sie tot.

„Wie ist das passiert? Hat Andrea schon eine Vermutung geäußert, wer es gewesen sein könnte?“ Ich tastete mit der Hand nach der Arbeitsplatte meiner offenen Einbauküche und ließ mich darauf nieder.

„Ich habe nicht selbst mit ihr gesprochen. Als die Kommissarin weg war, hat Elfriede mich angerufen und mir alles erzählt.“

„Okay, ich werde mit Andrea sprechen, dann bekomme ich bestimmt mehr heraus.“

Ich verabschiedete mich von Mutter und versprach, mich bei ihr zu melden, sobald ich etwas Neues wusste.

Eigentlich hätte ich jetzt einen Schnaps vertragen können, doch die Tatsache, dass ich in der Regel fast keinen Alkohol trank, hinderte mich daran, diesem Drang am frühen Morgen nachzugeben. Nachdem ich mehrere Minuten vor mich hingestarrt hatte, glitt ich von der Arbeitsplatte, drehte mich um und blickte aus einem der Dachfenster.

Katja, tot!

Ich sah uns zusammen spielen, im Hof bei Elfriede, auf dem Monte Scherbelino.

Tot!

Je länger ich darüber nachdachte, desto mehr empfand ich es als Ehrensache, Katjas Mörder zu jagen, *quasi* den Killer meiner kleinen Schwester.

Ich nahm den Telefonhörer zur Hand, um die Handynummer von Andrea zu wählen, als sich eine Hand von hinten um meine Taille legte. Für eine Sekunde schreckte ich zusammen, dann erinnerte ich mich an meine nächtliche Eroberung – Tina oder so?

„Hallo schöner Mann, warum sind Sie denn schon aufgestanden?"

Gestern Nacht, ich kam von einer Beschattung und wollte einen Absacker in der Sky Lounge in Niederrad trinken, war sie mir direkt beim Betreten der Bar aufgefallen. Groß, blonde, glatte lange Haare, Mitte zwanzig und außergewöhnlich hübsch. Es dauerte nicht lange und wir kamen ins Gespräch. Ihr Date hatte sie versetzt. Selbst dran schuld, dachte ich mir und ergriff die Gelegenheit beim Schopf oder besser bei der Hand. Eine halbe Stunde später, als die Angestellten das Lokal schließen wollten, waren wir uns einig, die Unterhaltung bei mir zu Hause fortzusetzen. Doch viel hatten wir uns nicht zu sagen. Keine zwei Minuten, nachdem wir die Türschwelle überschritten hatten, waren wir im Schlafzimmer gelandet.

Was sie jetzt von mir wollte, verstand sich von selbst. Doch im Moment stand mir der Sinn nach allem, aber nicht nach einer Wiederholung der letzten Nacht. Nicht dass es nicht gut gewesen wäre, sie wusste was sie wollte, keine Frage. Aber ich wollte jetzt Andrea anrufen und danach meinen Freund Jimmy.

„Magst du nicht noch einmal ins Bett kommen?" Sie blickte an mir herab. „Sieht nicht so aus." Ein laszives Lächeln legte sich um ihren hübschen Mund. „Soll ich dir behilflich sein?"

„Ich habe gerade eine ziemlich schlechte Nachricht erhalten", entgegnete ich in abgeklärtem Tonfall, etwas ruppiger als beabsichtigt. „Und deshalb wäre ich jetzt gerne allein."

„Der Spruch ist neu!" Sie weitete die Augen. „Wenn du mich loswerden willst, sag es einfach. Aber erzähl mir nicht so'n Scheiß von schlechter Nachricht und so." Von einer Sekunde auf die andere hatte sich das Grinsen, welches die ganze Zeit ihre Lippen umspielte, verflüchtigt und war einem Nemesis gleichen Gesichtsausdruck gewichen. Sie drehte sich um, verließ wutschnaubend die Küche und ging durch den Essbereich in Richtung Schlafzimmer.

Was erwartete sie von einem Fremden, mit dem sie nach einer Stunde ins Bett gegangen war? Liebe? So naiv wirkte sie gar nicht. Sie sollte froh sein, dass sie noch lebte. Im ungünstigsten Fall hätte sie neben Katja in der Pathologie liegen können. Und noch etwas zeigte mir ihre Reaktion: typische Zicke. Sie hatte nicht einmal nachgefragt, welche Nachricht ich erhalten hatte. Sie war sofort von einer Lüge ausgegangen. Geh mit Gott, aber geh!

Fünf Minuten später kam sie angekleidet und wutentbrannt aus dem Schlafzimmer und schlug die Wohnungstür hinter sich zu. Sie hatte kein Wort gesagt, vielleicht besser so.

Ich verschob die Anrufe, die ich tätigen wollte, und ging ins Bad, um mich zu restaurieren. Ich blickte in den Spiegel und der verschlafene Enddreißiger, der mich von dort anblickte, gefiel mir gar nicht. Die schwarze krause Mähne mit den leicht ergrauten Schläfen auf meinem Kopf musste mal gestutzt werden. Der Stoppelbart zeigte auch bereits erste graue Haare, aber meine wasserblauen Augen leuchteten so hell wie immer. Meine Arme und der Rest meines Körpers waren straff wie eh und je. Das Sportstudio zahlte sich aus. Als Privatschnüffler musste man sich fit halten, sonst war man bei der ersten Verfolgungsjagd gleich am Arsch.

Nach meiner Morgentoilette nahm ich erneut das Telefon zur Hand und rief Andrea an.

„Auf diesen Anruf habe ich gewartet", begrüßte sie mich. „Wie geht's dir?"

„Geht so", antwortete ich einsilbig.

„Der Name Lürmann kam mir bekannt vor, ich konnte ihn nur nicht gleich mit dir in Verbindung bringen. Erst als ich der alten Frau Lürmann gegenüber stand, dämmerte es mir. Wir waren einmal mit Katja essen gewesen. Ist es schlimm für dich?"

„Ein bisschen." Ich wollte und konnte mir nichts anmerken lassen. Im Speziellen nicht vor Andrea. Sie sollte nicht das Gefühl bekommen, mir etwas verheimlichen zu müssen, weil ich emotional zu involviert war. Ich benötigte alle Infos, die ich kriegen konnte. In früheren Jahren hatte Andrea mir Einblick in laufende Ermittlungen gewährt. Diesen Vorteil wollte ich wieder nutzen. „Wir hatten wenig Kontakt in letzter Zeit. Aber du hast recht. Ich war noch Bulle, als wir den einen Abend zu dritt essen waren. Blieb eine einmalige Angelegenheit. Aber gehen wir in medias res, was wisst ihr über den Kerl?"

„Immer mit der Tür ins Haus. Du hast dich nicht geändert, Tom. Ich glaube, das hast du von deiner Mutter." Ich konnte ihr Lächeln förmlich hören.

„Warum sollte ich auch? Bisher bin ich mit dieser Methode gut gefahren, also schieß los!"

Sie ließ ein paar Sekunden verstreichen, bevor sie mir einen kurzen Bericht gab. „Und sie war nicht die Erste", beendete sie ihn.

„Was meinst du damit? Habt ihr noch eine ...? Moment mal. Vor ungefähr zwei Wochen stand ein Bericht in der Zeitung, dass am Nidda-Ufer bei Rödelheim eine junge Frauenleiche gefunden wurde. Auf mysteriöse Weise ums Leben gekommen, stand da, aber mehr nicht."

„Richtig, wir haben der Presse die Einzelheiten mit den Flügeln und dem zugenähten Mund verschwiegen. Aber mal was anderes", wechselte sie das Thema. „Was hältst du davon, wenn wir uns heute Abend in unserem alten Stammlokal treffen?"

„In der Roma? Ja, warum nicht?"

„Okay, abgemacht, neunzehndreißig?"

„Geht klar, also bis dann."

Ich drückte die Aus-Taste des Telefons und holte tief Luft. Viel auf einmal. Ich schob den Anruf bei Jimmy auf und bereitete mir ein Frühstück, während ich mir das gerade Erfahrene durch den Kopf gehen ließ.

Nach vier Brötchen und drei Tassen Kaffee fühlte ich mich gesättigt, aber auch etwas träge. Die vergangene Nacht mit dieser Tina und die Nachricht von Katjas Tod waren mir an die Substanz gegangen. Jetzt musste ich der wiederaufkommenden Müdigkeit entgegenwirken. Ich lud das schmutzige Geschirr sowie Wurst, Käse und Marmelade auf mein Tablett und trug es aus dem Wohnbereich in die Küche. Wohnzimmer, Essbereich und Küche. Das war der eine Raum meiner kleinen Zweizimmerwohnung. Nach der Trennung von meiner langjährigen Freundin Sophie war ich hier eingezogen, da keiner von uns beiden die gemeinsame Vierzimmerwohnung hatte halten können.

Ich griff zum Telefon und wählte die Nummer von Jimmy Lang.

Nach dem vierten Klingeln meldete er sich: „Lang."

„Hi Jimmy, hier Tom. Hab ich dich geweckt?"

Ein Gähnen auf der anderen Seite bestätigte meine Vermutung. „Was gibt's denn so Wichtiges, dass du mich mitten in der Nacht aus dem Bett wirfst? By the way, wie viel Uhr ist es eigentlich?"

Ich sah zur Wanduhr: „Kurz vor zwei. Die Nacht ist lange rum."

„Oh, scheiße! Ich hab um halb drei `nen Termin bei meinem Chef, Mist!"

„Oh je, lass uns später telefonieren."

„Egal, ich komme eh zu spät. Ist irgendwas? Du klingst komisch." Nach mehr als zwanzig Jahren, die wir uns jetzt kannten, merkte Jimmy sofort, wenn mir der Schuh drückte.

„Ja, meine Mutter hat mich heute Morgen angerufen und ... Katja ist tot."

Stille. „Katja, deine kleine Schwester? Scheiße! Sie war doch erst sechsundzwanzig, oder?"

„Ja."

„Und wie ist das passiert? Unfall?"

„Nein, sie wurde ermordet."

„Ermordet? Das gibt's doch nicht!"

„Ist aber so."

„Aber wer ... wer ...?"

„Viel weiß ich nicht. Ich treffe mich heute Abend mit Andrea. Danach sollte ich mehr wissen."

„Das plättet mich. Brauchst du jemanden zum Reden?"

„Nein, im Moment nicht, aber danke für dein Angebot."

„Hey, dazu sind Freunde da, oder?"

„Klar. Ich melde mich, wenn ich dich brauche. Im Moment ist alles sehr frisch und ich glaube, dass das bei mir noch nicht hundertprozentig angekommen ist."

„Natürlich, kein Problem. Gibst du mir Bescheid, wenn du mehr weißt?"

„Logo, mach ich. Ich wollte dich eigentlich fragen, ob du ein paar Infos für mich hast. Du als Journalist bist bestimmt über alles informiert. Ihr vermeintlicher Mörder hat wohl vor vierzehn Tagen schon einmal zugeschlagen. Ich glaube, ich habe da was im Frankfurter Kurier gelesen."

„Warte mal." Er dachte ein paar Sekunden nach. „Da war was, aber den Bericht hat mein Kollege Michael Benz recherchiert und geschrieben. Ich kann dir seine Nummer geben."

Ich notierte Benz' Telefonnummer, dann verabschiedeten wir uns. „Was mir einfällt, Tom. Hast du Lust, morgen mit mir und einer Bekannten auf das Mainfest zu gehen, zum Eröffnungsfeuerwerk? Damit du kein Trübsal bläst. Wir könnten über alles quatschen."

Ich versprach, um neunzehn Uhr bei ihm zu sein und legte auf. Auch wenn die Einladung mich etwas überrascht hatte, freute ich mich auf den Abend mit Jimmy.

Ich überlegte ein paar Augenblicke, was Katjas Tod in mir bewirkte. Ich trauerte, aber im Stillen. Der Tod meines besten Freundes Jimmy hätte mich definitiv aus der Bahn geworfen, er war eine der wichtigsten Personen in meinem Leben. Doch die Trauer um Katja erschien mir wie ein Gefühl aus einem anderen Leben, einem Leben, welches ich im Moment nicht führte. Mein Lebenswandel ließ dies einfach nicht zu. Der

Mord an Katja brachte aber meinen detektivischen Spürsinn auf Hochtouren. Ich wollte den Typ fassen, der ihr das angetan hatte, auf jeden Fall. Danach würde genug Zeit bleiben, um nachzudenken und zu trauern.

In diesem Moment wusste ich nicht, wie sehr ich diese Zeit brauchen würde. Was mir bevorstand, war größer, gewaltiger und gefährlicher als alles, was mein Leben bis dahin für mich bereitgehalten hatte. Der Minutenzeiger der viel zitierten imaginären Uhr bewegte sich langsam aber unaufhaltsam Richtung zwölf.

29. Juli, 19:30

Pünktlich um neunzehn Uhr dreißig öffnete ich die Tür der Pizzeria Roma und betrat den kleinen Vorraum. Gäste standen oder saßen am Tresen und warteten auf ihre Pizza oder Pasta zum Mitnehmen. Im hinteren Teil des Raums thronte der Holzofen, der die unerträglich heiße Luft noch um etliche Grad aufheizte. Ich stieg rechterhand die drei Stufen in den Gastraum hinauf.

Sogleich erblickte ich Andrea und zu meiner Überraschung hatte sie sich überhaupt nicht verändert. Ich trat an ihren Tisch und wir umarmten uns freundschaftlich.

„Du siehst gut aus“, sagte sie, nachdem sie mich gemustert hatte.

„Danke, das Kompliment kann ich nur zurückgeben“ erwiderte ich aufrichtig lächelnd. Andrea fiel nicht in mein Beuteschema, trotzdem gehörte sie mit ihren grünen Katzenaugen, dem kurzen blonden Haar und ihren eins siebzig zu den Frauen, die keinerlei Schminke oder dergleichen benötigten.

„Na, zu Ende begutachtet?“, riss sie mich aus meinen Gedanken.

„Ja, sorry. Du hast ein paar dunkle Ringe unter den Augen bekommen.“

„Die kommen vom Schlafmangel, du Stoffel. Sowas sagt man einer Frau nicht.“

„Ich weiß, aber ich konnte schon immer schlecht lügen.“

„Ist mir bekannt“, sie bleckte die Zähne.

Ein Kellner kam, um unsere Bestellungen aufzunehmen. Ich orderte eine Pizza und eine Spezi, Andrea Pasta und ein Radler. „Du nimmst immer noch die gleiche Pizza wie früher“, erinnerte sich Andrea.

„Hat sich bewährt, warum ändern?“, gab ich zurück.

„Das Motto von dir kenn ich, aber ich weiß immer noch nicht, warum du damals den Dienst quittiert hast.“

„Kannst du auch nicht, denn ich habe es dir nie verraten."

„Und jetzt?"

„Jetzt ist es kein Geheimnis mehr. Der Grund warst du. Nicht nur, aber zu einem großen Teil." Nach dieser Eröffnung blickte sie mich mit großen Augen an, aber ich sah auch so etwas wie Bestätigung in ihnen aufblitzen.

„Ich? Warum?"

„Sophie, meine Ex, hat dich zum Grund gemacht."

„Wir hatten doch nie was miteinander?!"

„Sie war eifersüchtig auf dich, weil du den ganzen Tag und so manche Nacht mit mir verbracht hast. Sie dachte, da würde was laufen. Ich habe mir den Mund fusselig geredet, aber sie hat mir einfach nicht geglaubt. Und da sie die Liebe meines Lebens war, wollte ich sie nicht verlieren. Also habe ich den Dienst quittiert und wurde Privatdetektiv. Außerdem war sie der Überzeugung, beim Beschatten von untreuen Ehemännern könnte ich mehr Geld verdienen. Das hätte mir eine Warnung sein sollen. Na ja, vorbei ist vorbei."

„Und eine schlichte Versetzung hätte nicht gereicht?"

„Nein, nicht für Frau Reinke. Sophie wollte einen Strich unter der Sache sehen."

„Blöde Kuh."

Ich musste grinsen: „Da hast du recht, das denke ich mittlerweile auch."

„Die spätere Trennung war hart für dich, stimmt's?"

„Das kann man wohl sagen. Erst wollte sie, dass ich mehr Geld verdiene, damit sie ihren Lebensstandard halten kann, und dann war ich, für ihren Geschmack, zu selten bei ihr. Und als ich auf der Höhe meines Erfolges war, die Leute haben mir förmlich die Tür eingerannt, verließ sie mich unter dem Vorwand, ich wäre mit meiner Arbeit verheiratet. Wahrscheinlich eine Anspielung darauf, dass ich ihr noch keinen Heiratsantrag gemacht hatte. Zum Glück!"

„Man, das wusste ich nicht. Das klingt jetzt pietätlos, aber ohne Katjas Tod wüsste ich das immer noch nicht." Die Erwähnung von Katja versetzte mir einen leichten Stich im Herzen und ich bedauerte, Andrea seit 2006 nicht mehr gesehen zu haben. Anfangs, nach meinem Ausscheiden aus dem Polizeidienst, hatte Andrea mir einige Male geholfen, aber wir unterhielten uns nie so eingehend wie heute Abend. Sophie sorgte damals dafür, dass alles rein beruflich blieb. Jetzt war so vieles passiert, was man an einem Abend nicht aufarbeiten konnte.

„Apropos Katja, wie weit seid ihr mit den Ermittlungen, Spurensuche und so weiter?"

„Na ja, die Einzelheiten zur Leiche brauche ich nicht zu wiederholen." Ich schüttelte den Kopf. „Wie zu erwarten, hat Joe wieder eine kleine Schlange im Mund von Katja gefunden anstelle ..."

„Moment! Schlange im Mund? Das hast du heute Morgen nicht erwähnt. Die abgeschnittene Zunge ja, aber nichts von der Schlange. Und außerdem, Schlangen sind doch eher groß als *mit einem Haps weg*." Sofort hob ich die Hände als Geste der Entschuldigung für meine Ironie in dem Satz. Andrea ignorierte meine verbale Entgleisung.

„Ups, hab ich wohl vergessen zu erwähnen. Bei den Schlangen handelt es sich um Baby-Schlangen. Warte mal, Joe kannte auch die lateinische Bezeichnung ..." Sie überlegte kurz, legte den linken Zeigefinger auf die Lippen. „Ah genau, Anguis fragilis oder einfach Blindschleiche. Die Jungtiere sind nur ungefähr acht Zentimeter groß, wenn sie geboren werden. Von daher war es kein Problem, sie in den Mündern zu platzieren. Ansonsten haben wir leider noch keine Spuren. Reiner hat keine Fremd-DNA, Fingerabdrücke, Haare oder dergleichen gefunden. Null Komma nichts." In diesem Moment wurde unser Essen serviert und wir ließen es uns schmecken, trotz des unerfreulichen Themas.

„Hat er sie vergewaltigt?", griff ich das Thema wieder auf. Dabei biss ich in ein Stück Pizza.

„Nein, weder vor noch nachdem er sie ermordet hat."

„Das heißt, Ihr jagt einen Serienmörder, vom dem Ihr außer seiner Tötungsmethode nichts wisst?"

„So wie es aussieht ja. Aber wir kennen sein Beuteschema, was mich an eine bestimmte Person erinnert."

„Wie meinst du das?"

„Sophie. Beide Opfer sind der gleiche Typ Frau. Stehst du immer noch auf Frauen, die deiner Ex ähneln?" Sie blickte mich forschend an.

„Was soll die Frage? Ja, klar. Junge, blonde, langhaarige Mädels. Ich will mich aber nicht mehr binden. Ich habe nur noch One-Night-Stands."

„Dann passt du ins Täterprofil."

„Wie bitte!?" Für eine Sekunde verzog Andrea keine Miene, um dann laut zu lachen. Da merkte ich, dass sie mich verschaukelt hatte. „Mach das nicht noch mal mit mir! Ich hab dir das voll abgenommen."

„Ich kann sehr überzeugend sein", sie blinzelte mir zu und ich konnte nicht so richtig einordnen, was sie damit bezwecken wollte.

„Wie kommst du eigentlich mit deinem neuen Partner klar?", wechselte ich das Thema und überging damit Andreas Verhalten.

„Gut, um nicht zu sagen sehr gut. Stefan ist ein super Bulle, fast so wie du. Er sieht auch besser aus."

Das war die Revanche für die dunklen Augenringe, gut gekontert junge Frau, schoss es mir durch den Kopf. „Wirklich? So gut?“, ich grinste. Der Kellner kam und räumte unsere Teller ab. Die Frage nach einem Nachtisch verneinten wir beide.

„Ja, blond, blaue Augen, eins sechsundachtzig groß, sportlich und er ist fünfunddreißig. Aber nicht mein Typ. Er hat ständig andere Frauen ... nee, das sind noch keine Frauen. Mädchen würde ich sagen. Und immer nach drei Monaten ist große Trennung angesagt. Ich denke, er rennt weg, wenn es ernst wird.“

„Freut mich für dich, dass Ihr gut auskommt. Aber noch mal zum Fall, habt Ihr Verbindungen zwischen den Opfern gefunden?“

„Nur das Aussehen, mehr noch nicht. Wir stehen erst am Anfang der Ermittlungen. Fragst du nur aus Neugier oder steckt mehr dahinter?“

„Natürlich steckt mehr dahinter. Ich werde ermitteln, auf jeden Fall. Katja war wie eine Schwester für mich. Okay, wir hatten kaum noch Kontakt, aber irgendwie fühle ich mich verpflichtet.“ Nach dem letzten Schluck aus meinem Glas setzte ich hinzu: „Und wie du dir denken kannst, sitzt mir meine Mutter im Nacken. Die will das mehr als alles andere.“

„Ich kann dich gut verstehen“, sagte sie mit ernstem Gesichtsausdruck, „du darfst uns aber nicht in die Quere kommen. Köster fände das nicht so toll, einen Privat-Schnüffler mit im Boot zu haben.“

„Köster ist noch Chef?“

„Klar, ist doch erst sechzig.“

„Gut, ich verspreche, euch nicht ins Handwerk zu pfuschen“, dabei hob ich die linke Hand wie zu einem Schwur.

„Das reicht.“ Sie lachte und verschluckte sich fast an ihrem Radler.

Wir unterhielten uns noch eine halbe Stunde, zahlten und verließen das Lokal. Zum Schluss gab Andrea mir mit auf den Weg: „Zu niemandem ein Wort. Sollte irgendetwas an die Öffentlichkeit durchsickern, komme ich in Teufelsküche.“

„Ja, klar. Ehrensache.“ Wir trennten uns und gingen zu unseren Autos.

29. Juli, 23:20

Mit meinem alten C Ascona fuhr ich nach Hause. Ich dachte über den vergangenen Tag nach und die Neuigkeiten, die ich erfahren hatte. Dabei hörte ich, wie immer wenn ich nachdenken musste, RHP – das Rödelheim Hartreim-Projekt. Eine Musik, die mich runterzog oder das Gegenteil bewirkte. Musik spielte eine wichtige Rolle für mich. Ich beeinflusste meine Stimmung damit oder konnte besser nachdenken. Letzteres war im Moment der Fall. Damals, kurz nach der Trennung von Sophie, hörte ich die ganze Zeit RHP. Vor allem das Lied „Keine ist". Jeder, der schon einmal von einer Frau, die er geliebt hat, verlassen wurde, wird dieses Gefühl nachvollziehen können. Der Text von „Keine ist" verstärkt das Empfinden, etwas verloren zu haben, wofür es keinen Ersatz gibt – niemals wieder. Im Moment erklang es wieder. *„Ich vermisse eine Nähe und sehe es ein, da ist ein Riss in meiner Seele, und stehe allein vor dem Sein, dem Nichtsein, der Pein in meinem Keim, ein Herz, das liebte rein, wird zu Stein, nur zum Schein....."* Als ich in meiner Wohnung ankam, bootete ich meinen PC. Ich wollte im Internet über Serienmörder recherchieren. Ich hatte nie einen Serienmörder gejagt während meiner Tätigkeit für das Land Hessen. Ich war nie gezwungen, mich in die Denkweise eines solchen Absonderlings hineinzuversetzen. Ich kochte mir einen Kaffee und pflanzte mich vor den Rechner.

Das Internet entpuppte sich als wahre Fundgrube. Ein alter Bekannter sagte mal: „Es gibt nichts, was man im Internet nicht findet." Diese Bemerkung lag etwa zwanzig Jahre zurück. Sie entsprach längst der Wahrheit. Paul hatte es damals vorausgesehen. Ein kluger Mann.

Ich stieß auf zahllose Pages, die sich mit dem Thema Serienmörder befassten. Was mir sofort auffiel war, dass alle Betreiber auf ihren Homepages darauf hinwiesen, dass ihre Webseite den unzähligen, ungenannten Opfern gewidmet sei und nicht der Verherrlichung der Täter diene. Diesen Aspekt hielt ich für sehr wichtig. Ich erfuhr viel über Serienmörder und die Gründe, die sie zu ihren Taten trieben. Laut einer der Theorien töten Serienmörder mindestens drei Mal oder noch öfter. Unser Killer hatte erst zwei Mal zugeschlagen, doch ich war mir relativ sicher, dass er bestimmt nicht lange warten würde, bevor er erneut zur Tat schritt. Sie begehen ihre Taten an unterschiedlichen Orten zu verschiedenen Zeiten. Das allein würde jeden Fall wie eine Einzeltat aussehen lassen. Aber die Systematik der Morde lässt ein Gesamtbild entstehen – die abgeschnittene Zunge, das gekämmte Haar, die rechtwinklig abgespreizten Arme und die Flügel.

Viele der Täter genossen es, im Rampenlicht der Öffentlichkeit zu stehen. Sie verfolgten die Ermittlungen der Polizei, legten absichtlich falsche Spuren. Einige von ihnen waren sogar an den Tatorten zugegen, um die Ermittler zu beobachten. Diese Art von Serienmörder war in der Regel sehr intelligent. Sie besaßen einen IQ zwischen 125 und 140 oder mehr.

Einige dieser Killer wollten Anerkennung für ihre Taten. Sie gaben der Polizei Hinweise, bis sie gefasst oder getötet wurden, mit dem Hintergrund, dass jeder sehen konnte, wer die Morde begangen hat. Einige von ihnen wollten gefasst werden.

Es gab zwei Arten von Serienmördern: Die sogenannten organisierten Serienmörder gehen immer nach demselben Muster vor. Sie zu fangen ist auch ohne deren Hilfe möglich. Mit so einem schienen wir es zu tun zu haben.

Die anderen sind die unorganisierten Serienmörder. Im Gegensatz zu den organisierten suchen sie sich ihre Opfer willkürlich aus und ohne vorherige Planung. Sie zu fassen oder einen Zusammenhang zwischen den Morden herzustellen scheint fast unmöglich.

Auf einer Seite fand ich eine weitere Theorie. Ein Serienmörder durchlebt sieben Phasen:

Phase 1: Der Täter ersinnt in seiner Fantasie den perfekten Mord. Nach außen wirkt er wie Otto-Normal-Verbraucher, doch in seinem Gehirn wiederholt und durchlebt er den Mord Tausende Male.

Phase 2: Der Mörder beginnt, aktiv zu werden. Er sucht sich den idealen Platz für sein Verbrechen und geht dort immer und immer wieder hin.

Phase 3: Er hat sein Opfer gefunden und muss ihm eine Falle stellen. Dafür nutzt er die Schwächen seines Opfers schamlos aus. Der amerikanische Serienmörder Ted Bundy erweckte mit einem falschen Gips-Arm den Eindruck eines Hilflosen. Etwa 60 Frauen fielen auf diesen Trick herein und halfen ihm, weil er gut aussah.

Phase 4: Der Mörder fühlt sich bestätigt, dass sein Plan funktioniert, weil er sein Opfer gefangen hat. Nun kann er sein Ritual in aller Ruhe vollziehen.

Phase 5: Der Mord. Diese Phase ist die wichtigste für den Täter, aber auch für die Ermittler. Daraus, wie das Opfer getötet wurde und der Täter die Leiche hinterlässt, kann die Polizei Rückschlüsse auf die Fantasien und Emotionen des Mörders ziehen.

Phase 6: Der Mörder gerät in Euphorie, die allerdings nicht lange anhält. Er braucht eine Trophäe oder ein Souvenir, um sich an den Mord zu erinnern. Das können persönliche Dinge sein wie Ohrringe, Halsketten, Kleidungsstücke oder Ähnliches. Manche Täter schneiden ihren Opfern Körperteile ab, um sie aufzubewahren oder um sie zu essen. Im aktuellen Fall die Zungen der Opfer, das erschien mir zumindest naheliegend.

Phase 7: Es geht ihm schlecht. Er versucht, sich an die Tat und das damit verbundene Glücksgefühl zu erinnern. Wieder fühlt er die Lust, wie im Moment des Mordes, und er plant den nächsten Mord. Der Kreis schließt sich.

Zusätzlich fand ich einen beunruhigenden Satz: *Er kann nicht vom Töten lassen. Er existiert nur durch den Tod seiner Opfer und kann nur gestoppt werden, wenn er sich selbst umbringt, getötet oder verhaftet wird.*

Keine rosigen Aussichten, dachte ich, weder für Andrea noch für die restlichen Frauen in Frankfurt, die seinem bevorzugten Typ entsprachen.

Ich lehnte mich in meinem Stuhl zurück, fuhr mir mit beiden Händen durch die Haare und überlegte. Wie konnte ich dem Kerl auf die Schliche kommen? Ich rief mir alles in Erinnerung, was Andrea mir über seine Opfer berichtet hatte. Er verwandelte sie in Engel. Aber was sollte die abgeschnittene Zunge und die Baby-Blindschleiche bedeuten, genauso wie die eingeritzten Worte Engel und Schlange? Für den Täter musste dies irgendeinen verdrehten Sinn ergeben. Nur welchen?

Meine Gedanken drehten sich noch mindestens eine halbe Stunde um Serienmörder im Allgemeinen und das Handeln unseres Täters im Speziellen. Jedoch kam ich zu keiner plausiblen Erklärung. Für mich stand fest, ich wollte seinem Treiben ein Ende setzen, egal warum er die Frauen ermordete.

Freitag, 30. Juli, 10:35

Michael Benz, Journalist, sechsundvierzig Jahre alt, arbeitete beim Frankfurter Kurier oder kurz FK. Vor vierzehn Tagen hatte er über einen seltsamen Mord an einer jungen Frau, die am Rödelheimer Nidda-Ufer gefunden worden war, berichtet. Zur Todesursache gab der Sprecher der Polizei keine näheren Auskünfte. Gestern wurde eine zweite Leiche gefunden, die unter denselben mysteriösen Umständen ums Leben gekommen war. Benz zapfte seine Quelle im Polizeirevier an der Adickesallee an und erfuhr die Einzelheiten, die von der Polizei offiziell nicht verlautbart wurden. Mit diesem Wissen im Hinterkopf entschloss er sich, dem Mörder einen Spitznamen zu geben, egal ob der FK ein seriöses Blatt war oder nicht. Er hielt es für eine sehr gute Idee. Er nannte ihn den Engelmacher und der Artikel war heute als Aufmacher erschienen.

Benz befand sich auf dem Weg in die Redaktion, um nachzusehen, ob sein Chef ihm eine Nachricht hinterlassen hatte. Hermanns war in dieser Beziehung altmodisch. Er legte seinen Angestellten Zettel in ihre Postfächer, anstatt ihnen eine SMS oder Mail zu schreiben. Ein Handy besaß er nicht. „Neumodischer Schnick-Schnack“, pflegte er zu sagen, wenn er auf das Thema angesprochen wurde. Hermanns besaß gute Beziehungen zur Verlagsleitung. Somit konnte er im technischen Mittelalter verharren, mit seinem schnurgebundenen Telefon, und den Fortschritt ignorieren, der für seine Untergebenen selbstverständlich war. Jedoch nur noch ein Jahr, dann würde Hermanns in Rente gehen. Es kursierten bereits Gerüchte, die besagten, dass der blonde, 1,72 Meter große Benz sein Nachfolger werden sollte.

Als Benz das Verlagsgebäude betreten wollte, traf er vor der Tür Jimmy Lang. „Hi, was machst du hier?“ Er hob die Hand, um seinem Kollegen die Antworten abzunehmen. „Du warst an deinem Postfach?“

„Woher weißt du das? Ich bewundere dich immer für deine hellseherischen Fähigkeiten.“ Lang grinste, wobei seine blendend weißen Zähne zum Vorschein kamen.

„Mal im Ernst. Was machst du hier?“

„Zum einen habe ich wirklich in mein Fach gesehen und etwas gefunden. Ich soll über das Mainfest einen Artikel schreiben.“ Er hob das Gesicht zum blauen Himmel. „Das passt gut, ich werde eh heute Abend hingehen. Zum anderen hatte ich gehofft, dich zu treffen.“

„Warum hast du nicht angerufen?“

„Hab ich versucht, dich aber nicht erreicht.“

Benz blickte ihn aufmerksam an: „Nun hast du mich gefunden, was gibt's?“

„Mein Freund Tom ...“, er stockte kurz. „Du hast doch die zwei Berichte über ... wie hast du ihn getauft...?“

„...Engelmacher?“

„Genau den! Vorhin habe ich es gelesen. Also mein Freud Tom würde gerne ...“

Benz hob erneut die Hand. „Spar dir deine Erklärungen! Er hat mich heute Morgen bereits angerufen und ausgefragt. Ist alles schon geklärt.“

„Oh? Na, umso besser!“

„Sag mal, kann es sein, dass dein alter Freund mal Bulle war?“

„Ja, warum?“

„Er hat die gleichen Fragen gestellt wie ein Polizist.“

„Ja, ja, diese schlechte Angewohnheit hat er nie abgelegt. Okay, ich geh dann mal. Wir sehen uns nächste Woche.“

Sie reichten sich die Hand und verschwanden in verschiedene Richtungen, Benz in das Gebäude, Lang zu seinem Wagen.

30. Juli, zur gleichen Zeit

Er trommelte auf dem Lenkrad eine Melodie, die er seit heute Morgen nicht aus dem Kopf bekam. Auf der anderen Straßenseite standen die beiden Männer und unterhielten sich. Keiner von ihnen schien zu ahnen, dass er sie beobachtete. Der Farbige sah kurz gen Himmel, dann sprach er weiter mit dem Anderen.

Den einen beobachtete er bereits geraume Zeit und ein Grund dafür lag, mehr oder minder, auf dem Beifahrersitz, die aktuelle Ausgabe des Frankfurter Kuriers. Zum sechsten Mal las er den Artikel mit der Überschrift *Der Engelmacher von Frankfurt schlägt zum zweiten Mal zu.* Kopfschüttelnd blickte er wieder zu den beiden Männern hinüber. Dann angelte er sein Notizbuch, welches unter der Zeitung lag, krakelte ein paar Gedanken, die ihm gerade gekommen waren, hinein und klappte es wieder zu.

Ein paar Minuten später verabschiedeten sich die Männer voneinander. Alles war in bester Ordnung. Seine Neugier befriedigt.

Freitag, 30. Juli, 10:49

Benz trat im dritten Stock aus dem Aufzug und steuerte schnurstracks auf sein Postfach zu. Alle Postfächer standen zusammen im Eingangsbereich des Großraumbüros, welches sich über vierzig Journalisten und Redakteure teilten. Er streckte seine Hand hinein, leer! Nein, ganz hinten lag etwas. Er nahm einen C5-Umschlag heraus und öffnete ihn. Es steckte ein Blatt Papier darin. Er entfaltete den Zettel und las die fünf aufgeklebten Worte. Der Reporter drehte den Zettel. Nichts! Nur die anscheinend aus einer Illustrierten ausgeschnittene Nachricht. Ihm schossen Tausende Gedanken durch den Kopf. Wo kam der Umschlag her? Er blickte sich um, aber keiner seiner Kollegen beobachtete ihn, um vielleicht seine Reaktion zu testen. Erneut nahm er den Umschlag zur Hand und besah sich beide Seiten. Kein Absender, nur sein Name auf der Vorderseite in einer krakeligen Handschrift, die er nicht kannte. Wahrscheinlich hatte der Schreiber sie verstellt. Dann las er den Satz noch einmal. *Pass auf, was du schreibst!*

30. Juli, 16:40

Daniela Birkhus wohnte in einer kleinen Ein-Zimmer-Souterrainwohnung im Östricherweg in Frankfurt Schwanheim. Bedingt durch ihren Beruf war sie selten zu Hause und deshalb reichte ihr der Platz in ihrer Wohnhöhle – wie sie sie liebevoll nannte – vollends aus. Außerdem wurde sie als Krankenschwester nicht gerade fürstlich entlohnt und musste ihren Verhältnissen entsprechend leben.

Der Schichtdienst im Krankenhaus steckte ihr in den Knochen, das merkte sie bereits mit ihren erst neunundzwanzig Jahren. Aber sie liebte ihren Beruf. Viele nette Menschen waren ihr begegnet. Vor allem Männer waren es, die sich gerne während der Nachtschichten mit ihr unterhielten. Der eine oder andere hätte ihr gefallen, aber meistens waren die wirklich netten Kerle vergeben und die Pseudo-Netten wollten nur mit ihr ins Bett. Aber es gab Ausnahmen und mit einer von ihnen würde sie sich heute Abend treffen.

Sie hatte ihn bei einer ihrer unzähligen Nachtschichten kennengelernt, als er wegen eines Leistenbruchs auf ihrer Station lag. Seit dieser Nacht waren sie befreundet. Nur Freunde, nicht mehr.

Sie ging noch schnell ins Bad, um ihre Frisur zum zehnten Mal zu überprüfen. Aber wie bei den vorherigen neun Malen, lagen ihre Haare eins a. Die lange blonde Mähne fiel ihr seidig glänzend über die Schultern. Sie lächelte dem hübschen Gesicht, das sie vom Spiegel aus ansah, entgegen. Alles klar, so konnte sie gehen. Man wusste ja nie, wer einem begegnete. Als sie aus dem Bad trat, blieb sie vor der Garderobe stehen und überlegte, ob sie die Jeans-Jacke mitnehmen sollte. Sie entschied sich dagegen. So kalt würde es nicht werden und wenn doch, war da mindestens ein Mann, der sie wärmen konnte.

Daniela schloss die Wohnungstür hinter sich ab. Sie besaß kein Auto und fuhr deshalb mit der Straßenbahn. Sie lief den Römerweg am Waldrand entlang zur Haltestelle Rheinlandstraße, der Endhaltestelle der Linie 12.

Nach der Hälfte des Weges bemerkte sie einen Mann, der ebenfalls den Römerweg benutzte. Verfolgte er sie? Sie schaute sich nervös um. Er trug einen grauen Anzug, ein weißes Hemd und schwarze Schuhe. Sie schätze ihn auf Ende vierzig. Zu dumm, dass sonst keine Menschenseele zu sehen war.

Daniela ging schneller und nach ein paar Sekunden hatte sie das Gefühl, als würde er sein Tempo ebenfalls erhöhen. Sie legte einen Zahn zu. Und auch diesmal glich ihr Schatten seine Geschwindigkeit an. Jetzt sah sie die Haltestelle. Eine Bahn stand zur Abfahrt bereit. Sie fiel in einen leichten Trab. Der Mann im Anzug tat es ihr gleich. Jetzt wurde er ihr unheimlich. Klar, er wollte wahrscheinlich die Straßenbahn erreichen, aber irgendetwas an ihm jagte ihr einen Schauder über den Rücken.

Es waren noch ein paar Meter, der Fahrer stieg in die Straßenbahn, um sich auf die bevorstehende Fahrt vorzubereiten. Aus fünf Meter Entfernung sah Daniela, wie die Türen geschlossen wurden.

Verzweiflung stieg in ihr auf. Sie wurde schneller, rannte. Ihre Seite schmerzte vom falschen Atmen. Das passierte ihr normalerweise nie. Als sie fast vor der verschlossenen Bahn stand, öffnete der Fahrer die Tür und ließ sie einsteigen. Ihr Verfolger kam zu spät.

Ausgepumpt und mit bohrenden Seitenstichen ließ sie sich auf einen Sitz fallen. Sie starrte nach hinten aus dem Fenster, da stand er und blickte der Bahn nach. Sein Gesicht verzerrte sich, ob vor Anstrengung oder Wut, vermochte sie nicht zu deuten.

An jeder Haltestelle erwartete sie, dass der Mann aus dem Wald einsteigen könnte, obwohl das eigentlich unmöglich war. Der Zug war für ihn abgefahren.

Sie fragte sich, warum sie überhaupt vor ihm geflüchtet war. Wegen ihres Bauchgefühls? Er hatte sie nicht belästigt, nicht einmal angesprochen. Er hatte auch nicht wie ein Triebtäter oder dergleichen ausgesehen. Aber ihr Bauch hatte ihr diese Flucht diktiert. Was war nur mit ihr los? Ein paar Minuten später schalt sie sich eine Närrin und wischte den Gedanken beiseite. Sie wollte den Abend und das bevorstehende Abendessen genießen, nicht mehr.

Als die Straßenbahn an der Triftstraße hielt, stieg Daniela aus. Zehn Minuten später erreichte sie ihr Ziel, die Schwarzwaldstraße. Seine Wohnung befand sich im obersten Stock des Altbaus, direkt unter dem Dach.

Jimmy Lang öffnete die Haustür, um Daniela zu begrüßen. Sie musste grinsen. Seine Kochschürze wies große Flecken auf. „Hallo Kleines, na wie geht‘s dir?“

„Alles klar, Großer. Wieder alles eingesaut?“, sie blickte demonstrativ auf seinen übergroßen Sabberlatz.

„Geht nicht ohne“, er zuckte die Schultern, „aber komm doch rein! Oder wolltest du auf dem Flur essen?“

Sie folgte der Aufforderung und trat an Jimmy vorbei in den kleinen Flur. „Das riecht ja wahnsinnig gut. Chinesisch?“ Sie reckte die Nase in die Höhe.

Er sah sie beleidigt an: „Habe ich für dich schon mal was anderes gekocht? Ich weiß, dass du süß-sauer besonders magst.“

„Cool, Jimmy!“, frohlockte Daniela.

„Übrigens, ein Freund kommt mit auf das Fest. Ist das in Ordnung für dich?“

„Klar. Desto lustiger wird es.“

„Super, ich hatte schon Angst, du hättest was dagegen. Kennst du eigentlich Tom, den Privatdetektiv? Er kommt so gegen neunzehn Uhr her. Dann ziehen wir los.“

„Ihn kenne ich noch nicht. Aber schön, ich freue mich darauf“, sie lächelte ihm zu. „Aber mal was ganz anderes, wie war dein Tag ...?“

30. Juli, 19:00

Ich lief pünktlich bei Jimmy ein. Normalerweise kam ich generell die akademische Viertelstunde zu spät. Doch heute wollte ich mich von meiner besten Seite zeigen. Die Bekannte von Jimmy hatte ich noch nie gesehen, daher war ich gespannt, was mich erwarten würde.

Jimmy öffnete nach dem ersten Klingeln. Wir nahmen uns in die Arme und drückten uns. Ein kleines Ritual seit einigen Jahren. Dann erblickte Jimmy meine linke Hand. „Was hast du denn geschafft?"

Ich hielt meine verbundene Handfläche vor seine Nase. „Du kennst mich, ich kann ziemlich schusselig sein. Ich hab nach dem Abendessen die Spülmaschine eingeräumt, dabei ist ein Glas rausgefallen und eine der Scherben meinte, sie müsse sich in meiner Hand verewigen. Das Ergebnis siehst du hier."

„Oh, Mann! Wann lernst du endlich, deine Hände koordinierter einzusetzen?" Er lachte mich dabei an.

„Tja, ich werde damit leben müssen. Ich glaube, in meinem Alter verwächst sich das nicht mehr."

Jimmy legte mir den Arm um die Schulter und führte mich ins Wohnzimmer. Dort erwartete mich eine riesige Überraschung. Der Besuch entpuppte sich als eine Kopie von Sophie. Na, das konnte ja spaßig werden. Warum hatte Jimmy mir diese Information vorenthalten? Sie bemerkte meinen irritierten Blick, als sie mich unverhohlen musterte.

„Vielleicht sollte ich euch mal vorstellen", durchbrach mein Freund die peinliche Stille. „Tom, das ist Daniela, von der ich dir schon oft erzählt habe. Daniela, das ist Tom, mein bester Freund. Mit ihm würde ich mein letztes Hemd teilen."

„Hallo Tom", sie streckte mir ihre Hand entgegen, „so hatte ich mir dich gar nicht vorgestellt. Du bist Privatdetektiv, oder? Ich dachte, die hätten alle einen Dreitagebart und ständig eine Kippe im Mundwinkel hängen." Sie grinste wie ein kleines Mädchen, wobei ich mir nicht sicher war, ob sie mich an- oder auslachte.

„Tut mir leid, dass ich dein Weltbild zerstören muss. Enttäuscht?"

„Nein, im Gegenteil", fügte sie hinzu.

„Okay, nachdem Ihr euch jetzt beschnuppert habt, wie sieht es aus? Wollen wir los?", fragte Jimmy.

Wir antworteten wie aus einem Mund: „Klar!"

Jimmy zog sich um, griff sein Diktiergerät und steckte es in seinen Rucksack.

Gut gelaunt verließen wir die Wohnung. Daniela lief, rechts und links untergehakt, in unserer Mitte. Sie genoss es offensichtlich, von zwei Männern flankiert durch die Straßen zu marschieren.

An der Triftstraße stiegen wir in die Linie 12 Richtung Innenstadt. Wenig später stiegen wir am Römerberg aus der Straßenbahn. Jimmy wollte zuerst seine Arbeit erledigen. Wir verabredeten, dass wir uns in einer halben Stunde am Eisernen Steg treffen würden. Dann verschwand Jimmy in den Menschenmassen.

Ich blickte den Römerberg hinab und dachte bei mir, dass Klaustrophobie hier völlig fehl am Platz war. Die Besucher des Fests wälzten sich über die Neue Kräme zum Römerberg, dicht an dicht. Ich ging davon aus, dass die Besucherzahl proportional zur Uhrzeit anstieg.

Ich blickte Daniela an. „Was machen wir beiden Hübschen jetzt?"

Sie lächelte mich vielsagend an: „Nach was steht dir denn der Sinn?"

„Das willst du nicht wissen", entgegnete ich.

„Sag schon!", drängte sie mich.

„Ich hab schon wieder Hunger, Currywurst wäre super. Und du?"

Daniela schüttelte energisch den Kopf. „Um Gottes willen, Jimmy hat super gekocht. Lass uns für dich eine Wurstbude suchen!"

Sie fasste mich an der Hand, nicht ohne zu betonen, es sei nur eine Vorsichtsmaßnahme, damit man sich nicht verliere. Dann zog sie mich in das Getümmel. Wir schoben uns den Römerberg hinunter bis zum Mainkai und blieben hier und da an Fahrgeschäften und Spielbuden stehen.

Nach zwanzig Minuten fanden wir einen Platz direkt am Eisernen Steg. Von dort konnten wir das Geschehen gut überblicken. Wir beschlossen, hier auf Jimmy zu warten.

Ich erbot mich, die Getränke und das Essen zu besorgen. Daniela sollte unterdessen unsere Plätze sichern, solange ich auf Einkauftstour war.

„Was möchtest du haben?", fragte ich sie.

„Nur eine Cola Light." Ich nickte und dachte bei mir, typisch Frau. Egal ob das mit dem Light Sinn macht oder nicht, sie bestellen es halt. Und ich merkte, dass ich mit vielen Vorurteilen belastet war. Wobei ich dieses nicht in die Kategorie Todsünde einordnen würde.

Ich kämpfte mich in Richtung Getränkestand durch. Nach ein paar Minuten fragte ich mich, ob ich es schaffen würde, vor Jimmy an unserem Platz zu sein.

Daniela blickte Tom lange nach. Gefiel sie ihm? Mochte er sie? Sie für ihren Teil war völlig begeistert. Schon als er in Jimmys Wohnung durch die Tür getreten war, hatte es bei ihr gefunkt. Was hatte Jimmy erzählt, liiert oder solo? Sie starrte ihm immer noch hinterher. Äußerte sich so die Liebe auf den ersten Blick? Sie seufzte leise vor sich hin. Endlich schaffte sie es, ihre Augen von Toms Hintern zu wenden und den Rest ihrer Umgebung in Augenschein zu nehmen. Sie beobachtete die vielen Menschen, die den Mainkai auf und ab liefen, an vereinzelten Ständen stehen blieben, allein oder Arm in Arm die Straße entlang schlenderten und sich treiben ließen. Trotz der hohen Temperaturen floss der Alkohol in Strömen. Daniela wurde bei diesen Mengen schon vom Zusehen betrunken. Sie ließ ihren Blick weiter durch die Menge schweifen, als ihr der Atem stockte.

Sie starrte auf einen Punkt in der Menschenmenge, auf einen Mann. Diesen Mann erblickte sie heute zum zweiten Mal. Sie schloss die Augen für eine Sekunde, um sicherzugehen, dass diese ihr keinen Streich spielten. Der Mann stand immer noch da. Er löste sich auch nicht in einer Rauchwolke auf. Er war real. Es handelte sich um den Mann aus dem Wald, der ihr heute Abend auf dem Weg zur Straßenbahn gefolgt war.

Sie blickte sich hilfesuchend nach Tom um, sah ihn aber nirgendwo. Nicht am Getränkestand und nicht auf dem Weg zurück zu ihrem Tisch. Wo war er nur? Was sollte sie unternehmen, wenn der Anzugträger zu ihr herüberkam? Der Gedanke steckte noch in einer ihrer Hirnwindungen fest, da bemerkte sie, dass der Mann sie ebenfalls entdeckt hatte. In der nächsten Sekunde bewegte er sich in ihre Richtung.

Was jetzt? Kein Tom, kein Jimmy oder sonst irgendjemand, den sie kannte. Die Distanz zwischen ihnen war auf die Hälfte zusammengeschmolzen, da fasste sie den Entschluss, das Weite zu suchen.

Sie stand auf, drehte sich um und wollte losrennen. Da rempelte sie den ersten umherstehenden Passanten an. Der Inhalt von zwei Getränkebechern ergoss sich auf den Boden.

Endlich hielt ich zwei Becher, Cola Light und Fanta, in Händen. Für eine Currywurst fehlte mir die dritte Hand. Ich lief einen kleinen Schlenker, um zu unserem Tisch zu kommen. Anders ging es einfach nicht, die Schlange und das Gedränge hinter mir in Richtung unseres Sitzplatzes war einfach zu dicht. Ich nahm den kleinen Umweg in Kauf, um nicht mit leeren Bechern bei unserem Platz anzukommen. Doch meine Bemühungen wurden nicht belohnt.

Ich stand bereits hinter Daniela, als diese wie von der Tarantel gestochen aufsprang und mich anrempelte. Ich konnte einen Ausweichschritt machen, doch für die Becher, beziehungsweise deren Inhalt, kam jede Hilfe zu spät.

„Hey, langsam junge Frau, was ist los?“

Sie blickte gehetzt zu mir auf. „Da ... da hinten ... da!", stotterte sie und deutete mit dem ausgestreckten Arm hinter sich. „Da ist er wieder ... sieh doch!"

Ich blickte in die Richtung, aber da waren so viele Menschen, dass ich nicht ausmachen konnte, wen sie mir zeigen wollte. „Welcher Mann? Da sind so viele. Und warum ist er *wieder* da?"

„Da ... da!", brachte sie nur heraus, wandte sich um und suchte hektisch nach der Person, die sie mir zeigen wollte. „Er ist weg. Eben war er noch da."

Ich legte ihr die Hand beruhigend auf die Schulter: „Ganz langsam, Daniela! Lass uns hinsetzen und erzähl mir dann alles in Ruhe!"

Sie zögerte eine Sekunde, während ihre Augen panisch hin und her zuckten. Dann setzte sie sich und erzählte mit bebenden Lippen. „Es war heute Abend. Ich war auf dem Weg zu Jimmy, ich nahm den Römerweg am Waldrand entlang." Sie erzählte mir von dem Mann, der sie verfolgt hatte, die ganze Geschichte, bis sie in der Straßenbahn saß.

Nachdem sie geendet hatte fragte ich: „Und den Typen hast du eben wiedergesehen?" Ich blickte ihr fest in die Augen. „Bist du ganz sicher?"

„Ja, völlig. Eindeutig dieselbe Person."

„Wenn du ihn noch einmal siehst, gib mir sofort Bescheid. Ich versuch mit ihm zu sprechen."

Daniela verzog die Lippen wieder zu einem zaghaften Lächeln. Der Schreck schien nicht so tief zu sitzen, wie ich zuerst dachte. Die Panik war aus ihren Augen gewichen.

Fünf Minuten später stieß Jimmy zu uns. Wir erzählten ihm von Danielas Erlebnis mit dem Unbekannten. Er wirkte besorgt: „Das nächste Mal erzählst du mir gleich, wenn du dich bedroht fühlst. Okay?!"

„Ja klar. Tschuldigung", antwortete sie um Verzeihung bittend.

Ich blickte die beiden an und fragte: „Wie wäre es, wenn wir jetzt zum gemütlichen Teil des Abends übergehen?"

Jimmy zog zum zweiten Mal an diesem Abend los, diesmal um uns Getränke zu besorgen. Bei seiner Statur gab es nur wenige Leute, die ihn überragten oder trauten, sich ihm in den Weg zu stellen. Mein Freund wirkte wie ein Schläger, wenn man ihn nicht kannte. Groß, breit, glatzköpfig, grobschlächtig, aber im Grunde seines Herzens war er ... tja, wie kann ich es am besten umschreiben? Ein Schaf? Nein, er war definitiv nicht dumm, eher das Gegenteil. Er war ein gütiger, liebenswerter Mensch mit einem warmen Herzen. Als er in Rekordzeit mit drei vollen Bechern an unserem Tisch stand, lag ein breites zufriedenes Grinsen auf seinem Gesicht.

Wir saßen eine Weile beisammen, beobachteten Leute, lästerten und quatschten über Gott und die Welt. Daniela erzählte ganz stolz, dass sie sich im Januar zu ihrem Geburtstag eine Reise auf die Malediven geschenkt hatte. „Ich habe das Geld über zwei Jahre zusammen gespart." Ich dachte an meinen letzten Urlaub und mir fiel auf, dass ich seit meiner Trennung von Sophie nicht mehr im Urlaub gewesen war. Das sollte ich dringend nachholen.

Später liefen wir den Mainkai entlang und beratschlagten, was wir unternehmen wollten. Wir beschlossen, nicht auf das Feuerwerk zu warten und gingen ins Chicago Meatpackers, um einen kleinen Snack einzunehmen.

Fünfzehn Minuten später liefen wir in dem im amerikanischen Stil gestalteten Restaurant ein. Dort erhielt man zu jeder Tageszeit etwas zu essen, egal ob Frühstück, Mittag- oder Abendessen. Es gab Hamburger in allen Variationen, allerdings nicht so mickrige Dinger wie bei einschlägig bekannten Burgerketten, sondern richtig große, die nicht in die Hand passen. Ohne Messer und Gabel nicht zu schaffen, außer man stand auf eine große Sauerei beim Essen.

Den Rest des Abends verbrachten wir im Freien an einem kleinen Tisch, direkt an der Untermainanlage. Die Bedienung freute sich, denn wir bestellten fleißig Getränke.

Ich erzählte Daniela wie Jimmy und ich uns kennengelernt hatten. „War irgendwie schräg. Ich hätte nie gedacht, dass er mal ein Freund werden würde." Jimmy nickte zustimmend. „Es war, ich glaube 1989, in einer Disco in Mainz. Und unser Freund da drüben hat das gleiche Mädchen angebaggert wie ich." Jimmy quittierte dies mit einem freundschaftlichen Schubs gegen meinen Oberarm.

„Wahrscheinlich hat sie meine Hautfarbe gestört", warf er ein und spielte auf seine gleichmäßig kaffeebraune Haut an, die er von seinem Vater geerbt hatte. Einem US-Army-Soldaten. „Deswegen hat sie anfänglich nur mit dir geflirtet, bis ... Ich lass dich erzählen."

„Das glaube ich nicht. Ich beneide dich um deine Hautfarbe. Ich wäre froh, nicht so blass auszusehen. Also, auf jeden Fall waren wir an diesem Abend auf dieselbe Beute aus."

„Das klingt, als hättet ihr euch um ein Stück Fleisch gestritten." Daniela rümpfte die Nase.

„So war das nicht gemeint, Beute im metaphorischen Sinn", gab ich zurück, „wo war ich stehengeblieben? Ah ja, wir tigerten also den halben Abend um dasselbe Mädchen herum. Endlich fasste ich mir ein Herz und sprach sie an oder besser, ich versuchte es. Ich wollte gerade losquatschen, da kam ein Typ wie aus dem Nichts und stieß mich auf den

Boden. In der nächsten Sekunde war er über mir und ein Springmesser blitzte vor meiner Nase auf. In dem Moment griff Jimmy ein, entwand ihm das Messer und stellte sich schützend vor mich."

„Ich kann es nicht vertragen, wenn man unbewaffnete Menschen mit einer Waffe bedroht", ergänzte Jimmy.

„Auf einmal kamen noch fünf Kerle auf uns zu. Als die beiden ersten uns erreichten, warfen wir sie zurück gegen ihre Kumpane und suchten das Weite. Zum Glück hatte einer der umstehenden Gäste die Security verständigt. So kamen wir ohne weitere Blessuren davon. Jimmy hatte zu der Zeit kein Auto, also fuhr ich ihn nach Hause. Und irgendwie haben wir uns öfters gesehen und sind Freunde geworden."

Gegen halb eins begaben wir uns auf den Heimweg. Wir mussten gehen, denn die letzte Straßenbahn fuhr um zehn vor eins.

Jimmy stieg in Niederrad aus, Daniela und ich fuhren bis zur Endhaltestelle. Als wir am Zebrastreifen standen, der über die Rheinlandstraße nach Alt-Schwanheim führte, sah Daniela mich fragend an: „Bringst du mich nach Hause?"

„Natürlich", sagte ich. „Nach deinen zwei Erlebnissen heute solltest du nicht alleine unterwegs sein. Machen wir einen kleinen Umweg und ich zeige dir, wo ich wohne?"

„Gerne", entgegnete sie.

Als wir an meinem Haus vorbeiliefen bemerkte Daniela, dass sie schon x-mal hier entlang geradelt sei. „Und jetzt hätte ich sogar einen Grund, anzuhalten", setzte sie hinzu.

„Und wenn du schon anhältst, kannst du auch klingeln", erwiderte ich.

Das brachte mir einen Stoß in die Rippen ein.

Fünfzehn Minuten später, wir schlenderten gemütlich die Straßen entlang, erreichten wir den Östricherweg. Ich verabschiedete mich vor der Haustür von Daniela. „Magst du auf einen Kaffee mit rein kommen?", fragte sie.

„Nein, ich bin müde."

„Schade, wäre bestimmt lustig geworden." Ich konnte mich ihrem Blick nicht entziehen.

„Das nächste Mal", versprach ich.

Sie nickte, erwiderte aber nichts. Ich gab ihr einen Abschiedskuss auf die Wange. Unsere Blicke trafen sich.

„Gute Nacht, träum was Schönes!", sagte ich.

„Du auch!". Dann schloss sie die Haustür hinter sich.

Zu Hause legte ich mich sofort ins Bett. Ich dachte über Daniela nach. War es ein Fehler gewesen ihre Einladung auszuschlagen? Dachte sie jetzt, dass sie mir egal war? Oder schlimmer noch, sah sie es als Affront? Ich warf mich noch etliche Stunden im Bett hin und her, immer mit den Gedanken bei dem vergangenen Abend. Der Schlaf verweigerte sich mir. Als die Vögel anfingen zu singen, um den neuen Tag zu begrüßen, schwand endlich mein Bewusstsein und ich glitt hinüber in das Reich der Träume.

I wasn't going to rob her, or touch her, or rape her.
I was just going to kill her.

David Berkowitz

Kapitel 2

In der Vergangenheit, irgendwo in Frankfurt

Der Nachkriegsbau entstand um 1947. Das Haus entsprach dem Stil der klassischen Wohnblocks, die überall in Frankfurt zu dieser Zeit wie Pilze aus dem Boden sprossen. Es beherbergte sechs Wohnungen, erste bis dritte Etage, und einen Laden im Erdgeschoss. Zwei Jahre nach der Währungsreform, Ende 1950, pachtete ein Metzger die Ladenfläche. Nach diversen Umbauarbeiten eröffnete er im Januar 1951.

Das Geschäft lief gut an. Weniger als zwei Monate nach der Eröffnung konnte sich der Metzger vor Arbeit nicht retten. Alle Kunden waren sich einig, er produzierte die beste Ware im ganzen Stadtteil. Er erhielt Aufträge für Hochzeiten, Geburtstage und große Gesellschaften.

Die Wohnungen mieteten rechtschaffene Bürger, denen nichts entging, was in und um das Haus geschah. Es bildete sich eine Hausgemeinschaft, in der jeder jedem half.

Ende der Siebziger bereitete der alte Metzger sich auf die Rente vor und übergab das Geschäft an seinen Sohn, der bei seinem Vater in die Lehre gegangen war. Doch trotz der exzellenten Ausbildung seines Sohns, lief der Laden schlecht. Die Kunden blieben aus und nach und nach auch die Aufträge. Den guten Ruf, den sich der Vater über Jahre erarbeitet hatte, zerstörte der Sohn innerhalb kurzer Zeit. Zwei Jahre nach der Übergabe des florierenden Familienunternehmens vom Vater an den Sohn, musste dieser Konkurs anmelden.

Mittlerweile brach das Jahr 1981 an. Das Bild des Frankfurter Stadtteils änderte sich drastisch. Die vorhandenen Häuserblöcke wurden in sozialen Wohnraum umgewandelt, die besser Verdienenden zogen aus dem Viertel weg und Mitte der Achtziger sprach man von einem sozialen Brennpunkt. Zwei Wohnungen in dem vierunddreißig Jahre alten Gebäude standen leer, inklusive der alten Metzgerei. Die Wohnungsbaugesellschaft, die dieses und einige der umliegenden Häuser besaßen, fand keine Mieter für ihre leer stehenden Objekte.

Bis Ende der neunziger Jahre wollte niemand die Metzgerei mieten. 2001 wurde der Laden in Wohnraum umgewandelt, um die Chancen zu erhöhen einen Nachmieter zu finden. Trotz all dieser Maßnahmen dauerte es weitere fünf Jahre, bis sich endlich jemand für die ehemaligen Geschäftsräume interessierte.

Das Seltsame an der Geschichte war, dass der eigentliche Mieter nie in Erscheinung trat. Alle Verhandlungen liefen über einen Strohmann und selbst dieser kannte das Gesicht seines Auftraggebers nicht. Er erhielt alle Anweisungen schriftlich. Es war ihm auch egal, für wen er arbeitete, Hauptsache die Kohle stimmte.

Und so kam es, dass die alte Metzgerei Ende 2006 wieder vermietet wurde. Die restlichen Parteien im Haus sahen niemals jemanden in den Laden hinein- oder hinausgehen. Gelegentlich hörte man nachts seltsame Geräusche, doch niemand sah je den neuen Pächter.

In den Wohnungen lebten seit mehr als dreißig Jahren die gleichen Mieter. Keiner besaß mehr die Schnelligkeit, an ein Fenster zu springen, um festzustellen, wer kam oder ging. Keiner kannte den Neuen und er sollte sich auch nie vorstellen.

Samstag, 31. Juli, 4:00

Kellerräume ähnelten oft kleinen Lattenverschlägen, in denen nichts sicher verwahrt oder versteckt werden konnte. Dieser Keller wich vom Standard ab. Er bestand aus gemauerten Wänden und wurde von einer massiven Stahltür verschlossen. Keine Chance für neugierige Blicke. Keine Chance, die sich dahinter verbergenden Geheimnisse zu ergründen.

Eine nackte Glühlampe hing von der Decke. Sie schaukelte wie von Geisterhand bewegt an ihrer Anschlussleitung hin und her. Dabei warf sie diffuse Schatten an die vier nackten Wände des Raums. Die blassen Schemen wirkten wie körperlose Gestalten, die ziellos umherirrten.

In einem alten hohen Ledersessel saß er. Sein Blick unverwandt starr an die ihm gegenüberliegende Mauer geheftet. Die Arme stützte er auf die Lehnen des Sessels. Die Hände hielt er gefaltet vor seiner Brust und die Zeigefinger tippten rhythmisch gegen sein Kinn. Aus den Lautsprechern einer kleinen Stereoanlage erklang ein Lied, sein Lied. Aus dieser Musik erhielt er seine Inspiration.

Er hatte eine Mission: Kein anderer Mann sollte sein Schicksal erleiden. Es war ein tiefsitzender Schmerz und dieser drang wie ein Messer in sein Bewusstsein ein. Es fühlte sich an, als würde die imaginäre Klinge seine Seele Stück für Stück in kleine Scheiben schneiden. Bei jedem Schnitt wollte er schreien, so laut schreien, dass die ganze Welt hören konnte, wie sehr er litt. In dieser Zeit gab es nur eine Medizin, die seinen Schmerz lindern oder zumindest für eine kurze Zeit betäuben konnte ... das Töten!

Er blickte zu dem kleinen Kühlschrank hinüber. Dort lagen sie gut verschlossen. Die Zungen seiner ersten zwei Geschöpfe. Abgetrennt von ihrem Körper waren die Zungen ungefährlich, aber das wusste nur er.

Daneben stand das kleine Terrarium mit den Blindschleichen. Das Symbol für Boshaftigkeit, Verschlagenheit und Sünde. Die Werkzeuge zur Fortsetzung seines Werkes lagen auf dem alten Sideboard neben dem Kühlschrank, auf seinem persönlichen Altar, dem Altar der Befreiung.

Jetzt, in diesem Moment fühlte er sich gut, richtig gut. Seine Medizin, derer er sich gestern Morgen bedient hatte, wirkte. Die Wirkung berauschte ihn. Eine unbeschreibliche Euphorie beherrschte ihn, hatte von ihm Besitz ergriffen. Zum dritten Mal lief der Film, der die Geschehnisse des gestrigen Morgens bewahrte, vor seinem geistigen Auge ab, wie auf einer überdimensionalen Leinwand.

Es hatte ihn erregt, dass sie sich wehrte. Jede ihrer Bewegungen, mit der sie versucht hatte, sich seiner zu entledigen, steigerte sein Hochgefühl. Jedes Aufbäumen ihres Körpers ließ seine Macht größer werden. Als er das Tuch mit dem Chloroform auf ihren Mund und ihre Nase presste und ihre Gegenwehr immer schwächer wurde, übernahm er die völlige Kontrolle über sie und die Situation. Für einen Moment fühlte es sich an, als würde er wie ein Beobachter neben sich und ihr stehen und die Szene überwachen. Ein Gefühl, welches er beim ersten Mal nicht empfunden hatte.

Dann kam der Transport zum Monte. Sie erwachte langsam aus ihrer Bewusstlosigkeit, als er sie aus dem Kofferraum auslud. In weiser Voraussicht hatte er ihr Hände und Beine gefesselt sowie den Mund geknebelt. So gab er ihr keine Möglichkeit, sich seiner zu bemächtigen, indem sie ihre stärkste Waffe – ihre Zunge – einsetzte. Da wurde ihr klar, dass es für sie kein Entrinnen mehr gab. Er hatte es deutlich in ihren Augen gesehen wie in einem Spiegel, no way out.

Er legte sie auf den kühlen, sandigen Boden. Als nächstes nahm er seine Tasche aus dem Kofferraum und trug diese hinter das Gebäude, wo er sein Werk vollenden und seinen Schmerz lindern würde. In ihren Augen stand das nackte Entsetzen. Ihre Augäpfel rollten von rechts nach links, sie suchte fieberhaft nach einem Ausweg. Es gab nur einen, ihn. Er bildete den Ausweg aus ihrem unwürdigen Erdendasein. Leider erkannte sie das nicht. Sie wehrte sich und seine Erregung stieg, sein Schmerz begann zu schwinden. Sie lag auf dem Rücken und wandte sich wie eine Schlange, ihrem Naturell entsprechend. Er setzte sich auf ihre Brust. Die Angst in ihren Augen, diese köstliche, göttliche, heilende Angst, schien sie um den Verstand zu bringen. Er löste den Knebel aus ihrem Mund. Sofort wollte sie ihn einlullen, bezirzen, doch im Moment war er immun. Er öffnete die Tasche und nahm die Klammer heraus, mit der er ihren Kiefer offen halten konnte. Sie weinte. Es beeindruckte ihn nicht. Ein Versuch, erneut seine Macht zu brechen. Aber er durchschaute diesen

Schachzug. Als ihr Mund offen stand, nahm er das Skalpell zur Hand. Erneut durchflutete ihn das Gefühl der Erregung. Sie schrie, was ihn zusätzlich erregte. In die freie Hand nahm er eine Zange, um ihre Zunge zu fixieren. Die Endorphin-Ausschüttung in seinem Gehirn erreichte ihren Höhepunkt. Er setzte das Skalpell an und schnitt ihre Zunge nahe dem Zäpfchen ab. Das zähe Nachgeben ihres Fleisches unter dem Skalpell und die Schmerzensschreie dieser bösen Kreatur erregten ihn so sehr, dass er nur mit viel Mühe einen Jubelschrei unterdrücken konnte, als er die Zunge aus ihrem Mund zog. Er platzierte sie in der mitgebrachten Schatulle. Dann entfernte er die Kieferklammer. Ihre Schreie hatten sich in ein Gurgeln verwandelt, das bei jedem Atemzug einen Schwall Blut aus ihrem Mund beförderte. Er legte seine Hand auf Mund und Nase, um das Blut am Austreten zu hindern und zusammen mit all dem Bösen in ihrem Körper zu bannen.

Sie begann sich zu winden. Todesangst stand in ihren Augen. Die Erkenntnis, dass bald alles vorbei sein würde. Sie war ihrer Kräfte beraubt, wie Samson nachdem Delilah ihm die Haare abgeschnitten hatte. Nach etwa zwei bis drei Minuten erstarb ihre Gegenwehr, der Blick ihrer Augen richtete sich gen Unendlichkeit. Sie war tot. Zur Kennzeichnung für die Ewigkeit nahm er das Skalpell zur Hand und ritzte ihr die Worte *Angelus* in die Stirn und *Anguis* auf die Brust.

All das erlebte er in dieser Nacht wieder und wieder und es erregte ihn jedes Mal aufs Neue. Aus Erfahrung wusste er, dass es nicht so bleiben würde. Seine Aufgabe ging weiter. Er beobachtete schon den nächsten bösen Engel. Der nächste auf dem Weg zu seiner Heilung, und er fragte sich, wie nach dem ersten Mal, würde es je eine Heilung für ihn geben? Konnte er gesund werden? Ein normales Leben führen wie Millionen anderer Menschen auf dieser Erde? Seine Fragen blieben unbeantwortet, so oft er auch darüber nachdachte.

31. Juli, 06:30

Der Wecker klingelte.

„Bernd, aufstehen!“, flüsterte die verschlafene Frauenstimme zärtlich, „Aufstehen, du musst zu deiner Schicht, schläfst du noch?“

„Nein, bin schon wach Liebes!“, erwiderte der ebenso verschlafen klingende Bernd. Er erhob sich trotz der bleiernen Müdigkeit in seinen Gliedern behände aus dem Bett und verschwand im Badezimmer. In der Zwischenzeit bereitete seine Frau ihm ein Frühstück zu. Ein stillschweigendes Abkommen zwischen den beiden. Wenn Bernd Dörig am Wochenende Taxi fahren musste, richtete Marion ihm sein Frühstück inklusive geschmierter Brote für den Rest des Tages. Danach legte sie sich wieder ins Bett.

Heute war Samstag und Bernd musste von acht bis zwanzig Uhr fahren. Wochenendschichten nervten ihn, aber sie brachten gutes Geld.

Er kehrte aus dem Bad zurück. Marion schlief wieder, das hörte er an ihrem ruhigen und gleichmäßigen Atem. Kaffee, Toast und ein Ei standen auf dem Küchentisch. Ein paar geschmierte Brote lagen in einer Tupperdose neben seiner Tasche mit den Papieren.

Die Zeit unter der Dusche war leider viel zu schnell vergangen, zulasten des Frühstücks. Fünfzehn Minuten später griff er seine Brieftasche, das Portemonnaie mit dem Wechselgeld und seine Verpflegung für den Tag. Dann trat er vor die Haustür und schloss sie leise hinter sich, um Marion nicht zu wecken.

Keine fünf Minuten später wurde Marion vom Zuschlagen der Wohnungstür wach. Sie fuhr erschrocken auf. Was war das? Bernd verhielt sich immer leise, wenn er ging. Jetzt stand er vor ihrem Bett, die Schlafzimmerlampe erhellte sein kreidebleiches Gesicht, das dem eines Gespensts glich. „Was ist passiert?"

„Der Wagen ..."

„Was ist mit dem Wagen?"

„... er ist ..."

„Was ist mit dem Wagen, Bernd? Verdammt, sag schon!"

Bernd blickte sie eine weitere quälend lange Sekunde an, dann holte er tief Luft und sagte: „Der Wagen ist weg!"

31. Juli, 10:00

Polizeirevier Frankfurt, K11, Morddezernat.

Alfred Köster, erster Hauptkommissar, hatte seine Kommissare aus dem Wochenende beordert. Versammelt saßen sie jetzt in seinem Büro. Außer Andrea Lamprecht und Stefan Carstens waren noch Carola Mauser und Marco Bergmann anwesend. Mauser und Bergmann übernahmen für gewöhnlich die Recherchearbeiten im Präsidium, während Lamprecht und Carstens die Ermittlungen vor Ort leiteten und koordinierten.

Bergmann betrat als Letzter das Büro, in der Hand ein Tablett mit fünf Kaffeetassen. Jeder der Anwesenden nahm sich dankbar eines der dampfenden Getränke. Dann setzte sich Bergmann auf den letzten freien Platz in dem kleinen Raum.

Kösters Büro war spartanisch eingerichtet. An der Tür klebte ein aktuelles Werbeplakat aus der Serie ‚die Kriminalpolizei rät'. Auf der Fensterbank stand ein Fikus Benjamini, der ziemlich mitgenommen wirkte. Auf dem Schreibtisch stand ein Foto von seiner Frau und den Kindern. In einer Ecke befand sich ein Clipboard mit den Fotos der beiden ermordeten Frauen. An der Wand hinter dem Schreibtisch breitete sich ein Stadtplan von Frankfurt und Umgebung aus. Zwei kleine gelbe Fähnchen steckten darauf. Die Fundorte der beiden Leichen.

Der Hauptkommissar blickte die kleine Schar über den Rand seiner schwarzen Hornbrille hinweg an. Sein Äußeres strahlte eine ruhige aber bestimmende Autorität aus, welche von der dunklen Brille noch verstärkt wurde. Seinen Kopf mit der Halbglatze umrahmte ein heller Haarkranz. Unter der ständig in Falten liegenden Stirn blitzten zwei wache, stechend graue Augen hervor, von denen Lamprecht glaubte, durchdrungen zu werden. Nicht zum ersten Mal fragte sich die Kommissarin, ob Köster Gedanken lesen konnte. Ihr war natürlich bewusst, dass er über keine telepathischen Fähigkeiten verfügte, aber sein Scharfsinn ließ sie manchmal an dieser Überzeugung zweifeln.

„So die Herrschaften", begann er, „was haben wir an Ergebnissen?"

Lamprecht ergriff als Erste das Wort. „Gemessen an der verbrannten Erde, die der Täter hinterlassen hat, nicht viel."

Köster verengte die Augen zu schmalen Schlitzen. „Was soll ich dieser Aussage entnehmen, Frau Lamprecht?"

Lamprecht, die ihren Chef schon einige Jahre kannte, konnte diese Bemerkung einordnen. Dem Alten eilte der Ruf voraus, ein harter Knochen zu sein, aber immer gerecht. Wenn seine Leute über die Stränge schlugen, hielt er ihnen als Erster eine Standpauke. Wenn sie zu Unrecht angegriffen wurden, verteidigte er sie wie eine Löwenmutter ihre Jungen. Letzteres hätte er jedoch nie zugegeben.

„Also", startete die Kommissarin ihren Bericht, „er muss seine Opfer über einen längeren Zeitraum beobachtet haben. Sara Mertens hat er an der Uni aufgelauert. Jeden Dienstagabend traf sie sich zum Lernen mit einigen Kommilitonen. Sie verließ, laut Aussage einer Freundin, das Gebäude gegen 22.30 Uhr, um ihren Bus zu erreichen, der um diese Zeit nur alle zwanzig Minuten fährt. Sie ging immer allein. Die idealen Voraussetzungen, sie genau dort abzufangen. Diese Gewohnheit muss der Mörder gekannt haben. Genauso verhält es sich mit Katja Lürmann. Sie fuhr abends mit der S-Bahn nach Hause. Auch das muss er recherchiert haben ..."

Köster unterbrach sie mit einer Handbewegung, als wolle er eine lästige Fliege vertreiben. „Das ist alles klar, aber kommen Sie bitte zu den Fakten!“

Lamprecht nickte, nippte kurz an ihrer Kaffeetasse und fuhr fort. „Beide Opfer waren Mitte zwanzig, Sara Mertens fünfundzwanzig, Katja Lürmann sechsundzwanzig. Auffällig ist, dass sich beide ähnelten. Blonde lange Haare, schlanke Figur und wenn ich sie auf der Straße zusammen gesehen hätte, hätte ich sie für Schwestern gehalten. Er scheint auf einen Typ Frauen zu stehen.“

„Sind sie denn miteinander verwandt?“, fragte der Leiter des K11.

„Nein, sind sie definitiv nicht“, schaltete sich Bergmann ein. „Sara Mertens kommt ursprünglich aus Düsseldorf, wo ihr Vater noch lebt. Sie ist Halbwaise. Ihre Mutter ist vor acht Jahren bei einem Autounfall ums Leben gekommen.“ Er beugte sich vor zum Schreibtisch des Hauptkommissars und drückte seine Zigarette im Aschenbecher aus. „Katja Lürmann wohnte in Frankfurt und ist hier geboren. Es gibt keine Verbindungen zwischen den Familien Lürmann und Mertens. Die einzige Verbindung ist das Aussehen. Carola wollte am Freitag mit dem Vater von Sara Mertens telefonieren, doch sie hat nur den Anrufbeantworter erreicht. Die Befragung von Bekannten und Verwandten der Familie Lürmann steht noch aus.“

„Ich werde nächste Woche noch einmal probieren, Herrn Mertens zu erreichen“, setzte Mauser hinzu, was Köster mit einem Nicken quittierte.

Jetzt führte Carstens den Bericht fort. „Ich habe die Autopsieberichte beider Leichen verglichen. Der Täter geht immer nach dem gleichen Prinzip vor. Er betäubt die Opfer mit Chloroform. Er fesselt sie und verfrachtet sie dann an den Tatort. Vor ihrer Ermordung müssen beide Opfer wieder erwacht sein. Hämatome an Hand- und Fußgelenken, die anscheinend durch Befreiungsversuche entstanden sind, führen zu diesem Schluss. Dann muss alles relativ schnell gegangen sein. Er hat ihnen die Zunge herausgeschnitten, nicht sehr fachmännisch, wie Berger bemerkt hat, und ihnen dann Mund und Nase zugehalten, so dass sie nach einiger Zeit an ihrem eigenen Blut erstickt sind. Bei Sara Mertens war auch das Nasenbein gebrochen, was Berger zu der Vermutung kommen lässt, dass sie sich vehement gewehrt hat. Berger hat keine Spuren einer Vergewaltigung gefunden oder anderweitiger Misshandlungen. Er hat sie eingesammelt und gekillt.“

Lamprecht warf Carstens einen kritischen Seitenblick zu, bevor sie weiter berichtete: „Die Bilder der Spurensicherung haben sie bestimmt schon gesehen?“ Köster nickte. „Dann muss ich nicht darauf eingehen, wie er die Leichen hinterlassen hat“, Köster bejahte wieder. „Meister und sein Team sind sich sicher, dass beide Opfer am Leichenfundort getötet wurden. Das beweist das viele, eingesickerte Blut im Erdreich um die Leichen herum."

Als Lamprecht mit dem Bericht endete, lehnte Köster sich in seinem Stuhl zurück und fixierte die Vier. „Sind Sie jetzt fertig? War das alles?" Kösters Tonfall ließ kein Zweifel daran, dass die Frage rein rhetorischer Natur war. „Hat jemand von Ihnen gestern die Zeitung gelesen?" Alle schüttelten den Kopf. „Nein?!", fragte Köster etwas lauter. „Ich möchte gerne wissen, wie das passieren konnte, verdammte Scheiße!", und mit den letzten Worten knallte er die Freitagsausgabe des FK auf den Tisch.

Alle lasen die Überschrift.

„Wie konnte das durchsickern? Wir haben der Presse diese Informationen extra vorenthalten. *Der Engelmacher von Frankfurt* ...", Köster holte tief Luft.

Lamprecht merkte, dass es ihn viel Beherrschung kostete, nicht zu explodieren. Er stand ruckartig auf und sah aus dem Fenster, hinunter auf die Adickesallee. Nach ein paar Sekunden, in denen keiner ein Wort verlor, fuhr er fort: „Ich will wissen, wo die undichte Stelle ist und ich will wissen, was Sie als nächstes unternehmen wollen. Ich werde demjenigen, der das an die Presse weitergegeben hat, auf kleiner Flamme köcheln. Darauf können Sie sich verlassen", sagte er, immer noch zum Fenster gewandt. „Ich werde eine kurze Presseerklärung herausgeben. Sie wird wenig Neues enthalten, eigentlich nichts Neues, aber durch diesen Artikel bin ich gezwungen, etwas zu unternehmen. Weiterhin ist Ihnen hoffentlich klar, dass wenn noch mehr Frauen ermordet werden, sich das BKA einschaltet und uns den Fall abnimmt. Wir würden als ziemlich unfähig dastehen." Er drehte sich um. „Also, was haben Sie als nächstes vor?"

Lamprecht warf Carstens einen schnellen Blick zu. Keiner von ihnen hatte der Presse einen Tipp gegeben, also wie war dieser Schmierfink an seine Informationen gekommen?

„Erst einmal das Übliche", begann Carstens. „Wir werden das Umfeld der beiden Opfer checken und weiter nach Verbindungen und Gemeinsamkeiten suchen, vielleicht ergibt sich eine Verbindung bei den Befragungen im Umfeld von Katja Lürmann. In Anbetracht des zweiten Mords werden wir das Umfeld von Sara Mertens ein weiteres Mal durchleuchten."

„Ich werde zusammen mit Carola nach einschlägig Vorbestraften suchen, zu denen solche Morde passen könnten", sprach Bergmann weiter. „Ich weiß, dass wir bisher keine Morde in der Art in Frankfurt und Umgebung hatten, aber wir werden in allen Richtungen suchen."

„Tun Sie das, aber strengen Sie sich mehr an als üblich! Denn das Übliche allein wird in diesem Fall nicht ausreichend sein. Die Besprechung ist hiermit beendet. Ein schönes Restwochenende. Auf Wiedersehen."

Die kleine Gruppe verließ das Büro ohne ein weiteres Wort. Mauser nahm die leeren Kaffeetassen mit in die Küche und räumte sie in die Spülmaschine. Dann schloss sie sich ihren Kollegen an.

„Sagt mal, wisst Ihr, wer das der Presse gesteckt hat?", fragte Lamprecht die anderen. Alle drei schüttelten den Kopf.

„Es gibt so viele im Präsidium, die die Einzelheiten der Morde kennen. Das könnte jeder gewesen sein", sinnierte Carstens.

„Lassen wir uns mal nicht das Wochenende verderben", wandte Bergmann ein. „Ich werd noch ins Freibad gehen und Montag mach ich mir wieder Gedanken über den Engelmacher." Er grinste breit, zündete sich eine Zigarette an und hielt das Päckchen Carstens hin, der dankend eine herauszog.

„Also, bis Montag", verabschiedete sich Bergmann und ging zu seinem Auto. Die anderen folgten seinem Beispiel.

Als Lamprecht gerade im Begriff war, in ihren altersschwachen Renault Clio zu steigen, klingelte ihr Handy. Köster!

„Kommen Sie wieder in mein Büro und bringen Sie Kommissar Carstens gleich mit. Wir haben ein neues Problem."

31. Juli, 11:30

Michael Benz war Freitagnacht gegen 23 Uhr aus der Redaktion gekommen. Die Recherche über den Umweltschutzskandal, an dem er seit mehreren Monaten arbeitete, nahm ihn voll in Anspruch und trotz der Müdigkeit, die in jeder Faser seines Körpers steckte, konnte er nicht einschlafen. Nach mehreren schlaflosen Stunden war er letztendlich vor dem Fernseher eingedöst.

Der Ablauf der letzten Tage sah immer gleich aus und würde sich die nächste Zeit nicht ändern: wenig Schlaf und viel Arbeit, sechzehn Stunden und mehr. Das zehrte an den Kräften des Mittvierzigers. Jetzt, um halb zwölf, waren seine Batterien einigermaßen aufgeladen und er schleppte sich schlaftrunken von der Couch in die Küche. Er schaltete den Kaffeeautomaten an, ließ heißes Wasser zum Vorheizen durch den Boiler laufen und zapfte den ersten Kaffee. Den brauchte er dringend. Benz bereitete sich ein Frühstück und trank mittlerweile die dritte Tasse Kaffee. Mit dem vollbeladenen Tablett verließ er die Küche. Als alles auf dem Wohnzimmertisch aufgebaut war, ließ er sich auf die Couch fallen, um zu relaxen, zu frühstücken und einfach nur abzuhängen, für ein, zwei Stunden. Nichts denken, nicht reden, einfach vom Fernseher berieseln lassen. Mehr verlangte er im Moment nicht vom Leben.

Gierig schlang er die erste Brötchenhälfte herunter, als das Telefon klingelte. Shit, dachte Benz, wenn ich jetzt rangehe und es ist Hermanns, ärgere ich mir die Krätze an den Hals. Er nahm sein schnurloses Telefon in die Hand. Ein paar Sekunden lang sah er es an, unschlüssig, ob er den Anruf annehmen sollte oder nicht. Dann entschloss er sich dafür und drückte die grüne Taste.

„Benz", meldete er sich. Stille. Eine Sekunde, zwei Sekunden, nichts, nur leises Atmen am anderen Ende der Leitung. „Hallo, ist da jemand? *Hallo*!"

Dann endlich meldete sich eine dunkle, blechern verzerrte Stimme. „Hallo Micha, weißt du, wer ich bin?" Der Sprecher ließ die Frage einen Moment im Raum stehen. „Nein?", wieder Pause. Benz wagte nicht zu atmen. Geistesgegenwärtig schaltete der Reporter sein altes Tonbandgerät, das er für Telefoninterviews verwendete, ein. Das Gerät klickte leise. „Du kennst mich! Du hast über mich geschrieben. Du hast mir meinen Namen gegeben, aber du warst nicht nett zu mir." Bei den letzten Worten wurde die anfangs sanfte Stimme schärfer.

„Was ... Was wollen Sie?", stammelte Benz. Seine Gedanken rasten. Konnte es wirklich möglich sein, dass die Stimme am Telefon *ihm* gehörte?

„Dass du meine Werke würdigst, dass du sie nicht mit Verachtung strafst, dein Artikel war Blasphemie. Deshalb die Warnung an dich."

Benz bekam seine Stimme in den Griff. „Warum sollte ich Sie ernstnehmen? Sie könnten einfach nur ein Wichtigtuer sein, von denen gibt es im Moment genug. Oder ein Verrückter, ein Spinner, alles Mögliche. Beweisen Sie mir, dass Sie der sind, für den Sie sich ausgeben. Engelmacher."

Als Antwort hörte Benz ein metallisches Lachen. „Ich habe ein Detail in deinem Bericht vermisst, Micha."

„Welches Detail?", fragte Benz verwirrt.

„Woher du auch immer weißt, dass meine Geschöpfe Flügel haben, du weißt nichts von den Schlangen."

„Schlangen? Welche Schlangen? Ist das eine Metapher oder ..."

Wieder das Lachen. „Nein, wer auch immer dir das verraten hat, hat dir nicht alles erzählt. Frag die Kommissarin, die du bestimmt gleich anrufen wirst, frag sie nach den Anguis fragilis und du wirst merken, dass ich der bin, für den du mich hältst."

„Aber ..."

Er unterbrach den Reporter. „Nichts aber, frag sie! Du wirst mir dankbar sein, für das, was ich für dich und alle anderen Männer tue. Aber“, die leicht unterschwellige Schärfe in seiner Stimme brach wieder durch, „wenn du mich noch einmal als durchgeknallten Psychopathen bezeichnest, werden wir uns wieder hören, nein, sogar sehen. Und das wird dann das Letzte sein, was du in deinem Leben siehst.“ Benz musste unweigerlich schlucken. „Du wirst nichts mehr von mir hören, wenn du mein Werk in Zukunft zu würdigen weißt.“

Dann klickte es in der Leitung.

31. Juli, 12:50

„Sie werden bestimmt mit mir sprechen wollen Frau Lamprecht, wenn ich Ihnen erzähle, wer eben bei mir angerufen hat.“ Benz sprach wieder wie ein Profi. Dies war nicht die erste Morddrohung, die er erhalten hatte und würde nicht die Letzte bleiben. Obwohl sich diesmal eine Stimme in seinem Hinterkopf meldete und ihn zur Vorsicht mahnte.

„Was kann so wichtig sein, dass Sie mich von meinem wohlverdienten Feierabend abhalten? Mal ganz davon abgesehen, dass wir Samstag haben. Meinen Chef scheinen Sie ja beeindruckt zu haben“, entgegnete die Kommissarin bissig. Zudem wollte sie eigentlich schon lange zu Hause auf der Couch liegen.

„Ich hatte einen Anruf ...“, setzte Benz an.

„Toll, ich habe Hunderte von Anrufen pro Tag“, unterbrach Lamprecht und Köster warf ihr einen Blick zu, der sie augenblicklich verstummen ließ.

„Es wäre schön, wenn ich aussprechen dürfte, denn ich habe gerade mit dem Engelmacher gesprochen. Allerdings müssten Sie mir eine Frage beantworten, um die Identität des Anrufers zu verifizieren.“

„Welche?“, fragte Lamprecht trocken.

„In welcher Beziehung steht der Mörder zu Schlangen?“

Lamprecht suchte überrascht Kösters Blick. Der Chef des K11 nickte kurz. „Diesen Sachverhalt möchte ich nicht am Telefon erörtern, Herr Benz. Bitte geben Sie mir Ihre Adresse und wir klären das bei Ihnen zu Hause.“

„In Ordnung. Ach, was mir noch einfällt, ich habe eine Tonbandaufnahme des Gesprächs.“

„Okay, Herr Benz, wir sind so schnell wie möglich bei Ihnen.“ Fieberhaft schrieb die Kommissarin die Adresse auf und verließ mit wehenden Fahnen das Büro ihres Chefs.

31. Juli, 13:35

Mittlerweile kannte er die Kommissarin und ihren Kollegen. Sie stieg aus dem Wagen und blickte die Lamboystraße entlang, gefolgt von ihrem Partner. Der zweite Wagen hielt unmittelbar hinter dem ersten und spie noch mehr Polizisten in Zivil aus. Er beobachtete die Szenerie durch sein Fernglas.

Wieder einmal war er mit sich zufrieden, alles verlief in geregelten Bahnen. Zehn Minuten ließ er verstreichen, während er zum Takt der Musik auf das Lenkrad trommelte. Dann startete er den Motor und fuhr in Richtung Frankfurt davon.

31. Juli, zur gleichen Zeit

Die Kommissarin und ihre Kollegen erreichten die Wohnung von Michael Benz knapp eine Stunde nach dem Telefonat. Der Journalist erwartete sie bereits.

„Kommen Sie in meine bescheidene Hütte“, wobei seine Worte die Untertreibung des Jahres darstellte. Lamprecht ließ sich ihr Erstaunen nicht anmerken. Der Flur erinnerte sie an eine Halle. Jetzt merkte Andrea, dass sich die Wohnung über zwei Stockwerke erstreckte. Geradeaus blickte sie auf eine Empore, die rechts und links über je eine Treppe zu erreichen war. Dort, direkt unter dem Glasdach, stand Benz‘ Bett. Sie vermutete, dass man auf dem Rücken liegend den blauen Himmel und die funkelnden Strahlen der Sonne genießen konnte. Im unteren Teil erstreckte sich das Wohnzimmer, von wo es anscheinend in Küche und Bad ging. Lamprecht schätzte, dass die Wohnung etwa hundertzwanzig Quadratmeter maß.

„Guten Tag Herr Benz“, die Kommissarin streckte Benz die Hand entgegen, „darf ich vorstellen, das ist Oberkommissar Carstens und diese beiden Kollegen“, sie deutete auf die zwei Beamten hinter sich, „sind Herr Gerber und Herr Maler von der Technik. Ich bin Hauptkommissarin Lamprecht, aber das werden Sie sich bestimmt gedacht haben.“

„Hab ich. Wollen wir uns setzen?“ Er deutete auf den Esstisch. „Kann ich Ihnen etwas zu trinken anbieten?“

„Ja gerne, ein Wasser, wenn Sie haben.“ Die anderen verneinten.

Benz verschwand in der Küche und kam mit einer Flasche Mineralwasser und fünf Gläsern zurück. „Für den Fall, dass es sich einer von Ihnen anders überlegt.“

Die Kommissarin ergriff das Wort: „Kommen wir zum Grund unseres Besuchs, Herr Benz. Wo haben Sie den Mitschnitt des Telefonats?"

„Telefon und Bandgerät stehen da hinten. Aber ich hätte gerne gewusst, was die Andeutung mit den Schlangen sollte? Diese Tatsache soll seine Aussage, er sei der Engelmacher, untermauern. Also ...?"

Lamprecht überlegte eine Moment: „Durch diese Aussage wissen wir, dass er die Wahrheit gesagt hat, was seine Identität betrifft. Aber ich bin nicht befugt, Ihnen den Sachverhalt zu erläutern. Ihr Artikel von gestern enthielt genug Informationen, die nicht für die Öffentlichkeit gedacht waren. Tut mir leid, ich darf Ihnen nicht mehr erzählen." Sie zuckte die Achseln. „Wo ist das Band?"

Sie standen auf und Benz führte sie in den hinteren Teil des Wohnzimmers. Hier thronte ein riesiger Fernseher, davor eine im Verhältnis kleine Couch von Ikea. Der Couchtisch rundete das Bild ab. An der Wand stand ein Sideboard, worauf das Telefon und das Aufzeichnungsgerät Platz fanden.

Benz spulte das Band zurück und drückte die Wiedergabetaste. Aus dem eingebauten Lautsprecher erklang eine blecherne, verzerrte Stimme. Die Kommissarin bekam unweigerlich Gänsehaut. Nicht weil sie sich fürchtete, sondern weil sie das erste Mal die Stimme des Mörders hörte, der so grausam gemordet hatte.

An der Stelle, an der er Benz drohte, tauschte sie einen ernsten Blick mit Carstens. Der nickte verstehend. „Herr Benz", begann er, „Sie sollten bei der Wortwahl in Ihrem nächsten Artikel etwas vorsichtiger sein, sollte es einen weiteren Mord geben und Sie darüber berichten. Es scheint, dass Sie noch keinen Schutz benötigen. Aber ich würde Ihnen raten die Stadt zu verlassen, bis die Sache aus der Welt ist. Haben Sie vielleicht Freunde, Verwandte oder Bekannte außerhalb des Rhein-Main Gebietes, bei denen Sie ein paar Tage unterkommen können?"

Benz blickte verdutzt aus der Wäsche: „Weglaufen? Ich bin Reporter, das ist nicht meine erste Morddrohung."

„Ich möchte Sie nur warnen. Was Sie im Endeffekt machen, ist Ihnen überlassen. Aber Sie sollten sich vorsehen."

„Wenn es Sie beruhigt, kann ich mir ja einen Bodyguard engagieren. Mein Kollege kennt einen Privatdetektiv, der übernimmt auch Personenschutz."

Lamprecht sah den Reporter interessiert an. „Wie heißt denn Ihr Freund, vielleicht Jimmy Lang?"

„Ja, richtig und der Detektiv ..."

„Thomas Martini!", vervollständigte sie seinen Satz.

Benz zog die Brauen hoch: „Sie sind gut informiert, arbeiten Sie bei der NSA?“ Die Kommissarin schüttelte lachend den Kopf. Dann blickte sich der Reporter nach den beiden Technikern um. Die verlegten fleißig Leitungen und ignorierten seine neugierigen Blicke. „Was installieren Ihre Kollegen da?“

„Ein besseres Tonbandgerät“, erklärte Lamprecht, „und eine Fangschaltung zur Telekom.“

Jetzt wusste Benz, warum ihn einer der beiden Techniker beim Betreten der Wohnung nach seinem Telefonprovider gefragt hatte. „Warum ein Bandgerät? Ich hätte mit was Digitalem gerechnet.“

„Etatkürzung. Wir haben noch die alten analogen Bänder. Erst in einem Jahr wird auf digital umgestellt“, Lamprecht grinste verkniffen, dabei öffnete sie das Tonbandgerät des Journalisten und entnahm ihm das Band. „Das schicken wir nach Wiesbaden zum BKA, um es entzerren zu lassen. Die haben da so manche technische Spielerei. Danach werden wir eine Telefonnummer einrichten, über die sich jeder die Aufnahme anhören kann. Zusätzlich wird es über Internet zur Verfügung gestellt. Vielleicht erhalten wir so den Hinweis, der uns zum Täter führt.“ Mit den letzten Worten verstaute sie die Spule sorgfältig in einem wattierten Umschlag.

„Seid Ihr fertig?“, fragte Carstens Maler und Gerber. Maler nickte, während er den letzten Schraubenzieher in seine Tasche packte. Gerber erklärte Benz das neue Bandgerät sowie die Fangschaltung, dann verließen sie zusammen die Wohnung.

„Also Herr Benz, wir gehen dann“, wandte sich Carstens an den Reporter. „Denken Sie über das nach, was ich Ihnen über das Verlassen der Stadt vorgeschlagen habe. Ansonsten ein schönes Wochenende.“

Die Kommissare verabschiedeten sich von ihm und folgten ihren Kollegen.

„Glaubst du, er wird meinen Ratschlag beherzigen?“, fragte Carstens seine Kollegin, nachdem sie sich außer Hörweite befanden.

„Glaube ich nicht. Dafür steckt er seine Nase zu gerne in Sachen, die ihn nichts angehen.“

31. Juli, 13:40

Ich stand gegen 13 Uhr auf. Im Bad erledigte ich das Nötigste, um nicht vor mir selbst wegzulaufen. Dann schob ich Brötchen in den Backofen, kochte Kaffee und frühstückte vor dem Fernseher. Die Sonne schien durch das geöffnete Fenster und die Wärme lullte mich ein. Meine Gedanken geisterten überall herum, nur nicht bei der Sendung, die ich sah. Mir ging der vergangene Abend durch den Kopf. Daniela, ihr Verhalten mir gegenüber, bildete ich mir irgendetwas ein? Hatte ich mich vielleicht in sie verliebt, ohne es zu merken? Stand ich immer noch auf denselben Typ Frau, auch für eine längere Beziehung? Diese Fragen beschäftigten mich und das Schlimmste, ich kannte nicht eine Antwort.

Ich sinnierte vor mich hin und bemerkte deshalb erst nach dem vierten Klingeln, dass mein Telefon sich meldete. Ich griff das Mobilteil und nahm den Ruf an.

„Martini."

„Hallo Herr Martini hier ist Michael Benz, wir haben vorgestern telefoniert."

„Ich erinnere mich. Was gibt es denn?"

„Ich habe eine Bitte an Sie oder besser eine Anfrage", er schien kurz zu überlegen. „Sie übernehmen Personenschutz, oder?"

„Ja, aber Sie wollen mir nicht erzählen, dass Sie welchen benötigen?" Mir kam ein Verdacht, denn ich hatte die gestrige Ausgabe des FK mit großem Interesse studiert.

Er holte tief Luft. „Doch. Heute Morgen wurde ich angerufen und daraufhin hat die Polizei mir geraten, die Stadt zu verlassen. Aber das kann ich nicht. Eigentlich lasse ich mich nicht so schnell einschüchtern, aber in diesem Fall ..." Er ließ den Satz unvollendet.

„Das klang jetzt etwas konfus für einen Unbeteiligten, aber ich glaube, dass ich Ihnen folgen kann", erwiderte ich.

Benz lachte humorlos, dann gab er mir einen kurzen Abriss über den Besuch von Andrea und der Empfehlung von Kommissar Carstens. Nachdem er geendet hatte fragte er: „Kann ich auf Sie zählen?"

„Können Sie, ich bin gegen achtzehn Uhr bei Ihnen."

31. Juli, 15:45

Nach dem Telefonat packte ich meine Tasche, um im Sportstudio zu trainieren.

Jedes Mal das gleiche Bild. Das Publikum in einem Sportstudio unterteilt sich in zwei Gruppen. Die erste Gruppe will trainieren. Sie will ihren Körper in Form bringen und fit halten. Diese Gruppe stellt das Gros der Menschen dar, die sich dort tummeln. Die zweite Gruppe will sehen und gesehen werden. Paarungswillige Männchen suchen gleichgesinnte Weibchen. Ich gehörte zur ersten Gruppe.

Während des Trainings dachte ich nach über den Fall und wie er sich entwickelte. Jedoch konnte ich mich nicht richtig konzentrieren, weil nach der ersten Hälfte der Übungen die Wunde an meiner linken Hand wieder anfing zu bluten. Ich musste meine Trainingsstunde früher beenden als geplant. Das Blut drang durch meinen Verband und ich überlegte, ob ich zu einem Arzt gehen sollte. Nachdem ich mir die Verletzung angesehen hatte, entschied ich mich jedoch dagegen. Das hört auch schon wieder auf zu bluten, dachte ich. Ich duschte, setzte mich in mein Auto und fuhr nach Hanau.

Trotz meines zu frühen Erscheinens war Benz zu Hause und öffnete mir die Tür.

Wir nahmen auf den Stühlen am Esstisch Platz, auf denen man bequemer saß als sie aussahen. Designerkram! „Was hat sich genau zugetragen?", leitete ich das Gespräch ohne Umschweife ein. Der Reporter rekapitulierte noch einmal, was ich bereits von unserem Telefonat wusste. Nach zehn Minuten kannte ich alle Fakten.

Ich fuhr mir nachdenklich mit dem Zeigefinger über die Lippen. „Der Mitschnitt des Gesprächs wäre sehr interessant für mich. Aber den hat jetzt die Polizei."

Benz sah mich vorwurfsvoll an. „Halten Sie mich wirklich für so einen schlechten Journalisten? Ich bin entrüstet." Er zwinkerte mir zu, erhob sich und ging zum Sideboard hinüber. Dann bückte er sich und zog eine Musikkassette aus der untersten Schublade. „Eine Kopie! Habe ich angefertigt, bevor die Polizei angerückt ist. Wer weiß, wozu es gut ist, dachte ich bei mir." Der Reporter steckte die Kassette in das Tapedeck seiner Stereoanlage und drückte die Playtaste.

Die Aufnahme rauschte etwas, aber ich konnte alles verstehen. Die Stimmungsschwankungen des Mannes, der sich für den Engelmacher ausgab, waren unüberhörbar. Ich versuchte abzuwägen, ob er es ernst meinte mit seiner Drohung gegen Benz und entschied mich für ein klares Ja. Wer Frauen so bestialisch ermordete, der schreckte nicht davor zurück, einem Reporter den Garaus zu machen. Immer vorausgesetzt es handelte sich wirklich um den Täter.

„Sie sollten die Warnung ernstnehmen. Kommissar Carstens hat nicht Unrecht, wenn er Ihnen empfiehlt, die Stadt zu verlassen. Sie können sich meiner Hilfe sicher sein, denn ich habe ein persönliches Interesse, den Kerl zu fassen. Letztendlich liegt es bei Ihnen, wie Sie sich entscheiden."

„Sie halten ihn für gefährlich ..."

Ich fiel dem Reporter ins Wort. „Gefährlich!? Der Kerl hat zwei junge Frauen grausam ermordet, ohne mit der Wimper zu zucken. Was glauben Sie, wie hoch seine Hemmschwelle ist, einen Mann zu ermorden, der ihn, in seinen Augen beleidigt hat und nicht zu würdigen weiß?"

Benz schwieg. Jetzt erst schien er sich der gesamten Tragweite der Situation bewusst zu werden. „Was schlagen Sie vor?", fragte er schließlich.

„Ich werde zeitweise bei Ihnen wohnen und Sie begleiten, wenn Sie aus dem Haus gehen, bis die Sache vom Tisch ist. Das erachte ich für die beste Lösung. Geht das klar?"

„Von meiner Seite, ja. Aber dann sollten wir uns auch duzen."

„Von mir aus gern. Ich werde Tom genannt", ich streckte ihm die Hand entgegen, die er sogleich ergriff.

„Michael."

„Ich komme dann später noch einmal vorbei und wir besprechen alle Einzelheiten. Ich hole ein paar Sachen, die ich gerne hier deponieren würde."

„Kein Problem."

„Also, bis dann." Ich hob die Hand zum Gruß, dann verließ ich die Wohnung.

Ein paar Tage später, Donnerstag, 05. August, 12:15

Die Tür flog auf und schlug gegen die dahinterliegende Wand. Ein Wunder, dass die Angeln diese rüde Attacke überlebt hatten.

Lamprecht blickte von den Akten auf, über denen sie schon den ganzen Morgen brütete. „Stefan!?"

Carstens war außer Atem: „Das ... das ... das ..."

„Das, was?"

Der Kommissar holte drei Mal tief Luft, ruhig und gleichmäßig. Dann setzte er erneut zum Sprechen an: „Das Band ist auf dem Weg nach Wiesbaden verschwunden."

„Was?", stieß Lamprecht hervor. „Das Band ist weg? Verdammt, wie konnte das passieren?"

„Ich weiß es nicht Andrea. Das BKA hat gerade bei Köster angerufen und nach dem Band gefragt. Wir haben es ja groß angekündigt. Ich komme gerade vom Alten. Du sollst die Kopie des Bandes persönlich nach Wiesbaden bringen. Das hat jetzt oberste Priorität. Du sollst alles andere stehen und liegen lassen."

„Das braucht Köster mir nicht zu sagen, das hätte ich sowieso gemacht. Gib mir mal die Kopie, ich fahre sofort los."

Carstens drehte sich um zum Gehen. „Ich hol sie dir", dann blieb er stehen. „Das kostet uns eine weitere Woche."

„Ja, ich weiß. Ich hoffe, dass wegen diesem Fehler keine weitere Frau ihr Leben verliert."

05. August, 22:20

„Nächster Halt, Griesheim Bahnhof", klang die Stimme des Fahrers aus den Lautsprechern der S-Bahn-Linie 1. Eine Minute später öffneten sich die Türen.

Trotz der späten Stunde befanden sich viele Fahrgäste in der Schnellbahn. Tanja Hauser freute sich auf ihr Bett. Sie kam vom 25-jährigen Jubiläum ihres Kollegen Markus Krämer.

Um siebzehn Uhr, nach Dienstschluss, hatten die Feierlichkeiten angefangen. Anfangs wurde Sekt gereicht, dann setzte der Sturm auf das kalte Buffet, den Wein und die vielen Knabbereien ein. Wein und Sekt hatten ihr besonders gut geschmeckt und jetzt fühlte sie sich beschwingt, aber auch etwas müde.

Seit dem zweiten Mord an einer jungen Frau ging sie abends nicht mehr zu Fuß nach Hause. Es handelte sich nur um einen fünfzehnminütigen Sparziergang, aber sie zog die Sicherheit eines Taxis vor. Der Spaß kostete sie jeden Abend knappe sechs Euro, aber was waren sechs Euro im Vergleich zu ihrem Leben.

Am Bahnhof angekommen, rief sie wie gewohnt die Taxizentrale per Handy an. „In zehn Minuten werden Sie abgeholt", erhielt sie als Auskunft.

Tanja wartete am Ausgang des Bahnhofs. Sie fröstelte trotz des warmen Abends. Das muss der Alkohol sein, dachte sie, ich muss ins Bett. Zu Hause ein Bad und ab in die Falle.

Schneller als erwartet fuhr das Taxi vor. Der Fahrer stieg aus und öffnete ihr die hintere Beifahrertür. „Haben Sie Gepäck?", fragte er höflich.

„Nein, nur meine Tasche, danke."

Er schloss die Tür und nahm auf dem Fahrersitz Platz. „Wo soll es denn hingehen?"

„Griesheimer Stadtweg 15. Kennen Sie den?"

„Klar, kenn ich. Bin selbst ein alter Frankfurter. Taxi fahre ich auch schon ein paar Jahre."

„Sie sehen aber sehr jung aus, für einen alten Frankfurter", gab Tanja keck zurück.

„Danke, junge Frau", entgegnete er charmant lächelnd.

Er startete den Motor und steuerte den Wagen in die Jungmannstraße. Sie konnte sein Gesicht im Rückspiegel sehen. Er lachte und seine Augen blitzten schelmisch, zumindest empfand es Tanja so. Den würde ich nicht von der Bettkante stoßen, dachte sie. Im nächsten Moment begannen ihre Wangen heiß zu glühen. Kam das vom Alkohol oder von ihren Gedanken? Sie war sich da nicht so sicher.

Am Ende der Jungmannstraße, der Einmündung zur Straße Alt-Griesheim, bog der Fahrer rechts ab.

„Entschuldigung, ich glaube, Sie sind gerade falsch gefahren. Wir hätten links gemusst."

Der Fahrer blickte in den Rückspiegel: „Mach es dir bequem, wir sind bald da!"

Tanja wurde wütend, wahrscheinlich sprach auch der Alkohol aus ihr: „Was bilden Sie sich ein? Wir sind nicht per du und ich weiß nicht, wie wir auf diesem Weg zu meiner Wohnung kommen sollen."

„Wir wollen nicht zu deiner Wohnung. Wir haben umdisponiert."

„Jetzt reicht's! Halten Sie an! Ich will hier und jetzt aussteigen. Sofort! Und ich werde nicht bezahlen."

„Sorry, aber das kann ich nicht. Du hast mich gesehen, und ich wollte eigentlich nicht, dass morgen die Polizei vor meiner Tür steht. Das kannst du bestimmt verstehen ... mein Engel!"

Langsam wurde ihr bewusst, was hier lief. Panik stieg in Tanja auf und eine eiskalte Hand griff nach ihrem Herz. Sie war schlagartig nüchtern. Die Erkenntnis, einen Fehler begangen zu haben, den sie nie wieder ausmerzen konnte, breitete sich in ihr aus. Der sicher geglaubte Heimweg mit dem Taxi mutierte zum Albtraum. Wäre sie gelaufen, würde sie in zwanzig Minuten in ihrem Bett liegen, morgen wieder aufstehen und zur Arbeit gehen. Im Moment sah es jedoch danach aus, als würde sie ihre Wohnung nie wiedersehen. Sie hatte keinen Zweifel daran, wer da am Steuer saß. Selbst wenn sie sich irrte, war es zumindest ein Verrückter oder Perverser.

Sie suchte fieberhaft nach einem Ausweg. Das Handy. Vorsichtig, damit ihr Entführer es nicht mitbekam, zog sie das Smartphone aus ihrer Tasche. Sie wischte über das Display und beglückwünschte sich dazu, den Ton schon in der S-Bahn ausgeschaltet zu haben. Die plötzliche Helligkeit des Touchscreens erschreckte sie. Hatte er das Licht bemerkt? Nein, er fuhr unbeirrt weiter. Doch was war das? Tanja hatte die 110 gewählt, aber nichts geschah. Das Gerät wählte nicht. Da sah sie es, kein Netz.

„Na, will niemand abnehmen?“, kam es mit belustigter Stimme vom Fahrersitz. „Tut mir echt leid.“ Mit dem letzten Satz griff der Mann unter den Beifahrersitz und zog ein Gerät mit vier Antennen hervor. „Das ist ein mobiler Handyblocker, zwanzig Meter Reichweite. Der blockiert alles, sogar WLAN. Also spar dir deine Bemühungen!“ Mit einem Grinsen legte er den Störsender auf den Beifahrersitz.

Was jetzt? Noch wollte Tanja nicht aufgeben. Sollte sie sich aus dem fahrenden Auto stürzen? Die Überlebenschancen standen allemal besser, als hier zu sitzen wie ein Schaf auf dem Weg zum Schlachthof. Im Fernsehen sah das ganz einfach aus, und ihr Entführer fuhr nicht schnell. Anscheinend wollte er nicht auffallen. Tanja rückte näher zur Tür, ihr Entschluss stand fest.

Die Augen im Rückspiegel verfolgten jede ihrer Bewegungen. „Das kannst du dir sparen. Ich habe die Kindersicherung eingelegt. Du sollst nicht aus Versehen aus dem Auto fallen.“ Es folgte ein Lachen, das sich anhörte, als sei es nicht von dieser Welt. Tanja wollte weinen. Dann überlegte sie, vielleicht bluffte er nur. Vielleicht war ihm die Idee, dass sie aus dem Auto springen könnte, nicht gekommen und jetzt wollte er ihr einreden, die Türen seien verriegelt. Tanja nahm den Türgriff und zog daran so fest sie konnte. Die Tür knackte und Tanja dachte, sie würde sich öffnen. Fehlanzeige!

„Ich habe dir gesagt, dass die Tür zu ist. Du bekommst sie nicht auf. Spar dir deine Kraft, du wirst sie noch brauchen!“ Er lachte wieder.

Tanja begann zu schreien und zu toben. Sie schlug gegen die Tür und die Scheiben. Sie trat gegen die vorderen Sitze und hieb mit den Händen gegen die Kopfstützen. Sie versuchte den Kopf ihres Entführers zu treffen, ihn kampfunfähig zu machen, aber dieser wich ihren Schlägen mit schlafwandlerischer Sicherheit aus. Durch geschicktes Beschleunigen und Bremsen wurde ihr Körper immer wieder nach hinten gegen die Sitzbank gepresst. Einmal streifte sie sein Haar, ohne Ergebnis. Die Wirkung jedes einzelnen Schlages verpuffte in der Luft.

Das Auto befand sich in der Höhe der Werksausfahrt des Industrieparks Griesheim. Der Mann fuhr auf den kleinen Parkplatz gegenüber dem Tor. Er legte den Gurt ab, griff auf den Beifahrersitz und beugte sich dann über den Fahrersitz nach hinten. Ohne ein Wort zu verlieren packte er Tanja mit einer Hand am Hals, dass sie fast keine Luft mehr bekam. Mit der anderen drückte er ihr brutal einen Wattebausch auf Mund und Nase.

Freitag, 06. August, 07:30

„Verdammte Scheiße!“, weder die Lautstärke, die Färbung der Stimme, geschweige denn das Werfen des Telefonhörers zurück auf die Gabel, von der er sofort wieder herunter sprang, waren sehr weibliche Reaktionen. Zumindest empfand Carstens es so, der Lamprecht an seinem Schreibtisch gegenübersaß und jetzt in Deckung ging, um den hüpfenden Hörer nicht an den Kopf zu bekommen.

„Wer war es diesmal? Wieder einer dieser Pressefuzzis oder der Alte?“, fragte Carstens, während er den Telefonhörer mit spitzen Fingern aus der Erde eines Blumenkübels fischte. Die Kommissarin liebte Topfpflanzen und auf ihrem Schreibtisch tummelten sich einige davon. Köster bemerkte einmal, dass ihr Arbeitsplatz mehr nach Urlaub als nach Arbeit aussehen würde.

„Köster!“

„Und …?“

„Wir haben eine neue Frauenleiche. Nach der Beschreibung, die bei der Notrufzentrale eingegangen ist, muss er wieder zugeschlagen haben.“ Ein paar Sekunden später schlug sie mit der Faust auf die Tischplatte. „Verdammt, verdammt, verdammt!“

Lamprecht öffnete die oberste Schublade ihres Schreibtischs, holte die Autoschlüssel heraus und warf sie ihrem Kollegen zu. „Du fährst.“

„Alles klar Chef, und wohin?“, entgegnete Carstens, während er seine Zigarette ausdrückte.

„Schwanheimer Dünen.“

06. August, 08:05

Eine halbe Stunde später erreichten die Kommissare Schwanheim. Sie fuhren ein paar Minuten durch die Dünen, bis sie den Tatort fanden.

Bei den Schwanheimer Dünen handelte es sich um Binnendünen, die vor rund 10.000 Jahren während der letzten Nacheiszeit entstanden. Seit 1984 standen sie unter Naturschutz. Die unter Schutz stehende Fläche wurde Ende 2002, aufgrund eines vom Bund für Umwelt und Naturschutz Deutschland in Auftrag gegebenen Gutachtens, von 38 Hektar auf fast 58,5 Hektar erweitert. Seit 2003 waren sie auch nach den Flora-Fauna-Habitat-Richtlinien der EU zu einem Schutzgebiet ernannt worden.

Als Lamprecht aus dem Auto stieg kam ihr schon einer der Uniformierten Kollegen entgegen. „Morgen, Lamprecht K11“, stellte sie sich vor.

„Mielke vom 10. Revier.“

„Wer hat denn die Leiche gefunden?“

„Ein früher Spaziergänger, Gernot Steffens. Er war mit seinem Hund unterwegs. Ich habe seine Personalien aufgenommen.“

„Danke“, erwiderte die Kommissarin, dabei winkte sie Carstens. „Dann mal los.“ Sie gingen zu der Ansammlung von Polizisten am Rande des Fußweges, der durch die Dünen führte. Carstens erblickte Berger, der schon fleißig arbeitete. Der Pathologe hob die Hand zum Gruß und widmete sich wieder der Toten.

Das identische Szenario wie vor einer Woche. Eine Woche! Zwischen der ersten und der zweiten Leiche lagen zwei Wochen. Jetzt nur die halbe Zeit. Sein Drang zu töten schien stärker zu werden, überlegte Lamprecht. Wenn er so weitermacht, kommen wir bald nicht mehr nach mit dem Wegräumen der Leichen. Ihr lief eine Gänsehaut den Rücken herunter. Hoffentlich finden wir diesmal verwertbaren Spuren.

Sie blickte Carstens von der Seite an und registrierte, dass er sich schon wieder eine Zigarette in den Mund steckte. Wenn er so weitermacht ist er bald Kettenraucher, schoss es ihr durch den Kopf. Carstens erweckte den Eindruck, als mache ihm der Fall nichts aus, aber an seinem Zigarettenkonsum erkannte die Kommissarin genau, wie es in ihm aussah. Lamprecht kratze sich an der Stirn. Was hatte Köster bei der Besprechung am letzten Sonntag geäußert? Noch eine Leiche und das BKA nähme uns den Fall aus der Hand. Sie hoffte, dass Köster das irgendwie abbiegen konnte.

Die Kommissarin hielt nach Reiner Meister von der Spurensicherung, dem Chef der Abteilung, Ausschau. Meister, seit zirka fünfundzwanzig Jahren bei der Spusi, verfügte über ein immenses Wissen auf seinem Gebiet. Der Mittfünfziger kam ihr entgegen und begrüßte sie mit festem Händedruck. Seine braunen Augen wirkten müde. Lamprecht überlegte, ob der Stress ihn auch auffraß.

„Moin Andrea. Na, auch schon auf den Beinen?"

„Na klar, glaubst du deine Abteilung ist die einzige, die Frühschicht schiebt?", entgegnete sie.

„Natürlich nicht. Du wirkst angespannt."

„Mein Chef sitzt mir im Nacken und ab heute Mittag wird sich Kriminalrat Rohoff dazu gesellen. Wenn ich Pech habe, übernimmt das BKA den Fall. Alles in allem ist meine momentane Situation nicht wirklich angenehm." Sie sah ihn ernst an und fuhr fort: „Ich hoffe, du kannst mir etwas Positives berichten."

Meister erwiderte ihren Blick. „Würde ich gerne. Leider gibt's im Moment nicht viel zu sagen. Sie ist am Fundort ermordet worden, so wie die beiden anderen. Er hat ihr ganzes Hab und Gut zurückgelassen. Von daher kennen wir ihren Namen und ihre Adresse." Lamprecht sah ihn fragend an. „Name Tanja Hauser, wohnhaft in Frankfurt Griesheim, Griesheimer Stadtweg 15. Hierher wurde sie mit diesem Taxi transportiert", er deutete zu dem Wagen hinüber, über dessen Anwesenheit Lamprecht sich bereits gewundert hatte. „Der Wagen ist auf einen gewissen Bernd Dörig zugelassen. Das wissen wir aus den Papieren, die im Handschuhfach lagen. Ich habe dir vorgegriffen und Carola die Daten durchgegeben, damit sie das Fahrzeug und den Fahrer überprüfen kann. Ich nehme aber an, dass der Wagen auf der Fahndungsliste steht, also geklaut ist."

„Das nehme ich auch an. Der Kerl wird uns bestimmt nicht seine Visitenkarte hinterlassen haben."

„Das Innere des Wagens habe ich mir schon näher betrachtet. Es muss eine Art Kampf stattgefunden haben. Sie scheint sich gewehrt zu haben. Ich habe Kratzspuren an der Rückenlehne und den Kopfstützen gefunden. Daraufhin habe ich mir ihre Fingernägel angesehen. Sie hat ganz leichte dunkle Spuren unter den Nägeln. Entweder Dreck oder das Leder aus dem Taxi. Ich tippe auf Letzteres."

„Warum ist sie nicht ausgestiegen oder hat versucht zu fliehen?", fragte die Kommissarin.

„Warum wohl?“, fragte Meister mit ironischem Unterton.

„Kindersicherung? Elektrische Fensterheber?“, fragte Lamprecht. Meister nickte. „Beides blockiert?“ Wieder ein Nicken. „Was hast du noch herausgefunden?“

„Noch nichts. Meine Männer werden alles auseinandernehmen und untersuchen. Ich will dir aber nicht allzu viel Hoffnung machen.“

„Okay, danke Reiner.“ Sie gab ihm die Hand und Meister ging zurück zu seinen Leuten.

Lamprecht suchte Carstens und fand ihn bei Berger. „Na, was gibt es hier Neues?“

„Das Übliche“, antwortete der Gerichtsmediziner. „Eine Leiche mit Flügeln und lateinischer Inschrift“, er grinste verkniffen.

„Erschöpfende Auskunft. Geht es auch ein bisschen genauer?“

„Was willst du hören, Andrea?“ Berger wirkte genervt. „Er ist bei seiner Vorgehensweise geblieben. Mund zugenäht, wahrscheinlich keine Zunge mehr, dafür aber eine Schlange und wie die Leiche aussieht, brauche ich dir nicht zu beschreiben, das siehst du ja selbst.“

„Du hast ja recht“, Lamprecht hob abwehrend die Hände. „Wie lange ist sie denn schon tot?“

„Sie ist nicht ganz so frisch wie die beiden Ersten. Todeszeitpunkt zwischen 21 und 22 Uhr, plus-minus eine Stunde. Genaueres nach der Obduktion.“

„Die anderen hat er später getötet, so gegen Mitternacht. Er muss sich hier sicher gefühlt haben“, überlegte Carstens laut.

„Stimmt“, sinnierte Lamprecht. Sie wurde aus ihren Überlegungen gerissen. Hinter ihr führten zwei Männer ein lautes Streitgespräch. Eine der Stimmen kam ihr sehr vertraut vor.

„Lass mich bitte durch! Mensch Elmie, du kennst mich doch von früher.“

„Wie du eben so schön bemerkt hast, von früher. Du bist keiner von uns. Also, auf Wiedersehen. Woher weißt du eigentlich, dass es hier was zu sehen gibt?“

„Geht dich nichts an.“

„Aber mich!“ Andrea stand auf einmal hinter Elmie, der eigentlich Ernst Mielke hieß. „Mich würde brennend interessieren, woher du weißt, dass ich und all deine Ex-Kollegen hier zu finden sind?“

Ich sah Andrea tief in die Augen. „Können wir das alleine besprechen?“

„Klar. Komm mit!“ Sie winkte mich durch die Absperrung.

„Na ja, irgendwie ist es mir peinlich, aber auch wieder nicht.“

„Wie meinst du das?"
„Kurz bevor ich aus dem Polizeidienst ausgeschieden bin, habe ich mein Funkgerät verloren."
„Ja, ich erinnere mich. Köster war leicht verstimmt wegen des Vorfalls."
„Also, eigentlich habe ich es nicht verloren. Ich habe es in meinem Keller ... sagen wir, verlegt." Ich sah Andrea aufmerksam an und wartete die Wirkung meiner Worte ab.
„Du hast das Teil geklaut?"
„Geklaut ist so ein hartes Wort. Ich habe es verlegt und wiedergefunden. Klingt besser, oder?"
„Wie auch immer, es ist illegal. Illegal klingt immer gleich, egal wie ich es ausspreche, oder?"
„Okay, ist ja richtig", ich spielte den Einsichtigen. „Willst du es jetzt beschlagnahmen?"
„Eigentlich müsste ich das, aber nicht jetzt. Wahrscheinlich hast du es eh nicht dabei. So und jetzt sag mir warum du hier bist?"
„Ich wollte mir seine Vorgehensweise vor Ort ansehen, um mir ein besseres Bild machen zu können", erklärte ich. Nach all meinen Recherchen über Serienmörder im Internet musste ich unbedingt einen Tatort in Augenschein nehmen. Ich wollte wissen, ob ich seine Aura spüren konnte, ich wollte seine Handlungsweise verstehen, mich in seine Denkweise hineinversetzen oder es zumindest versuchen.
„Na gut, aber es ist kein schöner Anblick."
„Für die unter uns, die es vergessen haben, ich war selbst bei der Mordkommission und habe mehr als eine Leiche gesehen", entgegnete ich.
Andrea blickte mich an. „Aber noch nie so eine!" Ich erwiderte nichts darauf. „Hier lang", gebot sie mir dann mit ausgestrecktem Arm.
Wir gingen zwischen zwei Sträuchern hindurch. Erst verdeckte mir Joe die Sicht. Nachdem er mich jedoch bemerkte, trat er zur Seite und ich sah die junge Frau.
Beim Abendessen in der Roma war in meinem Kopf ein Bild entstanden. Andrea hatte den Tatort beschrieben und mein Gehirn das dazugehörige Szenario geformt. Die Wirklichkeit übertraf alles.
Ich begutachtete den Leichnam professionell, ohne auf den zu Lebzeiten makellosen Körper zu achten. Als ich das Gesicht betrachtete, vergaß ich für ein paar Sekunden das Atmen. „Scheiße!", flüsterte ich leise vor mich hin.
Andrea entging dies nicht. „Was ist los? Hat's dir die Sprache verschlagen?"

„Nein, alles in Ordnung. Aber der Unterschied zwischen Theorie und Praxis ist größer als ich gedacht habe“, wich ich aus.

„Aber irgendetwas stimmt nicht mit dir. Vergiss nicht, ich kenne dich schon ein paar Tage.“

„Alles gut“, antwortete ich einsilbig.

„Tom!“, bohrte sie nach. „Hast du etwas entdeckt, oder ist dir eine Erkenntnis gekommen? Ich will es wissen, jetzt sofort. Ich hab dir einen Blick auf den Tatort erlaubt, jetzt will ich eine Gegenleistung und das Mindeste ist, dass du mir sagst, was in deinem Kopf vorgeht.“

„Quit pro quo, oder wie meinst du das, Doktor Lecter?“

„Wenn du es so sehen willst, ja.“

„Komm mal bitte mit!“, bat ich Andrea.

„Wohin?“

„Nur ein paar Schritte weg“, und als sie mich verwirrt ansah: „Bitte!“

Andrea nickte und wir stellten uns etwas abseits der anderen. Als wir außer Hörweite waren, blieb ich stehen und wandte mich ihr zu. „Es fällt mir nicht leicht ... das jetzt zu sagen ... aber ...“

„Was fällt dir nicht leicht, spuck's schon aus!“

„Ich ... kenne das Mädchen.“

„Was meinst du damit, du kennst sie? Woher?“

„Ich habe letzte Woche mit ihr geschlafen.“ Ohne Zweifel, es war diese Tina oder so.

„Du hast mit ihr geschlafen? Vor einer Woche? An dem Tag, an dem wir Katjas Leiche gefunden haben?“

„Ja“, kam es trocken aus meinem Mund. Ich musste mit der Zungenspitze die Lippen befeuchten, da sie mir auf einmal zusammenklebten.

„Na ja, das ist ja kein Verbrechen“, erwiderte sie nachdenklich.

„Na ja ...“

„Was heißt na ja?“

„Diese Tatsache allein wäre nicht schlimm, aber eine Woche vor Katjas Ermordung habe ich mich mit ihr getroffen.“

„Mit Katja?

„Ja, mit Katja“, entgegnete ich.

„Und? ... Weiter, erzähl schon!“

Mich beschlich das Gefühl, als wisse Andrea, was ich als nächstes sagen würde. „Wir haben in der Nacht miteinander geschlafen.“

„Soll das heißen, du hast mit zwei Mordopfern jeweils eine Woche vor ihrem Tod geschlafen? Habe ich das richtig verstanden?“

„Ja.“

„Ist das alles, was ich von dir zu hören bekomme?", sie wirkte ziemlich verwirrt und wütend. „Vor einer Woche hast du gesagt, ihr hättet seit längerem keinen Kontakt mehr, du und Katja? Richtig oder falsch?"

„Richtig, aber irgendwie auch nicht. Sie rief mich Ende Juni an und fragte, ob wir mal wieder essen gehen wollten und ein bisschen quatschen. Ich sagte ja, und als wir später bei mir zu Hause saßen, ergab das eine das andere. Ich hielt das anfangs nicht für wichtig. Außerdem wollte ich nicht, dass du dich veranlasst fühlst mir Ermittlungsergebnisse vorzuenthalten." Ich blickte ihr tief in die Augen, aber was ich sah gefiel mir in keiner Weise.

„Verdammt! Du warst selber Bulle und weißt, wie das jetzt aussieht?! Eigentlich müsste ich dich jetzt verhaften oder zumindest ganz oben auf die Liste der Verdächtigen setzen. Aus dem, was du mir gerade erzählt hast, würde dir jeder deiner Ex-Kollegen ein Motiv zurechtschnitzen. Aber ..." Sie dachte einen Moment nach. „... Wir kennen uns sehr lange und da ich nicht glaube, dass du zu solch grausamen Morden fähig bist, vergesse ich die ganze Geschichte. Ich werde niemandem davon erzählen. Aber in Zukunft wirst du mir solche Nichtigkeiten", ihre Zeigefinger malten unsichtbare Gänsefüßchen in die Luft, „gleich mitteilen. Ist das klar?"

„Ja, mach ich. Aber woher sollte ich wissen, dass beide ermordet werden?"

„Das konntest du nicht wissen. Aber ... Warte mal!" Sie zog ihr Handy aus der Tasche, tippte, wischte darauf herum und hielt es mir hin. „Kennst du zufällig diese Frau?"

Mir gefror das Blut in den Adern. „Ja."

„Ja was?", sie nahm ihr Handy an sich.

„Ich kenne sie. Ist sie das erste Opfer, Sara Mertens?"

„Ja, die Sara Mertens, von der ich dir in der Roma erzählt habe." Und mit einem misstrauischen Unterton: „Wie gut kennst du sie?"

„Eine Nacht", mehr bekam ich nicht heraus.

„So in etwa um den siebten Juli?"

Ich überlegte: „Könnte hinkommen."

„Dann war das ebenso eine Woche vor ihrem Tod." Sie blickte mich nachdenklich an. „Darüber muss ich erst einmal schlafen. Geh jetzt bitte!"

„Was meinst du mit darüber schlafen?", fragte ich.

„Ich muss darüber nachdenken, was ich von dieser neuen Entwicklung halten soll. Und ich muss darüber nachdenken, ob ich das alles vor meinem Chef und meinen Kollegen geheim halten kann."

Ich wandte mich zum Gehen, fühlte mich wie ein geprügelter Hund.

Als ich mich einige Meter entfernt hatte, rief sie mir nach: „Tom!"
„Ja?"
„Verlass die Stadt nicht!"

06. August, 11:05

Die Erkenntnis traf mich wie ein Schlag. Mit allen drei Mordopfern hatte ich das Bett für eine Nacht geteilt, jeweils eine Woche vor ihrer Ermordung. Mir wurde leicht übel bei dem Gedanken.

Handelte es sich um Zufälle? Es gibt ein Buch von dem bekannten Psychotherapeuten Robert H. Hopcke ‚Zufälle gibt es nicht'. Aber wenn es keine Zufälle gab, wie sollte ich die offensichtlichen Tatsachen interpretieren?

Andreas Aufforderung, die Stadt nicht zu verlassen, akzeptierte ich. Doch ich vereinbarte mit ihr, meinen Bewegungsspielraum bis Hanau ausdehnen zu dürfen. Die Drohung gegen Michael bestand immer noch und ich musste ein Auge auf ihn werfen. Irgendwie war das widersinnig. Wenn Andrea mich wirklich verdächtigte, dann fiel die Bewachung von Michael Benz in die Kategorie: den Bock zum Gärtner machen. Ich ging davon aus, dass sich ihr Verdacht auf die Indizien stützte, sie mir die Morde aber nicht zutraute, wie sie gesagt hatte. Ansonsten würde ich jetzt bestimmt schon gesiebte Luft atmen.

Gegen elf erreichte ich Michaels Wohnung in Hanau. Ich hielt die Türklinke noch in der Hand, da überfiel er mich schon. „Er hat wieder angerufen, Tom. Gerade eben. Vor ein paar Minuten. Ich wollte dich anrufen, doch dein Handy war ständig besetzt."

Ich räusperte mich: „Ich hab mit meiner Mutter telefoniert. Sie wollte wissen, wie weit ich mit den Ermittlungen gekommen bin."

„Ist ja egal. Willst du das Band hören?"

„Natürlich!"

Wir setzten uns an den Esstisch. Michael spulte das Band zurück und drückte die Wiedergabetaste:

Benz: *Benz.*

Anrufer: *Hallo Micha, erinnerst du dich an mich? (eine Sekunde Pause)*

Benz: *Wie sollte ich Sie vergessen und wie soll ich Sie eigentlich ansprechen?*

Anrufer: *(lacht) Mit meinem Namen.*

Benz: *Wie heißen Sie denn?*

Anrufer: *Engelmacher, weißt du das nicht mehr? Du hast mir den Namen selbst gegeben. Für einen Journalisten ist dein Gedächtnis außerordentlich schlecht.*

Benz: *Gut, dann Herr Engelmacher (lachen auf der anderen Seite), was wollen Sie von mir?*
Anrufer: *Nicht so förmlich, wir sind doch alte Freunde. (lacht wieder) Ich habe mein Werk fortgesetzt. Heute Nacht habe ich die Männer in Frankfurt der Freiheit wieder einen Schritt nähergebracht. Ein weiterer Engel singt nicht mehr.*
Benz: *Oh, mein Gott. Warum ...?*

In diesem Moment hörten wir ein Quietschen und Knirschen. Ich hieb augenblicklich auf die Stopptaste. Dann öffnete ich die Abdeckung über der Spule, was ich da sah, entmutigte mich. Das Band lag nicht mehr in der Führung und hatte sich mehrfach um den Tonkopf gewickelt.

Nach zehn Minuten intensiver Rettungsarbeit gab ich auf, die Aufnahme war verloren. Ich ließ die Schultern sinken. Jetzt würde Andrea noch wütender werden. Und es war der Preis dafür, dass die Polizei noch nicht in neue digitale Geräte investiert hatte.

„Was machen wir jetzt?", fragte Michael.

„Kommissarin Lamprecht anrufen und beichten."

„Oh je!" Michael wirkte geknickt.

„Oder ... Ich hab auf dem Weg hierher nachgedacht."

„Worüber?"

„Du solltest deinen Brötchengeber anrufen und fragen, wann die Pressekonferenz des K11 stattfindet. Wir haben jetzt hoch offiziell einen Serienmörder, der Frankfurts Straßen unsicher macht. Köster und die Pressestelle müssen jetzt reagieren, da bleibt ihnen keine andere Wahl. Außerdem", ich dachte eine Sekunde nach, „gibt es einen neuen Aspekt in dem Fall."

Ich erzählte Michael von meinen Affären mit den Mordopfern. „Das wäre ein riesen Aufmacher ...", begann er mit weit ausschweifenden Gesten zu reden.

„Vergiss es!"

„War ja nur so ein Gedanke." Er grinste schelmisch.

„Das ist mit ein Grund, warum ich auf der Fahrt hierher über Plan B nachgedacht habe."

„Plan B?"

„Genau! Damit kriegen wir deinen Engelmacher bei seinen Flügeln!"

06. August, etwa 2 Stunden vorher

Sein Auto parkte in einer Seitenstraße. Er lief die Straße hinunter. Ihn zu verfolgen war leicht, denn Verfolgungen gehörten zu einer seiner leichtesten Übungen. Er war ihm durch die halbe Stadt gefolgt. Auf dem

Alleenring hätte er ihn fast aus den Augen verloren, doch kurz vor der Rothschildallee erblickte er den Wagen wieder.

Der Andere stieg aus dem Auto und bewegte sich jetzt zu Fuß. Das Beschatten auf offener Straße wollte gelernt sein. Doch auch diese Disziplin beherrschte er.

Plötzlich blieb der Andere vor einem alten Nachkriegsbau stehen, zog einen dicken Schlüsselbund aus der Hosentasche und öffnete die Tür. Dann verschwand er in dem alten Gebäude.

Er postierte sich in der gegenüberliegenden Hofeinfahrt und wartete.

06. August, zur gleichen Zeit

Bereits den halben Tag beschlich ihn das Gefühl, als folge ihm ein Schatten. Er konnte ihn nicht sehen und nicht greifen. Da war einfach das unangenehme Gefühl, beobachtet zu werden, ohne den Beobachter identifizieren zu können.

Er stellte sein Auto in einer Seitenstraße ab und ging den letzten Rest des Weges zu Fuß. Als er an seinem Ziel ankam, zog er die Schlüssel aus der Tasche und öffnete die Eingangstür.

Drin angelangt blickte er durch eines der alten Holzrollos nach draußen. Sein Blick fiel auf die Hofeinfahrt gegenüber. Da im Halbdunkel stand er, sein Schatten.

06. August, 15:35

Pressezentrum, Polizei Frankfurt.

Wir betraten den Konferenzsaal. Die Größe war beeindruckend. Michael Benz suchte sich einen Platz in der zweiten Reihe und ich blieb rechts außen an der hinteren Wand stehen, um den Raum überblicken zu können. Ich beobachtete jeden, der den Saal betrat oder verließ. Vielleicht war der Engelmacher unter den Anwesenden. Nachdem was ich über Serienmörder recherchiert hatte, war dies durchaus im Bereich des Möglichen. Es verlieh ihnen ein Gefühl der Überlegenheit, den Fahndern bei der Arbeit ‚über die Schulter' zu sehen. Ich ließ meinen Blick durch den Raum schweifen und überlegte, ob einer der Anwesenden einen guten Serienmörder abgeben würde. Natürlich fand ich niemanden, wie auch? Mir fiel ein Lied von den Böhsen Onkelz ein, in dem es heißt: *Ich bin der nette Mann von nebenan und jeder könnt es sein.* Genau so kam mir die Jagd nach dem großen Unbekannten vor.

Mittlerweile waren fast alle Stühle belegt. Fernsehkameras wurden aufgebaut und Diktiergeräte das letzte Mal gecheckt. Man konnte das Adrenalin förmlich riechen. Der Gesichtsausdruck aller anwesenden Journalisten war fast identisch: Blut, Gier, Sensationen. Die ganzen Pressefritzen wirkten wie ein Rudel Hyänen, das darauf wartete, sich auf ein wehrloses, eingekreistes und erschöpftes Tier zu stürzen. Ich beneidete die Beamten nicht, die hier Rede und Antwort stehen mussten.

Dann ging es los. Alfred Köster als leitender Hauptkommissar des K11, Andrea Lamprecht und Stefan Carstens betraten das Podium und nahmen hinter den Mikrofonen Platz. Köster stellte seine Mannschaft den Journalisten vor und gab dann das Wort an Andrea. Das Unbehagen über die lausigen Ermittlungsergebnisse stand ihr ins Gesicht geschrieben, aber sie schlug sich tapfer. Als sie mit ihren Ausführungen am Ende angelangt war, durften die Reporter Fragen stellen.

In diesem Moment legte sich eine Hand auf meine Schulter. „Hi, Tom."

„Hi, Jimmy. Was machst du denn hier?"

„Ich wollte mir das Spektakel nicht entgehen lassen und ich wollte dich treffen", er grinste breit, wobei zwei blendend weiße Zahnreihen zum Vorschein kamen.

„Na, dann. Was macht eigentlich Daniela, hast du sie mal wieder gesehen?" Die Frage nach Daniela brach einfach so aus mir heraus, ohne dass ich etwas dagegen unternehmen konnte. Ich hatte viel an sie gedacht in der letzten Woche, mich aber nicht getraut, sie anzurufen. Aber warum? Dieses schüchterne Verhalten kannte ich überhaupt nicht von mir. Was war nur mit mir los?

„Ja, einmal, Anfang der Woche", riss mich Jimmy aus meinen Überlegungen. „Da ging es ihr gut, aber sie klang leicht bedrückt. Die Arbeit wäre im Moment sehr stressig. Ich soll dich grüßen, wenn ich dich sehe."

„Danke, grüß sie bitte zurück!", erwiderte ich. Für eine Sekunde wollte ich etwas hinzusetzen, lies es dann jedoch. „Seit wann bist du hier?"

„Von Anfang an. Ist ja nicht viel, was deine Ex-Kollegen zusammengetragen haben."

„Nein wirklich nicht, aber das Tonband sollte dies ändern."

Er blickte mich fragend an: „Tonband? Das hat Andrea gar nicht erwähnt?"

„Es enthält eine Stimmprobe des Engelmachers."

„Wo hat sie die denn her?"

„Von Benz."

„Von Micha? Lass dir nicht alle Würmer einzeln aus der Nase ziehen. Hat der Typ Micha ein Exklusivinterview gegeben oder was?"

„Nein, aber er hat ihn bedroht", entgegnete ich. „Er hat ihm einen Drohbrief in die Redaktion geschickt und dann hat er Benz zu Hause angerufen. Nur wusste er nicht, dass Benz ein Tonband am Telefon angeschlossen hat. Jetzt haben wir seine Stimme, zwar verzerrt, aber das BKA wird das rausfiltern."

„Super. Dann sollten die ihn bald haben."

„Nicht so schnell. Erst muss jemand die Stimme erkennen und sagen, hey, das ist mein Nachbar, der wohnt hier schon sein zwanzig Jahren, oder so."

„Stimmt", sinnierte mein Freund. „So einfach ist es leider doch nicht."

„Ja, leider", wiederholte ich Jimmys letzte Worte. „Da ich mich nicht alleine auf das Band verlassen will, habe ich mir was ausgedacht."

„Was?"

„Das will ich nicht verraten, noch nicht."

„Ich bin Journalist. Journalist ist gleich neugierig. Sag schon."

„Also gut ..." Ich wollte zu einer Erklärung ansetzen, aber in diesem Augenblick fiel mir der Mann im Anzug auf. Sein Verhalten unterschied sich erheblich von dem der anderen Anwesenden. Er sah aus wie ein Reporter oder besser, er versuchte, wie einer zu wirken. Aber es störte mich, dass er nicht zum Podium blickte, zu den Kommissaren, sondern abwechselnd zu Benz und mir. Ja, er beobachtete uns. Etwas in seinem Blick ließ mich frösteln und normalerweise bekam ich nicht so schnell eine Gänsehaut.

Als ich zu ihm hinüber gehen wollte, legte Jimmy seine Hand auf meine Schulter, sah mich fragend an und fügte dem Blick hinzu: „Also was ...?"

Ich wandte mich Jimmy zu: „Sieh mal da drüben, kennst du den Kerl?"

Als wir uns umdrehten stand da nur eine einsame Fernsehkamera auf ihrem Stativ. Von dem Mann war nichts mehr zu sehen. Daraufhin beschrieb ich Jimmy den Unbekannten. „Grauer Anzug, weißes Hemd, schwarze Schuhe, eins achtzig groß und ungefähr Mitte oder Ende vierzig."

Jimmy schüttelte den Kopf: „Nein, sagt mir leider überhaupt nichts."

„Alles klar, bin gleich zurück." Ich lief einfach los, ohne auf eine Erwiderung zu warten. Ich bewegte mich so schnell wie möglich, ohne zu viel Aufsehen zu erregen oder umherstehende Journalisten anzurempeln. Als ich am Ausgang ankam, sah ich gerade, wie der Mann im Aufzug verschwand. Von den Anzeigen der beiden anderen Aufzüge konnte ich ablesen, dass sie sich irgendwo im Gebäude befanden. Ich blickte mich nach dem Treppenhaus um und fand es sogleich. Das Ziel des Unbekannten musste das Erdgeschoss sein, also sprintete ich die fünf Treppen nach unten. Im Basement angekommen sprengte ich förmlich die Tür auf und trat in die weite Empfangshalle. Die Drehtür bewegte sich noch. Ich rannte los. Als ich ins Freie trat, hörte ich den Motor eines Wagens aufheulen und mit quietschenden Reifen davonfahren. Ich versuchte, das Nummernschild zu erkennen, konnte aber nur noch die Ziffern 756 lesen. Irgendwie hatten meine Augen zuerst die Zahlen anstelle der Buchstaben erfasst. Leicht frustriert ging ich zurück in den Konferenzsaal.

„Hast du deinen Unbekannten erwischt?“, fragte Jimmy.

„Leider knapp verfehlt.“

„Schade. Warum hast du ihn eigentlich verfolgt?“

„Es kam mir so vor, als habe er ausschließlich Benz und mich beobachtet. Ich glaube, er hat überhaupt nicht zugehört, was Andrea oder Köster gesagt haben. Es schien, als würden ihn die Ermittlungsergebnisse gar nicht interessieren, sondern nur Benz und ich.“

„Unheimlich. Glaubst du, es war der Killer?“, warf Michael Benz ein, der sich zu uns gesellt hatte. Die Konferenz war beendet und die Versammlung löste sich langsam auf.

„Ich weiß es nicht, vielleicht. Er hat mich leicht erschaudern lassen, aber das hat ja nichts zu heißen.“ Meine beiden Zuhörer nickten einvernehmlich. Ich sah Jimmy an: „Was machst du heute noch?“

„Ich fahre nach Hause und genieße den Rest meines freien Tages, bevor ich morgen wieder ran muss.“

Wir drückten uns kurz zum Abschied. Dann vereinbarten wir, nächste Woche zu telefonieren. „Und dann verrätst du mir, was du vorhast, das bist du mir schuldig!“ Mit diesen Worten verschwand Jimmy.

Ich blickte Benz an: „Wir sollten los. Es wird Zeit.“

Er nickte. Arbeit lag vor uns, und ich fragte mich, nicht zum ersten Mal, ob Plan B aufgehen würde oder ob ich diesmal vielleicht zu hoch pokerte.

Wer mit Ungeheuern kämpft, mag zusehen,
dass er nicht dabei zum Ungeheuer wird.
Und wenn du lange in einen Abgrund blickst,
blickt auch der Abgrund in dich hinein.

Friedrich Nietzsche, Jenseits von Gut und Böse, Aphorismus 146

Kapitel 3

Samstag, 07. August, 10:15

Polizeirevier Frankfurt, K11, Morddezernat.

Wie eine Woche zuvor saßen die Kommissare des K11 vor dem Schreibtisch von Alfred Köster. Der Alte stand mit dem Rücken zu ihnen vor dem Stadtplan und positionierte das dritte gelbe Fähnchen auf der Karte. Dann drehte er sich mit ernster Miene um. „Ich habe keine Lust, noch mehr Markierungen auf diesem Plan anbringen zu müssen!“, und mit dem Finger auf den Plan deutend fügte er hinzu: „Wissen Sie eigentlich, was ich mir gestern alles anhören musste?“ Er legte eine kurze Pause ein und beobachtete die Wirkung seiner Worte. „Kriminaldirektor Meier hat mit Kriminalrat Rohoff telefoniert. Er hat ihm unverblümt gesagt, was er von unserer bisherigen Ermittlungsarbeit hält. Ich glaube, ich muss das nicht näher ausführen.“ Nach einer weiteren kurzen Pause fuhr er fort: „Kriminalrat Rohoff hat mich direkt nach diesem Telefonat in Kenntnis gesetzt, dass er kurz davor ist, das BKA einzuschalten. Wobei er aber durchblicken ließ, dass er trotz allem Vertrauen zu meinem Team, also zu Ihnen, hat. Ich habe vorerst eine Soko eingerichtet für den Fall Engelmacher.“ Die vier Frauen und Männer sahen ihren Chef verdutzt an. „Schauen Sie nicht so verstört. Ich habe den Namen dieses Schmierfritzen übernommen, da er mir, trotz aller Abneigung gegen die schreibende Zunft, sehr treffend erscheint.“

„Und wie viele Personen umfasst die Soko?“, fragte Lamprecht.

„Zu der Soko gehören Sie Frau Lamprecht, KOK Carstens, KOK Bergmann, KK Mauser und noch drei weitere Kommissare, die ich vom Betrugsdezernat und Organisierte Kriminalität ausgeliehen habe. Die Kollegen der anderen Abteilungen sollen Frau Mauser und Herrn Bergmann mit den Recherchen zur Hand gehen. Da fällt mir gerade ein, was macht eigentlich die Fangschaltung, die bei Herrn Benz installiert ist? Gibt es aus dieser Ecke schon konkrete Ergebnisse?“

„Leider nicht. Herr Benz hat mich heute Morgen angerufen und mir mitgeteilt, dass der Engelmacher gestern bei ihm angerufen hat“, berichtete Carstens. „Leider hat Benz vergessen, die Fangschaltung zu aktivieren. Ich habe bei der Telekom den Anschluss überprüfen lassen. Das Gespräch kam aus einer Telefonzelle im Gallusviertel. Und es gab noch ein Problem. Das Aufnahmegerät, welches wir bei Benz installiert haben, hat Bandsalat aus dem Mitschnitt gemacht. Wir haben keine Ahnung, was genau er mit Benz gesprochen hat. Ich werde gleich die Kollegen von der Technik hinschicken. Die sollen das Bandgerät austauschen.“

„Na, da haben wir ja in der Kür und der Pflicht komplett versagt." Köster massierte sich die Schläfen mit den Zeigefingern. „Gibt es neue Ermittlungsergebnisse?" Er blickte Lamprecht auffordernd an.

Diese blickte ihrerseits zu Bergmann: „Marco?"

Bergmann räusperte sich: „Wir haben, wie die ganze letzte Woche, Recherchen nach Verdächtigen betrieben, die zu solch einer Tat fähig sein könnten. In Frankfurt sind wir auf sechs vorbestrafte Mörder gestoßen, die in das Muster, brutal und rücksichtslos im Vorgehen, passen. Drei sitzen in Preungesheim ein und haben das beste Alibi der Welt. Von den drei verbleibenden Personen ist einer letztes Jahr bei einem Autounfall ums Leben gekommen. Die letzten zwei haben wir genau unter die Lupe genommen, aber beide haben wasserdichte Alibis."

„Das ist nicht viel." Köster sah unzufrieden aus. „Weiter?"

Bergmann fuhr fort: „Wir haben den Suchradius auf etwa hundert Kilometer um Frankfurt herum ausgedehnt. Wir sprechen gerade mit den Kollegen in Wiesbaden, Mainz und Darmstadt. Das ist ein Haufen Arbeit. Wenn Sie noch mehr Kollegen für die Soko finden könnten, würde es schneller gehen."

„Ist angekommen Herr Bergmann. Ich werde sehen, was ich tun kann." Köster griff nach etwas auf seinem Schreibtisch. „Hat jemand von Ihnen die Zeitung gelesen?", er inspizierte die Runde über den Rand seiner Brille. „Niemand? Habe ich nicht anders erwartet. Frau Lamprecht, warum haben wir eine Fangschaltung bei Herrn Benz installiert?"

Die Kommissarin blicke Köster irritiert an. „Weil er bedroht wurde und weil der Engelmacher sich bei ihm gemeldet hat. Warum fragen Sie?"

„Wenn ich mich nicht täusche, hat Ihr ehemaliger Partner den Personenschutz für Benz übernommen."

„Ja. Worauf wollen Sie hinaus?"

„Lesen Sie." Köster warf Lamprecht die Morgenausgabe des FK zu.

Sie griff die Zeitung aus der Luft und begann sogleich den markierten Artikel zu lesen. Mit jeder weiteren Zeile, die die Kommissarin las, wurde ihr Gesicht bleicher. Als sie am Ende anlangte, riss sie den Blick von dem Artikel los. „Ist der denn total verrückt geworden? Bei dem fehlen nicht nur ein paar Tassen im Schrank, da ist überhaupt kein Schrank vorhanden!"

„Es sieht so aus, als ob Sie den Artikel genauso bewerten wie ich, Frau Kollegin", antwortete Köster mit gespielter Gelassenheit.

„Ich weiß, auf wessen Mist das gewachsen ist."

„Erleuchten Sie uns, Frau Lamprecht!", Köster zog die rechte Augenbraue hoch.

„Martini! Das kommt von diesem Idioten. Ich muss mal telefonieren." Lamprecht stand auf und steuerte direkt in ihr Büro. Die Tür krachte hinter ihr lautstark ins Schloss.

Carstens lugte über den Rand der Zeitung zu seinem Chef hinüber. „Der ist wirklich mutig." Dann las er laut vor: „... Tanja H. ist anscheinend dem gleichen durchgeknallten Psychopathen zum Opfer gefallen ... Das ist noch besser ... Dieses Individuum ist wie ein bösartiges Melanom am Anus der Gesellschaft und kann nur operativ entfernt werden ... Na, da wäre ich auch sauer wie die Sau."

Köster gestattete sich ein flüchtiges Grinsten, welches keiner der Anwesenden registrierte. Dabei blickte er auf die verschlossene Tür von Lamprecht und dachte: dieser Martini!

07. August, 10:45

„Du bist wohl von allen guten Geistern verlassen. Dieser Artikel ist eine offene Kriegserklärung an diesen Psychopathen. Was hast du dir dabei gedacht? Antworte mir, verdammt noch mal!" Andreas Stimme, die mit Hilfe des Telefons versuchte, mein Gehör zu ruinieren, zumindest gewann ich diesen Eindruck, klang mehr als aufgebracht.

Als sie eine Pause zum Luftholen einlegte, sagte ich: „Wenn du mich zu Wort kommen lässt, kann ich dir antworten."

„Dann los!"

„Ganz einfach." Ich erklärte ihr Plan B. „Der Kerl hat Michael gedroht, ihn zu töten, wenn er wieder schlecht über ihn schreibt. Um Michael zu töten, muss er aus seiner Deckung kommen und dabei können wir ihn fassen. Deshalb hat Michael auf mein Anraten diese Kriegserklärung, wie du sie nennst, geschrieben. Das ist die beste Möglichkeit im Moment, um den Killer zu kriegen, wir müssen seinen Stolz verletzen. Denn mal ehrlich, was habt Ihr im Moment an Spuren und Hinweisen, das Band nicht mitgezählt? Nichts. Ich wette, du hast über diese Möglichkeit nachgedacht, aber als Bulle kannst du solche Methoden nicht anwenden. Unbescholtene Bürger in Gefahr bringen, Köster hätte das nie und nimmer abgesegnet, oder?"

Ihre Antwort ließ nur den Bruchteil einer Sekunde auf sich warten, aber dieses minimale Zögern bestätigte mir, dass ich mit meiner Vermutung richtig lag. „Du bist verrückt, Tom. Auf diese Idee wäre ich nie gekommen. Was glaubst du, wie sollen wir uns jetzt verhalten? Benz in Schutzhaft nehmen?"

„Ganz bestimmt nicht. Wir müssen ihn beschatten, bis diese Kakerlake aus ihrem Loch gekrochen kommt und sie dann zertreten."

„Wir werden Benz überwachen. Dazu zwingst du uns. Mistkerl!" Andreas Wut war anscheinend verraucht, zumindest fast. Ich würde wetten, wenn sie näher über die Angelegenheit nachdachte, erkannte sie die Möglichkeiten, die sich ihr eröffneten. „Du hörst wieder von mir. Aber das nächste Mal will ich vorher eingeweiht werden. Das bist du mir schuldig."

„Klar, damit ich stundenlang mit dir rumdiskutieren kann, was ich mache und wie. Nein, ich werde weiter so verfahren wie bisher."

„Egoist! Wir telefonieren, ciao."

Sie legte auf, ohne auf eine Antwort zu warten. Sie war sauer auf mich, sehr sauer. Mehr als ich mir eingestehen wollte.

07. August, 10:55

Er war aufgebracht. Was bildete sich dieser kleine miese Schmierfink ein? Waren seine Warnungen nicht deutlich genug gewesen? Gab es einen Zweifel daran, was er unternehmen würde, wenn dieser Benz ihn und sein Werk nicht respektieren würde? Anscheinend schon!

Er fuhr zu der Telefonzelle auf der Mainzer Landstraße, Höhe Schmidtstraße. Seinen Wagen parkte er am Marxheimer Platz. Zum Glück gab es im Gallusviertel genug Telefonzellen. Er steckte seine Telefonkarte in den Schlitz des Telefons und wählte Benz' Nummer. Nach dem dritten Freizeichen wurde abgehoben.

„Benz."

„Ich bin es", seine Stimme wurde durch den tragbaren Verzerrer modifiziert.

„Hallo, was wollen Sie?", der Journalist klang unsicher, fast wie ein Kind, das etwas ausgefressen hatte.

„Du weißt genau, warum ich anrufe." Dann fuhr er lauter und aggressiver fort, die Wut übermannte ihn in diesem Augenblick. Die Wut über diese Blasphemie: „Wie kannst du es wagen, mich zu verhöhnen, mich zu demütigen, mein Werk zu verspotten, du verfluchter Unwürdiger? Weißt du denn nicht, was jetzt mit dir passiert? Was ich mit dir machen werde?" Den letzten Satz schrie er: „Weißt du das nicht?!"

07. August, gleiche Zeit

Der Kerl ist wirklich verrückt, war alles, was Benz denken konnte, ein Fall für die Klapse. „Was wollen Sie denn tun, Engelmacher“, er konnte es nicht ändern, aber seine Stimme vibrierte unsicher. War es die Idee von Tom wirklich wert, ein solches Risiko einzugehen? Im Moment bezweifelte er es. Und ausgerechnet jetzt war Tom nicht da. Seine Hände begannen zu zittern.

„Du, mein lieber Micha, bist so gut wie tot. Eigentlich unterhalte ich mich mit einer Leiche. Und sei gewiss, ich habe mir eine schöne Todesart für dich überlegt.“ Ein sadistisches Lachen erklang von der anderen Seite der Leitung. Benz war wie gelähmt, er konnte nichts erwidern. „Aber vorher habe ich eine Überraschung für dich, mein lieber Micha!“

Der Journalist fand seine Fassung für ein paar Sekunden wieder. „Wie sollten Sie mich überraschen, Sie Psychopath?“

„Das war sehr unklug, Micha. Damit verlängert sich dein Leiden ins Unendliche, das verspreche ich dir. Aber zu meiner Überraschung“, er holte lange und intensiv Luft: „Heute Nacht werde ich töten und du trägst die Verantwortung. Du und sonst keiner.“

„Wie meinen Sie das?“

„Rate mal, drei, drei, zwei, sieben.“

07. August, 11:00

„Dieser Idiot“, Lamprecht legte auf.

Stefan Carstens stand neben ihr und blickte sie fragend an. „Wen meinst du?“

„Martini. Was machst du eigentlich hier?“

„Ich wollte nach dir sehen, nachdem du ohne einen Kommentar aus der Besprechung abgedampft bist“, er drückte die Zigarette im Aschenbecher aus. „Was hat Martini erzählt?“

„Lass uns zu den anderen gehen, dann brauch ich alles nur einmal zu erzählen.“

Carstens hielt seiner Kollegin die Tür auf und zusammen betraten sie Kösters Büro. Lamprecht setzte sich wieder auf ihren Platz, griff nach ihrer Kaffeetasse und nahm einen Schluck. Sie verzog das Gesicht und spuckte den Inhalt ihres Mundes wieder zurück in die Tasse. „Kalt, bäh!“

Carola Mauser nahm ihr die Tasse aus der Hand. „Ich hol dir einen Neuen.“

„Nein“, wehrte die Kommissarin ab, „hör besser erst zu! Wir müssen ein paar Dinge besprechen.“ Mauser setzte sich wieder und sah Lamprecht erwartungsvoll an. „Also, wir haben alle den Zeitungsbericht gelesen und wissen, was er bedeutet.“ Sie blickte alle in der Runde kurz an. „Benz schwebt ab sofort in Lebensgefahr, sollte der Killer nicht nur heiße Luft abgesondert haben. Die Idee zu dem Artikel kam von Martini. Ich denke, ab jetzt müssen wir Benz auf Schritt und Tritt überwachen. Das kann und soll Martini nicht alleine übernehmen.“ Dabei fixierte sie Köster.

„Da haben Sie recht. So eine delikate Aufgabe können wir nicht einem Zivilisten überlassen, auch wenn er mal einer von uns gewesen ist. Was schlagen Sie vor?“, erwiderte der Leiter des K11.

„Vierundzwanzig-Stunden-Überwachung. Er darf nirgends mehr alleine hingehen. Wenn er zu Hause ist, muss ein Wagen vor seinem Haus stehen. Ich schlage drei Schichten vor.“

„Ich werde mich darum kümmern“, antwortete Köster.

„Ein bisschen Bauchschmerzen habe ich bei der Angelegenheit. Martini hat uns neue Möglichkeiten eröffnet, aber auch neue Gefahren heraufbeschworen. Wir hätten das nie so veranlassen können, aber da ein Anderer die Karten gemischt hat, stehen uns Tür und Tor offen.“

„Das ist völlig richtig, Frau Kollegin, aber diese Theorie darf nie an die Öffentlichkeit gelangen. Sollte Benz wider Erwarten zu Tode kommen, würde jeder Journalist in der Stadt die heilige Inquisition gegen uns ausrufen. Und Rohoff würde mich öffentlich vierteilen lassen. Niemand darf erfahren, dass wir mit Martinis Vorgehensweise einverstanden sind. Sollten Sie gefragt werden oder mit Kollegen diskutieren, kritisieren Sie diesen Artikel und die Idee, die dahinter steht!“ Alle nickten. „Gut, dann bis Montag. Ich kümmere mich um die Observation.“

Alle verließen das Büro. Als ihre Kollegen das Zimmer verlassen hatten, drehte sich Lamprecht zu ihrem Chef um. „Kann ich Sie inoffiziell unter vier Augen sprechen?“

„Natürlich Frau Lamprecht. Setzen Sie sich“, er bot ihr den Stuhl an, auf dem sie vor einer Minute noch gesessen hatte: „Um was geht es?“

Sie atmete tief durch: „Es geht um Martini.“

15 min. später

„Sie wollen diese Informationen vor Ihren Kollegen und der Soko geheim halten? Sie sind der Meinung, dass Martini nicht mit den Morden in Verbindung steht?“, fragte Köster mit skeptischem Gesichtsausdruck.

„Ja, ich bin überzeugt, dass er kein Mörder ist. Das sagt mir mein Bauch. Oder nennen Sie es weibliche Intuition“, antwortete Lamprecht.

Köster blickte kritisch über den Rand seiner Brille, öffnete die oberste Schublade seines Schreibtischs und holte seine Pfeife heraus. Er stopfte sie mit einem nach Vanille duftenden Tabak und zündete sie an. Dann stand er auf und blickte nachdenklich aus dem Fenster. „Frau Lamprecht, Sie wissen, dass ich Sie sehr schätze. Sie sind nicht umsonst meine beste Ermittlerin. Aber Sie sollten bei aller Intuition nicht die Fakten aus den Augen verlieren.“ Er wendete sich der Kommissarin zu. „Ich bin hin und her gerissen, aber mein Vertrauen in Sie überwiegt meine Überzeugung. Sollten aber neue Beweise, die auf Martini hindeuten, auftauchen, werden Sie ihn trotz aller Vorbehalte verhaften. Machen Sie es nicht, werde ich Sie von dem Fall abziehen, ohne Wenn und Aber. Carstens wird dann das Ruder übernehmen, weil er keine gemeinsame Vergangenheit mit Martini hat.“ Köster merkte in dem Moment, in dem er den Satz aussprach, dass man diese Formulierung falsch verstehen konnte. „Sie wissen, wie ich das meine. Ihre Vergangenheit als Streifenpartner. Ist das akzeptabel für Sie?“

Lamprechts Wangen zeigten eine leichte Röte, die aber sofort wieder verschwand. Sie nickte: „Absolut, Chef. Danke.“

Er nickte ihr zu. Als sie sich von ihrem Stuhl erhob, klingelte das Telefon. „Köster, K11.“

„Benz!“ Köster drückte die Lautsprechertaste und die Kommissarin ließ sich wieder auf ihrem Stuhl nieder. „Er hat wieder angerufen. Er ist total durchgeknallt, ich soll langsam und qualvoll sterben. Und er will heute Abend töten.“ Der Journalist sprach sehr schnell und hektisch: „Ich glaube, er hat mir einen Hinweis gegeben. Er hat zuletzt gesagt: Rate mal, drei, drei, zwei, sieben.“

„Ganz ruhig Herr Benz, wir kümmern uns um Ihren Schutz. Wo ist Herr Martini?“

„Der wollte ins Sportstudio. Sein Handy ist nicht eingeschaltet. Kommt gleich die Mailbox.“

„Haben Sie das Gespräch aufgezeichnet?“

„Nein, das Band ist doch defekt.“

„Verdammt!“, entfuhr es Köster. „Ich schicke sofort einen Techniker zu Ihnen. Bis Herr Martini wieder da ist, verriegeln Sie die Tür. Lassen Sie niemanden herein. Ab heute Abend wird Ihr Haus observiert. Bis dahin, keinen Kontakt zu niemandem, klar?!“

„Ja, klar. Danke.“

„Auf Wiederhören.“, Köster legte auf, dann sagte er zu Lamprecht: „Hoffen wir, dass Ihr Bauchgefühl Sie nicht täuscht. Rufen Sie alle Ihre

Kollegen wieder aus dem Wochenende zurück. Wir müssen herausfinden, was dieser Hinweis bedeutet, wenn es überhaupt einer ist."

07. August, 12:45

„Ich habe panische Angst und ich frage mich, warum ich mich auf diesen Wahnsinn eingelassen habe. Wie konnte ich mich nur von dir überreden lassen." Seit ich die Wohnung betreten hatte, lief Benz im Kreis um den Esstisch herum. Er raufte sich die Haare und fluchte leise vor sich hin. „Scheiße, scheiße, scheiße!"

Der erste Gedanke, der mir durch den Kopf schoss, nachdem Benz mir von dem Anruf erzählt hatte, war: Er hat den Köder geschluckt. Doch mit einem weiteren Mord hatte ich nicht gerechnet. Ich betete, dass mein Plan aufging. Der Einsatz war zu hoch, um zu verlieren.

Ich stand am Fenster und blickte für einen Moment gedankenverloren hinaus. Da erblickte ich einen alten Opel Vectra, der auf der gegenüberliegenden Straßenseite parkte. Der Observationstrupp hatte schneller reagiert als von Köster angekündigt. Ich gestattete mir, ein wenig aufzuatmen.

„Komm doch mal her!" Ich winkte Benz und deutete hinaus. „Sieh mal! Köster hat nicht zu viel versprochen, du wirst bewacht. Du kannst wieder ruhiger werden." Mir war klar, dass er dazu nicht im Stande sein würde, wenigstens nicht sofort, aber vielleicht in ein paar Stunden.

„Leichter gesagt als getan. Hoffentlich passen die gut auf."

„Klar machen die", beruhigte ich ihn. „Das sind alles Profis. Deshalb werde ich von zu Hause aus recherchieren. Du hast ja jetzt Polizeischutz. Ich werde dem Hinweis nachgehen."

„Welchem?"

„Drei, drei, zwei, sieben. Ich muss herausfinden, was er bedeutet. Und du verlässt deine Wohnung nicht und lässt niemanden herein, außer mir oder einem der Kommissare. Klar?"

„Wo denkst du hin."

„Er wird dir nichts tun, zumindest nicht heute. Er hat es auf eine Frau abgesehen und erst in zweiter Linie auf dich. Aber soweit kommt es nicht. Er fühlt sich anscheinend sehr sicher, aber durch diesen Fingerzeig haben wir die Chance, ihn zu schnappen."

„Hoffentlich!".

„Keine Angst, wir kriegen den Bastard."

07. August, 13:00

Es klingelte. Nach dem vierten Freizeichen wurde abgehoben. „Ja."

„Ich bin es", identifizierte sich der Anrufer. „Was hast du für mich?"

„Nichts."

„Wie nichts? Was hast du denn erfahren? Oder habt ihr nur Kaffee getrunken?"

„Nein, aber wenn ich dir irgendetwas preisgebe, weiß sofort jeder, dass ich gequatscht habe. Na ja, fast sofort. Der Personenkreis, der diese Informationen besitzt, ist sehr klein. Bitte versteh das! Außerdem weißt du eh schon alles. Es gibt keine neuen Erkenntnisse."

„In Ordnung. Wir sehen uns." Das Gespräch wurde beendet.

07. August, 14:27

Ich fuhr nach Hause, um die Bedeutung von ‚drei, drei, zwei, sieben' zu entschlüsseln. Das wäre auch bei Benz möglich gewesen, aber seine Unruhe schwappe auf mich über wie eine Sturmflut. Manchmal war Empathie einfach ein Fluch. Schon als ich seine Wohnung betreten hatte, spürte ich seine Aufregung wie ein körperliches Vibrieren. Das machte es mir unmöglich, mich zu konzentrieren und ich musste mich konzentrieren in der kurzen Zeitspanne, die bis zum Abend blieb. Wir wussten nicht, wann er zuschlagen würde, denn er hatte Michael gegenüber nur von heute Abend gesprochen.

Jetzt hier im Auto konnte ich wieder klar denken, die Fakten sortieren. Das erste, was mir in den Sinn kam: Warum hatte er einen Hinweis auf seinen nächsten Mord gegeben? Das entsprach nicht seinem Stil. Seine ersten drei Morde hatte er nicht angekündigt, er führte sie ohne Vorwarnung aus, einfach so. Warum jetzt? Warum ein Rätsel? Wollte er das Spiel für sich selbst interessanter gestalten? Oder wollte er uns zeigen, wie dumm wir waren? Fühlte er sich zu sicher und wir konnten vielleicht davon profitieren?

Wahrscheinlich war er eitel und selbstverliebt. Er führte die Morde mit größter Präzision aus, ohne Spuren zu hinterlassen. Weder die Polizei noch ich hatten bisher den kleinsten Hinweis auf seine Identität gefunden. Wenn ich gute Arbeit abliefere, möchte ich dafür gelobt werden. Serienmörder wollten diese Anerkennung ebenfalls. Er fing an Hinweise zu geben, um uns auf seine Spur zu führen, wobei das reine Spekulation von mir war.

Auf der Fahrt hörte ich zufällig Radio. Normalerweise ließ ich immer eine CD laufen. Das Lied, das jetzt auf HR3 lief, passte zu diesem Tag wie die Faust aufs Auge.

„...und wenn die Wolken schlafen gehen,
kann man uns am Himmel sehn,
wir haben Angst und sind allein,
Gott weiß, ich will kein Engel sein...“

Rammstein – Engel. Was für eine Ironie!

In meiner Wohnung angekommen, schob ich eine Pizza in den Backofen. Vor dem Training frühstückte ich generell nicht und danach, bei Benz, war keine Zeit zum Essen gewesen.

Während der Backofen vorheizte, fuhr ich meinen Rechner hoch und ging ins Internet. Was sollte die Zahlenkombination bedeuten? Und wie sollte sie uns zu seinem nächsten Opfer führen? Vorraugesetzt er machte sich nicht einen Spaß und die ‚drei, drei, zwei, sieben‘ hatte keinen tieferen Sinn. Ich gab die Zahlenfolge bei Google ein und wurde nicht enttäuscht, leider! Mehr als 8,6 Millionen Treffer in nur 0,24 Sekunden. Das war genug Lesestoff für Wochen, wollte ich in alle Richtungen forschen. Es fing an mit Nikola Tesla und einem Hotelzimmer 3327 in New York City, dann kam ein Playmobil-Artikel mit 3327, auch noch ein Roter Drache, Hannibal Lecter ließ grüßen. RFC 3327 der Internet Engineering Task Force setzte den Reigen fort, ein Rheumamedikament, irgendein Report, eine Software Schwachstelle und so ging es Seite um Seite weiter. Irgendwie musste ich Herr der Lage werden. Ich forschte weiter. Nichts erschien mir plausibel, außer Nikola Tesla.

Tesla war am 10. Juli 1856 in Kroatien geboren worden. Er war Erfinder, Physiker und Elektroingenieur. Er entwickelte den Wechselstrom-Generator, die Tesla-Spule und vieles mehr. Tesla war eigentlich auch der Vater des Radios, denn Marconi, der bis heute als Radiopionier gefeiert wird, nutze siebzehn Patente von Tesla, um seine ersten Radiowellen über den Atlantik zu schicken. Aber wo war der Bezug zum Engelmacher? Ich fand keinen und die Zeit lief mir davon.

Auf einmal dämmerte es mir, die Zimmernummer 3327, das New Yorker Hotelzimmer, in dem Nikola Tesla am 7. Januar 1943 gestorben war. Ich schlug mir mit der flachen Hand gegen die Stirn, so fest, dass es laut klatschte. Da war endlich der Bezug zu einer Frau, den ich die ganze Zeit gesucht hatte.

Ich griff zum Telefon, um Andreas Nummer zu wählen. Doch dann entschloss ich mich, eine SMS zu schreiben. Sie konnte dann selbst entscheiden, ob sie meiner Annahme nachging oder nicht. Wenn ich jetzt mit Andrea telefonierte, würde ich stundenlang erklären müssen, wie, warum und weshalb ich ausgerechnet auf diese Frau gekommen war. Und das wollte ich nicht.

Mittlerweile war es nach zweiundzwanzig Uhr, hoffentlich kam meine Erkenntnis nicht zu spät.

07. August, 21:45

Sein Versteck befand sich in einem Gebüsch am Rande des Waldwegs. Die dunkle Kleidung ließ seinen Körper mit der Umgebung verschmelzen. In ein paar Minuten würde die Dunkelheit vollkommen und die Nacht seine Tarnkappe sein. Er hatte sich die beste Stelle ausgesucht, der Weg und die Haltestelle lagen in seinem Blickfeld. Nun begann das Warten. Die Zeit verging langsam wie nach dem Erwachen aus einem Albtraum, wenn man das Licht des neuen Morgens herbeisehnt.

Etwas später, er konnte seine Uhr ohne Lampe nicht ablesen, erschien ein verwaschener Schemen vor seinem Versteck. Er hoffte, dass die Gestalt sich nicht seinen Unterschlupf aussuchte. Sie ging weiter, nur ein paar Meter, aber doch so weit, dass sie ihn nicht bemerkte. Das war noch mal gut gegangen.

07. August, 22:10

Daniela Birkhus stieg an der Rheinlandstraße aus der Straßenbahn. Sie begab sich auf ihren gewohnten Heimweg, den Römerweg, am Waldrand entlang.

Ihre Gedanken weilten noch bei dem hinter ihr liegenden, stressigen Arbeitstag. Drei Notfälle waren auf ihre Station gekommen und mussten umgehend versorgt werden. Ganz abgesehen von den Patienten, die bereits auf ihrer Station lagen und ebenfalls Hilfe benötigten. Ihre zwei Kolleginnen und sie hatten alle Hände voll zu tun. Alles was sie jetzt benötigte, war eine heiße Dusche und ihr Bett.

Für zwei Sekunden überlegte sie, auf einen kleinen Abstecher bei Tom vorbeizuschauen. Doch sie verwarf die Idee so schnell, wie sie gekommen war. Die Uhr zeigte viertel nach zehn, vielleicht schlief er schon.

Würde er sich überhaupt freuen, sie zu sehen? Hielt er sie vielleicht für aufdringlich, wenn sie einfach vorbeikommen würde? Sie wusste es nicht. Mit diesen Gedanken beschäftigt lief sie den Weg entlang, der sich zwischen Waldrand und Rheinlandstraße dahin schlängelte.

Ganz unerwartet wurde sie in das Hier und Jetzt zurückgerissen. Ihr Bewusstsein schüttelte den trüben Gedanken ab, um einer neuen Situation Platz zu machen. Sie erhaschte aus dem Augenwinkel eine Bewegung im Halbdunkel. Eine Gestalt kam auf sie zu. Der mächtige, geschmeidige Schatten eines Mannes. Als die Dunkelheit ihn ausspie, kam er ihr irgendwie bekannt vor. Sie wollte sich ihm zuwenden, aber in diesem Augenblick legte der Mann seine Arme von hinten um sie, ohne jedwede Chance, sich befreien zu können. Die Arme glichen Stahlklammern, von denen sie den Eindruck bekam, sie wollten ihr die Luft aus den Lungen pressen. Daniela wollte schreien. In diesem Moment legte sich eine Hand auf ihren Mund und es war ihr unmöglich, den geringsten Laut von sich zu geben.

Ihr Atem ging stoßweise. Sie hatte Angst zu hyperventilieren, doch es geschah nicht. Ein Gedanke formte sich glasklar in ihren Gehirnwindungen. Ich muss diesem Kerl entkommen, wer weiß, was er mit mir vorhat. Der Mann begann, an einer seiner Taschen herum zu nesteln. Sein Griff um Daniela lockerte sich. Sie erlangte einen geringen Prozentsatz ihrer Bewegungsfreiheit zurück, Hoffnung keimte in ihr auf.

Einer ihrer Freunde hatte ihr vor ein paar Monaten gezeigt, wie sie sich in solch einer Situation verhalten sollte. Dem Gegner den Ellenbogen in die Rippen rammen oder mit dem Absatz auf den Fuß treten. Doch jetzt, da sie in Lebensgefahr schwebte, wollte ihr nichts gelingen. Als erstes versuchte sie das mit dem Ellenbogen. Ihr Angreifer stand so ungünstig, dass sie ihn mit dem freien Arm nicht erreichen konnte. Dann trat sie dem hinter ihr Stehenden mit aller Wucht, derer sie noch fähig war, auf den Fuß. Keine Reaktion! Eher das Gegenteil, ihr tat die Ferse höllisch weh. Es fühlte sich an, als habe sie auf Stahl getreten. Die ganze Zeit über bewegte sie sich hin und her, soweit es ihr möglich war, aber all ihre Befreiungsversuche scheiterten kläglich.

Plötzlich kam die zweite Hand des Mannes zurück. Ihre Erfahrung als Krankenschwester ließ sie sofort erahnen, nein, sie wusste, was er in seiner verbundenen Hand beherbergte. Obwohl der Wattebausch gut fünfzehn Zentimeter von ihrem Gesicht entfernt war, konnte sie das Chloroform riechen. Diese Erkenntnis und das Wissen darum, was nun mit ihr passieren sollte, mobilisierten noch einmal all ihre Kräfte. Ohne Erfolg. Unaufhaltsam kam die Hand mit dem Betäubungsmittel auf ihr Gesicht zu. Wenn sie es lange genug einatmete, würde es ihr Ende bedeuten. Der Wattebausch landete genau auf Mund und Nase. Daniela wehrte sich noch ein, zwei Sekunden, dann setzte langsam die Wirkung des Chloroforms ein. Die Bewusstlosigkeit fing an, ihre gierigen Hände nach ihr auszustrecken. Auf einmal hörte sie ein Lied, ohne Text, nur die Melodie und es kam ihr bekannt vor. Summte der Mann hinter ihr?

Da passierte zum zweiten Mal an diesem Abend etwas Unvorhergesehenes.

Daniela nahm einen zweiten Schatten wahr. Waren da jetzt zwei Männer? Oder handelte es sich bei dem zweiten Schatten um ein Produkt ihres umnebelten Gehirns?

Plötzlich löste sich die Umklammerung des Mannes und Daniela glitt widerstandslos zu Boden. Leicht benommen von dem Narkotikum drehte sie sich auf dem feuchten Waldboden herum. Alles endete so schnell wie es begonnen hatte, um sie herum nur der menschenleere Wald. Aber die Erinnerung an die letzten Minuten fühlte sich sehr real an.

Das Sedativum verlor langsam seine Wirkung. Die Nebelschwaden in ihrem Geist verzogen sich und ließen Platz für klares Denken. War da wirklich eine zweite Person gewesen oder nur ein Schatten in ihrem Unterbewusstsein? Sie wusste es nicht. Wacklig und nach Halt suchend stand sie auf. Sie dachte darüber nach, was sie als nächstes unternehmen sollte. Da kam ihr ein Gedanke, so klar wie die Luft nach einem Regenschauer an einem heißen Sommertag. Sie wandte sich in Richtung Rheinlandstraße, überquerte diese und begab sich auf den Weg zu Tom.

07. August, 22:25

„Stefan, sieh mal!“, rief Lamprecht ihrem Partner zu.

Carstens blickte mürrisch in ihre Richtung. Er öffnete das zweite Päckchen Zigaretten, das erste zerknüllte er und übergab es dem Mülleimer. „Was hast du denn, Andrea?“ Er blinzelte sie durch eine dicke Rauchschwade an. Der PC vor ihm zeigte den Internet Browser, in dem er eine Suchmaschine aufgerufen hatte.

„Eine SMS von Tom.“

„Kann der nicht anrufen?“ Er nahm einen tiefen Zug von seiner Zigarette. „Jetzt red schon!“

„Er glaubt zu wissen, wer das Opfer des Engelmachers werden soll. Daniela Birkhus im Östricher Weg 4“, las sie vor. „Sie hat am 7. Januar Geburtstag, das ist die Verbindung zu 3327 schreibt er.“

„Und du willst diesem Hinweis nachgehen?“, fragte Carstens. Lamprecht nickte. „Aber sonst geht’s noch? Nur weil dein Ex-Partner meint, er habe eine Spur, die wir überhaupt nicht nachvollziehen können, willst du gleich losrennen. Sind wir Ermittler oder die Laufburschen von Martini?"

„Wir haben keine Spur, aber Tom hat zumindest eine Vermutung. Ich glaube, wir sollten dem Hinweis nachgehen, auch wenn er uns abwegig erscheint. Es ist besser, als die ganze Nacht vor dem Rechner zu sitzen. Sonst ruft womöglich morgen früh der KDD an und meldet eine neue Leiche." Lamprecht blickte ihren Partner herausfordernd an.

Carstens nippte an seiner Kaffeetasse und zog danach wieder an seiner Zigarette. „Vielleicht hast du recht. Ruf Martini an und frag ihn, wie er dazu kommt!"

Lamprecht nickte und wählte die Handynummer von Martini. „Mailbox. Das Gerät ist aus oder der Akku leer."

„Komisch."

„Ja, irgendwie schon. Lass uns trotzdem fahren. Mein Bauch findet die Idee gut."

Carstens verdrehte die Augen: „Du und dein Bauch", er griff den Autoschlüssel, „auf deine Verantwortung."

07. August, zur gleichen Zeit

Der Mann gab die Verfolgung auf. Der Andere war zu schnell für ihn. Vor ein paar Jahren wäre er ihm nicht so leicht entwischt. Aber heute, keine Chance. Der Andere sprintete davon wie ein Hochleistungssportler, schnell, geschmeidig und dynamisch. Aber er hatte ihm einen Strich durch die Rechnung gemacht. Heute war keine Frau gestorben. Bei diesem Gedanken lösten sich ein paar Tränen, die er nicht aufhalten konnte. Wenn er die Vergangenheit nur ändern könnte. Aber es gab genug Lebende, um die er sich kümmern konnte.

Er lief zurück an die Stelle, wo er die junge Frau gerettet hatte. Als er dort ankam, fand er nur feuchten Waldboden vor. Er blickte in alle Richtungen, nichts. Sie war verschwunden.

07. August, 23:11

Daniela stand unter Schock. Eine halbe Stunde irrte sie bereits durch Schwanheim, ohne ihr Ziel zu finden. Das war nicht normal. Es musste ein Schock sein. Sie lief durch viele Straßen, Alt-Schwanheim, Am Kirchholz, Hegarstraße, Oberweit, aber sie konnte sich nicht erinnern, wo Tom wohnte.

Endlich kam sie darauf, die Adresse lautete Martinskirchstraße. Sie stand vor der Martinskirche und blickte hinauf zur Spitze. Sie dankte Gott mit einem kleinen Stoßgebet für den Fingerzeig, bevor sie sich nach links wandte, um ihr Ziel zu erreichen.

Als sie vor dem Haus stand, schwebte ihr Finger ein paar Sekunden über der Klingel. Sollte sie vielleicht lieber zur Polizei gehen? Nein, nach dieser Odyssee würde sie klingeln.

Es dauerte zehn quälend lange Sekunden, bis sich seine Stimme aus dem Lautsprecher der Gegensprechanlage meldete. „Hallo, wer ist da?"

„Ich!"

„Wer ist ich?"

Sie schlug sich gegen die Stirn. So oft hatten sie sich nicht gesehen, dass er ihre Stimme nur anhand eines Wortes identifizieren konnte. „Daniela Birkhus. Die Bekannte von Jimmy, wir haben uns ..."

„Los komm hoch! Dich such ich den halben Abend."

Daniela war verwirrt. Warum suchte er sie denn? Tom betätigte den Türöffner, sie drückte gegen die Tür und trat ein.

Der halbe Abend war übertrieben, denn am Anfang wusste ich ja überhaupt nicht, nach wem ich suchen sollte, aber endlich, da stand sie. Sie lebte und befand sich in Sicherheit.

Sie trat in den mit Marmor ausgelegten Hausflur. Ihr Blick strich über den dunklen Boden. Im Eingangsbereich des gepflegt wirkenden Hauses pflasterten matschige Fußspuren ihren Weg in den zweiten Stock.

Tom erwartete sie vor der Wohnung. Ein Paar dreckige schwarze Stiefel standen vor seiner Eingangstür. Sie legte die Stirn in Falten. Etwas an diesem Bild gefiel ihr nicht. Hätte sie jemand gefragt, was es war, ihr wäre die Antwort nicht eingefallen. Mit einem letzten Blick über die Schulter betrat sie die Wohnung.

„Was für ein Glück, dass ich dich gefunden habe. Na ja, gefunden habe ich dich ja nicht wirklich, ich bin sehr froh, dass es dir gut geht." Ich konnte nicht anders, ich musste sie in die Arme nehmen und drücken. Der Plan des Engelmachers war nicht aufgegangen.

Daniela sah mich etwas verdutzt an: „Wie meinst du das, Tom?"

„Der Engelmacher wollte heute Nacht töten. Und nach allem was ich herausgefunden habe, deutete sein Hinweis auf dich. Doch die Tatsache, dass dir nichts passiert ist, lässt zwei Schlussfolgerungen zu ..."

Sie hob die Hand, was mich verstummen ließ. „Deine Vermutung war richtig. Ich bin ihm nur knapp entkommen."

Tom wurde kreidebleich und Daniela wartete nur darauf, dass er in der nächsten Sekunde umkippte. „Alles okay?“ Er nickte, nicht in der Lage zu einer verbalen Erwiderung. Irgendetwas lag in seinem Blick, etwas das sie nicht zuordnen konnte. Es war seltsam, sehr seltsam.

Ich schluckte schwer, fand aber meine Stimme wieder. „Wie ... ist, äh ... bist ...?“ Das klang nicht nach einem Profi, der den Umgang mit Extremsituationen gewöhnt war. Aber manchmal waren Dinge im Spiel, die einen aus der Bahn warfen. Gefühle wie Zuneigung gehörten zu diesen Dingen.

„Es war vor etwa einer Stunde auf dem Römerweg.“ Daniela erzählte mir, was sich zugetragen hatte.

Als sie ihren Bericht beendet hatte, fragte ich sie: „Weißt du, wer der zweite Mann gewesen sein könnte? Hast du etwas von ihm gesehen oder gehört?“

„Nein, nichts. Ich vermute auch nur, dass eine zweite Person anwesend war. Wobei mir keine andere Erklärung einfallen würde. Ansonsten hätte Gevatter Tod bestimmt an meine Tür geklopft.“

Er blickte sie nachdenklich an. „Willst du heute Nacht hierbleiben? Ich schlafe auf der Couch. Und nachher rufen wir noch Kommissarin Lamprecht an?“

Daniela wiegte den Kopf hin und her, als müsse sie darüber nachdenken, um dann entschlossen zu nicken. „Ja, so machen wir es. Ich bin todmüde, ich kann die Augen kaum aufhalten.“

Ich zeigte auf die Couch. „Setz dich erst einmal hin. Ich beziehe das Bett für dich, währenddessen kannst du entspannen. Was zu trinken?“

Sie schüttelte den Kopf; „Nein, ich brauch nichts zu trinken, nur ein Bett.“

„Alles klar“, ich grinste. „Etwas Musik?“ Sie nickte.

Im Tape lag meine Entspannungskassette mit Balladen. Ich drückte die Playtaste und begab mich ins Schlafzimmer.

Eine leise Ballade plätscherte aus den Lautsprechern der Stereoanlage, Silent Lucidity von Queensryche. Daniela entspannte sich auf der großen bequemen Couch. Sie öffnete ihre Schuhe, zog sie aus und legte die müden Beine auf die mit weichem Stoff bespannte Ottomane. Die Augen wurden ihr schwer. Sie hörte Tom im Schlafzimmer mit dem Bettbezug kämpfen und lächelte, Männer! ... Sie schloss ihre Augen, nur eine Sekunde, nur kurz ausruhen. Der Kopf sank ihr nach hinten gegen die

Wand und die leise, seichte Musik tat ihr Übriges, sie ins Reich der Träume zu befördern.

Plötzlich blieb ihr die Luft weg. Sie japste, sie spürte wieder den eisernen Griff des Mannes, die verbundene Hand und sie hörte wieder die Melodie, die er vor sich hin gesummte hatte, jetzt mit Text: *Keine ist, keine ist wie du.*

Sie fuhr hoch. Panisch blickte sie sich um. Sie saß noch auf der Couch in Toms Wohnzimmer. Ihre nackten Füße ruhten auf der Ottomane und aus der Stereoanlage erklang das Lied. Das Lied, welches der Mörder vor sich hingesungen hatte, *Keine ist.* Ein schrecklicher Gedanke nistete sich in ihrem Gehirn ein, so schrecklich, dass sie es nicht glauben wollte. Daniela überdachte blitzschnell die Ereignisse des heutigen Abends. Nein, das konnte nicht sein! Sie brauchte eine letzte Gewissheit.

Sie stand auf und ging zu Tom ins Schlafzimmer. Als sie im Türrahmen erschien, drehte er sich zu ihr um.

„Ich bin fertig, du kannst gleich an der Matratze lauschen", und mit einer einladenden Geste strich seine verbundene Hand über den Bezug der Bettdecke.

Daniela blickte mich erschrocken an. War meine Einladung zweideutig gewesen?

„Mir ist eingefallen, dass ich in fremden Betten ganz schlecht schlafe. Sorry!"

Sie wartete meine Erwiderung nicht ab, sondern drehte sich um und verließ die Wohnung. Ihre Schuhe standen im Wohnzimmer vor der Couch. Was hatte sie zu dieser Reaktion bewogen?

07. August, 23:59

Das Telefon klingelte, ich ignorierte es. Ich dachte über Danielas überstürzten Aufbruch nach. Es wäre besser gewesen, sie nach Hause zu bringen. Sie war dem Engelmacher entkommen, in meine Obhut geflüchtet und wieder in die Ungewissheit entschwunden.

Warum? Mir wollte keine Erklärung einfallen.

Das Telefon klingelte schon wieder. Ich warf dem Apparat einen vorwurfsvollen Blick zu, als könne er etwas dazu, dass irgendjemand anrief. Das Display meines Handys zeigte keine Rufnummer an. Entweder der Anrufer unterdrückte absichtlich seine Telefonnummer oder er rief von einem analogen Anschluss an, der keine Rufnummer übermittelte. Kurz bevor der Anrufbeantworter ansprang, hob ich ab.

„Martini."
„Thomas Martini?"
„Ja. Wer will das wissen?"
„Thomas Martini der Privatdetektiv und Ex-Polizist?"
„Jaaaa", genervt zog ich das Wort in die Länge. „Wenn Sie mir nicht sofort sagen, wer Sie sind, leg ich auf."
„Sie kennen mich nicht. Aber ich will Ihnen helfen."
„Ja, klar."
„Heute Abend wurde ein Anschlag auf Daniela Birkhus verübt."
„Jaaa", diesmal zog ich das Wort wieder in die Länge, allerdings nicht genervt, mein Interesse war erwacht. „Woher wissen Sie das?"
„Und sie war vorhin bei Ihnen?"
„Ja, aber ..."
„... Und sie hat fluchtartig Ihre Wohnung verlassen?"
„Ja. Jetzt rücken Sie endlich mit der Sprache raus."
„Ich bin ein Kollege von Ihnen, Privatdetektiv. Und ich habe ein persönliches Interesse an der Aufklärung des Falls, genau wie Sie." Seine Stimme klang weder aufgeregt noch hektisch, nur klar und sachlich.
„Was soll das heißen, Herr ...?"
„Mertens, Karl Mertens."
Der Name brachte eine Saite in mir zum Klingen. „Der Vater von Sara Mertens? Dem ersten Opfer des Engelmachers?"
„Richtig und ich bin im Moment der Einzige, dem Sie vertrauen können. Sie sind jetzt der Hauptverdächtige in dieser Mordserie."
Für ein paar Sekunden verschlug es mir die Sprache, aber dann musste ich lachen: „Was meinen Sie mit Hauptverdächtiger? Sie wollen mich auf den Arm nehmen, oder?"
„Daniela Birkhus ist im Moment dabei, ihrer Ex-Kollegin zu versichern, dass Sie der Engelmacher sind. Oder zumindest der Mann, der sie heute Abend im Stadtwald überfallen hat."
„Wie bitte?!"
„Ja, das hört sich in Ihren Ohren abstrus an, entspricht aber der Wahrheit."
„Warum?"
„Ganz einfach, der Engelmacher hat das ganz geschickt eingefädelt. Alle Spuren, die die Polizei bisher hat – und derer hat sie nicht viele – führen zu Ihnen. Er hat sich heute bei dem Überfall sogar die Hand verbunden."
Ich starrte auf meine verbundene Hand. „Und Sie wissen, dass ich unschuldig bin?"
„Ja, ich glaube den Täter zu kennen."

„Wer ist es? Und warum haben Sie die Polizei nicht informiert?"
„Ich will den Mörder meiner Tochter selbst stellen, da die Polizei sich völlig stümperhaft anstellt. Leider habe ich im Moment keine Beweise, nur Vermutungen, was den Täter angeht. Als ich anfing in dem Fall zu ermitteln, führten mich die ersten Spuren nicht nach Frankfurt sondern ... Nein, das dauert jetzt zu lange und Sie haben keine Zeit. Wir müssen uns treffen. Packen Sie ein paar Klamotten und verschwinden Sie!"
„Und warum soll ich Klamotten zusammenpacken?"
„Weil die Polizei auf dem Weg zu Ihnen ist, um Sie festzunehmen. Ich dachte, Sie seien mal Polizist gewesen?"
„Wir können doch zur Polizei gehen."
„Nein, Wir lassen sie vorerst in dem Glauben, den Richtigen zu jagen."
„Ich finde das nicht zielführend."
„Aber notwendig. Los jetzt, verschwinden Sie! In einer dreiviertel Stunde am Goetheturm in Sachenhausen."
„Okay."
„Mehr Zeit haben Sie nicht, andernfalls finden Sie sich in Handschellen auf dem Rücksitz eines Polizeiwagens wieder." Mit diesen Worten beendete Mertens die Verbindung.

Sonntag, 08. August, 00:40

Die Worte von Karl Mertens hallten in meinem Kopf wider: *Sie sind der Hauptverdächtige dieser Mordserie.* War dies die Wahrheit? Wenn ja, musste ich langsam die Beine in die Hand nehmen. Ich beschloss ihm zu glauben, zumindest fürs Erste. Es gab nichts zu verlieren, nur alles zu gewinnen. Selbst wenn die Person am Telefon der Engelmacher gewesen war, gab es keine bessere Chance, ihn zu fangen.

In der kleinen Abstellkammer im Bad stand mein Observationskoffer. In ihm bewahrte ich alles auf, was für eine Beschattung nötig war, inklusive einiger Utensilien, um mein Äußeres zu verändern. Bärte, Perücken, Schminke, Pickelpflaster und vieles mehr. Ohne mich loben zu wollen, ich war ein Meister der Verwandlung. Ich kannte keinen Zweiten, der diese Disziplin so gut beherrschte wie ich.

Danach holte ich meinen Seesack und packte ein paar Klamotten ein. Dazu steckte ich einige Gegenstände, die mir auf meiner Flucht von Nutzen sein würden. Als letztes öffnete ich den Wandtresor, in dem meine Waffe lag. Die Walther lag gut in der Hand, aber vorerst sollte sie im Schulterholster verborgen bleiben.

Ich stand vor der Wohnungstür, ging im Geiste noch einmal alles durch, bis ich zu dem Schluss kam, dass ich nichts vergessen hatte.

Welche Überraschungen würde die Nacht für mich parat halten? Ich schloss die Tür hinter mir ab, ohne zu wissen für wie lange.

In der Henggasse setzte ich mich in mein Auto und fuhr in Richtung Sachsenhausen davon.

Als Martini in die Rheinlandstraße einbog, erreichten die Kommissare gerade seine Wohnung.

Das Spiel begann.

08. August, 00:49

Er kochte vor Wut. Die heutige Nacht gipfelte in einem Desaster. Wahrscheinlich fühlte er sich mittlerweile zu sicher. Nachlässigkeiten schlichen sich ein.

Sein Gefühl der letzten Tage hatte ihn nicht getäuscht. Er war verfolgt worden. Der Schatten, ein Mensch aus Fleisch und Blut, keine Ausgeburt seiner Fantasie. Der Unbekannte in der Einfahrt. Also doch! Er tauchte aus dem Nichts auf. Ohne Vorwarnung schlug er zu ... Blasphemie. Dafür musste er sterben.

Die Lehne des alten Sessels schmiegte sich kühl an seinen Rücken, mit den Armen massierte er sein Genick. Sein Kopf dröhnte, der Schatten musste ihn mit irgendeinem Gegenstand am Kopf getroffen haben. Zum Glück nicht stark genug, um ihn kampfunfähig zu machen.

Sein Handy klingelte. Eine vertraute Stimme drang an sein Ohr. Er hörte aufmerksam zu, antwortete besorgt und legte nach etwa zehn Minuten wieder auf. Ja, das war die Information, die ihm gefehlt hatte. Ein irres Grinsen legte sich um seine Lippen.

Er griff nach der Fernsteuerung seiner Stereoanlage. Die CD lag im Player, er wählte Lied Nummer drei. Als die ersten Takte erklangen, entstand eine Vision vor seinem geistigen Auge. Er würde seine Medizin doch noch erhalten. Zwei Mal sogar. Alles schien viel besser zu werden, als er es geplant hatte. Er brach ein weiteres Mal in dieser Nacht auf, um sein Werk fortzusetzen.

07. August, etwa eine Stunde zuvor

Die junge Frau blickte die Kommissarin flehend an. „Wenn ich es doch sage, er muss es sein. Ganz sicher!"

Lamprecht musterte die einen Kopf kleinere Krankenschwester. Unverhohlener Zweifel blitzte in den Augen der Kommissarin auf. Was sie soeben gehört hatte, war mehr als abwegig. Tom der Engelmacher? Niemals!

Carstens steckte sich eine weitere Zigarette an. Der Rauch entwich ihm durch die Nase. Seiner Ansicht nach gab es an Martinis Schuld keinen Zweifel. Die Beweise beruhten zwar ausschließlich auf Daniela Birkhus' Aussage, aber ihm erschienen sie schlüssig.

„Der Mann im Wald hatte die gleiche Hand verbunden wie Tom. Er summte dieses Lied ... *Keine ist* von RHP. Als ich das Haus betrat, waren frische matschige Fußspuren im Eingang, sie führten zu Toms Wohnung. Vor der Tür standen schwarze dreckige Stiefel. Was brauchen Sie mehr, um den Mörder zu identifizieren?"

„Einen Moment Frau Birkhus", Lamprecht wendete sich ihrem Kollegen zu. „Kommst du mal kurz mit?"

Der Oberkommissar nahm einen weiteren Zug von seiner Zigarette und folgte Lamprecht: „Wie siehst du die Sache?", fragte er.

„Ich bin mir nicht sicher, aber es gibt etwas, was ich dir verschwiegen habe. Nur Köster weiß es." Sie rang einen Moment nach Worten, dann erzählte sie in kurzen Sätzen von Martinis Geständnis an den Schwanheimer Dünen, von den One-night-stands mit allen bisherigen Opfern. Als sie mit dem Bericht endete, erreichte Carstens auch das Ende seiner Zigarette. Die Kippe landete auf dem Boden. Mit einer energischen Kreisbewegung seines Fußes erstickte der Kommissar die Reste der Glut. Enttäuschung sprach aus seinem Blick.

„Du hast Informationen – einen aktuellen Fall betreffend – vor mir und all deinen Kollegen verheimlicht. Aus falscher Loyalität deinem Ex-Partner gegenüber?" Seine Augen hatten sich zu Schlitzen verengt. „Wenn du das nur vor Peter und Carola geheim gehalten hättest, wäre ich damit einverstanden gewesen, aber *ich* bin dein Partner. Wir müssen uns blind vertrauen können! Weißt du, was das heißt? Das Einzige, was mich milde stimmt, ist, dass der Alte dich gedeckt hat."

„Bist du sehr sauer?" Ihre Wangen färbten sich rot vor Scham.

„Na ja, dein Verrat hat mich nicht das Leben gekostet, aber du hast mir Informationen vorenthalten. Das muss ich erst verdauen."

„Es tut mir leid. Aber ich war mir so sicher, dass Tom nichts damit zu tun hat." Und eine Sekunde später: „Und ich bin es immer noch, trotz der Beweislage."

„Wir müssen ihn aber festnehmen und verhören. Möglichweise zu seinem eigenen Schutz. Wenn er in U-Haft sitzt und es geschieht ein weiterer Mord, wissen wir, dass er es nicht war."

Die Kommissarin nickte: „Du hast wahrscheinlich recht. Aber ich hoffe, dass es keine weiteren Morde gibt."

„Ja, das hoffe ich auch, du Verräterin."

Carstens gab Lamprecht einen versöhnlichen Schubs gegen die Schulter. Die grauen Wolken, die sein Gesicht vor ein paar Sekunden noch verdunkelt hatten, verflüchtigten sich allmählich. Sie gingen zurück in die Wohnung der Krankenschwester. „Frau Birkhus", begann Lamprecht. „Sie bleiben hier in Ihrer Wohnung. Es war gut, hierher zu flüchten. Allerdings sollten Sie das nächste Mal gleich zur Polizei gehen oder anrufen." Sie bemerkte dies mit einem tadelnden Unterton. „Wir werden jetzt zu Herrn Martini fahren. Morgen werden wir das Protokoll aufnehmen."

Die ängstlich wirkende Krankenschwester nickte zur Bestätigung.

Die Kommissare verließen den Östricher Weg, um den vermeintlichen Engelmacher in Gewahrsam zu nehmen.

08. August, 00:59

Mein Handy klingelte, *Andrea.* Mertens schien recht zu behalten. Ich nahm den Ruf entgegen. „Martini."

„Andrea hier."

„Ich weiß."

„Weißt du, warum ich dich anrufe?"

„Nein", antwortete ich unschuldig.

„Ich glaube, dass du das sehr wohl weißt."

„Nein, ich kann mir überhaupt keinen Reim darauf machen. Außer du willst mich zu meinem scharfen Verstand beglückwünschen."

„Scharfer Verstand?" Spott schwang in ihrer Stimme mit.

„Ja, dass ich herausgefunden habe, wen der Engelmacher heute Nacht aufs Korn nehmen wollte. Hast du meine SMS nicht erhalten?" Ich wollte Zeit gewinnen. Anhand der Umgebungsgeräusche ging ich davon aus, dass Andrea und Carstens nicht in ihrem Wagen saßen, sondern auf einer Straße standen. Sie verfolgten mich noch nicht. Ich befand mich bereits in Sachsenhausen, der Hainerweg lag hinter mir. Gerade bog ich in den Sachsenhäuser Landwehrweg ein, ein paar hundert Meter bis zu meinem Ziel. Wenn die beiden vor meiner oder Danielas Haustür warteten, würden sie mindestens fünfzehn oder zwanzig Minuten bis hierher benötigen. „Andrea, weißt du, wo ich hinfahre?“

„Nein. Wohin?“, sie klang unruhig.

„Ich bin auf dem Weg zu einem Treffen. Der Vater des ersten Opfers, Karl Mertens, hat sich heute Abend bei mir gemeldet.“ Ich berichtete in groben Zügen von dem Gespräch. „Mertens glaubt zu wissen, wer der Engelmacher ist. Aber er ist sich nicht sicher. Wir treffen uns jetzt am Goetheturm.“

„Tom, warte bitte! Lass uns zusammen zu dem Treffen fahren! Du weißt nicht, ob er wirklich der ist, für den er sich ausgibt. Er könnte der Killer sein.“

„Könnte er, aber was sollte er von mir wollen?“

Schweigen. Dann: „Ich weiß es nicht. Bitte spiel nicht den Einzelkämpfer, das kann schlecht für dich enden.“

„Wir sehen uns später.“ Ich klickte das Gespräch weg, denn ich war angekommen.

Der erste Goetheturm, der 1867 erbaut wurde, zweiundzwanzig Meter hoch, gründete sich auf ein Gedicht von Karl Heinrich Ehrt, der 1860 *Goethes Ruh* schrieb. In diesem Gedicht beschrieb er, dass Goethe hier oft bei Spaziergängen Entspannung gesucht hatte.

Der Turm musste nach dem ersten Weltkrieg abgerissen werden, da er baufällig geworden war. Der Neubau – jetzt dreiundvierzig Meter hoch – wurde im November 1931 kurz vor dem Goethejahr, seinem hundertsten Todestag, eröffnet. Bis 1999 stellte er mit seinen 196 Stufen das höchste öffentlich zugängliche Holzgebäude Deutschlands dar.

Um den Turm herum erstreckte sich ein großer Kinderspielplatz, zusammen mit einem Ausflugslokal, Goetheruh. Alles idyllisch am Rande des nördlichen Stadtwalds gelegen. Am Tage trafen sich hier Eltern, die ihre Kinder auf dem Spielplatz toben ließen. Jetzt diente der Turm als Treffpunkt zweier Menschen, die das gleiche Ziel verfolgten: einen Mör der zur Strecke zu bringen.

Ich hoffte, dass ich nicht mit offenen Augen in eine Falle lief. Mein Gefühl sagte mir, dass die Geschichte des Mannes am Telefon der Wahrheit entsprach.

Ich stellte mein Auto auf dem menschenleeren Parkplatz ab, mit der Schnauze in Fluchtrichtung. Andrea war bestimmt schon auf dem Weg hierher. Mertens und ich würden jede Sekunde benötigen.

Ich lenkte meine Schritte zu dem alten Holzturm, die Taschenlampe in der linken Hand, die rechte unter meiner Jacke in der Nähe meiner Walther. Ich wollte auf alles vorbereitet sein. Bevor ich den Goetheturm erreichte, passierte ich das Lokal. Ich lechzte nach einem Wasser, denn mein Hals fühlte sich so trocken an wie nie zuvor. Bei Einbruch der Dunkelheit schloss das Lokal, ebenso wie der Turm. Nachts konnte man weder die Aussichtsplattform besteigen noch ein Wasser kaufen.

Dummerweise waren Mertens und ich nicht überein gekommen, wo genau wir uns treffen wollten. Gut, das Areal erstreckte sich nicht über Hunderte von Quadratkilometern, war aber bei Nacht unübersichtlich.

Der Turm ruhte auf vier Streben, ich stellte mich zwischen die beiden vorderen und wartete.

Gelegentlich hörte ich das schwere Klatschen von Wassertropfen, die zu Boden fielen. Anscheinend begann es zu regnen. Aber der Himmel war klar und wolkenlos und ich stand unter einem dichten Blätterdach, welches den kompletten Platz überspannte. Irgendetwas stank hier gewaltig und von Mertens immer noch keine Spur.

Ich ließ den Lichtkegel meiner Taschenlampe über den Boden gleiten. Nach ein paar Sekunden sah ich die Tropfen, sie waren rot. Mit der linken Fußspitze fuhr ich durch das Nass, es war unverhältnismäßig dickflüssig für Wasser. War es Blut?

Von Mertens immer noch keine Spur.

Ich ließ den Strahl meiner Lampe die Holzstreben des Turms hinaufgleiten. Meter um Meter zerschnitt der Lichtkegel die Finsternis, die den Turm umhüllte. Jede Veränderung des Materials, jedes Auftauchen eines Nagels oder einer Querstrebe ließ mich stocken. Auf einmal erreichte der Strahl ein Seil, welches an der linken Hauptstrebe befestigt war. Ich bewegte das Licht an dem Seil entlang, bis es eine Hand erhellte. Die Hand eines Mannes.

Ich atmete zweimal tief ein und aus, dann nahm ich den Rest in Augenschein. Der Mann hing kopfüber an der Holzkonstruktion des Turms. Die Arme waren mit Seilen rechts und links an den Turm gebunden. Die geschlossenen Beine wurden von einem dritten Seil, das oberhalb des Körpers in der Dunkelheit verschwand, gehalten. Die Platzierung des Mannes erinnerte an ein umgedrehtes Kruzifix. Die nackte Brust war mit roten Striemen überzogen. Als ich das Gesicht näher betrachtete, musste ich für eine Sekunde mit einer schnell aufsteigenden Übelkeit kämpfen. Der Mörder hatte dem Mann die Augen entfernt. Aus den Augenhöhlen tropfte das Blut schwer und zäh auf die Erde, die den Lebenssaft gierig aufsaugte.

Dies musste, mit an Sicherheit grenzender Wahrscheinlichkeit, Karl Mertens sein. Ich musste wissen, ob er irgendwelche Aufzeichnungen über den Fall bei sich trug. Ich suchte nach einem Weg, um auf den Turm zu gelangen. Es musste einen geben, denn mein Widersacher war auch hinaufgekommen. An der linken Seite neben dem Treppenaufgang wurde ich fündig. Eine Latte der seitlichen Verschalung fehlte. Der Spalt bot genug Platz für einen ausgewachsenen Mann. Sogar mit einer Last auf den Schultern. In einem Meter Höhe an den rechten Latten fand ich Blutspuren. Der Engelmacher schien sein Opfer auf der rechten Schulter durch den Spalt bugsiert zu haben. Das hieß gleichzeitig für mich, dass der Täter über enorme körperliche Kräfte verfügte.

Ich schnitt die Seile an den Armen des Mannes durch und ließ den Körper mit Hilfe des oberen Seils auf den Boden gleiten.

Danach beeilte ich mich, vom Turm runterzukommen. Die Zeit, die mir blieb, verrann viel zu schnell. Unten angelangt durchsuchte ich den Leichnam. Ich fand eine Brieftasche, ein Handy und ein Stück Papier. Auf dem Zettel stand etwas in einer krakeligen Handschrift, welche ich nicht gleich entziffern konnte. Ich steckte alles in meine Taschen, dann fiel mir auf, dass die Schnitte auf der Brust des Mannes einen Sinn ergaben, Buchstaben. Ich suchte in meinen Taschen nach einem Stift und dem Zettel. Als ich beides in Händen hielt, kritzelte ich schnell die einzelnen Buchstaben auf das Papier, ohne auf die Bedeutung zu achten.

In diesem Moment hörte ich entfernte Sirenen. Mein Zeitfenster schloss sich.

Dann blickte ich auf meine Hände. Blut, überall Blut.

Ich stellte mich wirklich dümmer an als die Polizei erlaubte. Nicht nur, dass sie mich für den Engelmacher hielten, nein, jetzt saß ich neben einer Leiche, die ich gerade durchsucht hatte, das Blut des Mannes an meinen Händen. Das waren mehr Beweise als jeder Richter fordern würde, um einen Haftbefehl auszustellen. Solche Szenen gab es in jedem drittklassigen Krimi und ich als Ex-Bulle verhielt mich genauso dumm wie die Personen, über die ich mich in Filmen und Serien immer aufregte.

Ich spurtete zu meinem Auto, ließ den Motor an und verschwand über den Schotterweg, der durch die Gärten am Rand des Waldes entlang führte, Richtung Oberrad.

Als die Blaulichter der heranrasenden Streifenwagen das Dunkel der Nacht zerrissen, befand ich mich schon auf dem Weg in meine unbestimmte Zukunft. Der einzige Mensch, der meine Unschuld hätte beweisen können, lag tot vor dem Goetheturm.

08. August, 02:40

Es gibt Tage, an denen sollte man einfach im Bett bleiben. Was man auch vorhat, es läuft schief, egal wie sehr man sich anstrengt, es klappt nichts. Gut, das Leben wäre langweilig ohne solche Tage, denn wo wären sonst die Herausforderungen? Aber auf den heutigen Tag hätte ich verzichten können. Vor allem, weil ich so dilettantisch vorgegangen war.

Meine Lage kurz und knapp auf den Punkt: Ich flüchtete vor der Polizei, und ein Serienmörder versuchte, mich zum Sündenbock für seine Taten zu machen. Das entsprach einem Sechser im Lotto, nur ohne Hauptgewinn.

Zuerst musste ich mein Auto loswerden, Andrea kannte es. Da ich sowieso als Krimineller gesucht wurde, konnte ich auch mal eine kriminelle Handlung begehen. Diese bestand darin, mir ein neues Auto zu organisieren. Meines Erachtens eignete sich der Flughafen dafür am besten.

Rhein-Main-Airport, riesig groß, sieben verschiedene Parkhäuser, ein Mekka der Autovielfalt. Ich parkte meinen Wagen im Parkhaus drei am Terminal 1 in der hintersten Ecke. Dafür musste ich ewig laufen, bis ich den Abflugbereich des Terminals erreichte.

Ich suchte eine Toilette. Bei der Wahl des stillen Örtchens ging ich mit Bedacht vor. Ich suchte einen möglichst abgelegenen Sanitärraum. Um diese Uhrzeit – fünf vor drei – hielten sich nur wenige Personen in den Flughafengebäuden auf, aber immer noch genug, dass sich irgendein Besucher oder wartender Fluggast genau in das WC verirren konnte, in dem ich meine äußere Erscheinung verändern wollte. Dieses Risiko galt es zu minimieren. Der Zufall half mir dabei.

Auf meiner Suche nach der idealen Toilette kam ich an dem Wagen einer Reinigungsfirma vorbei. Auf der unteren Ablage fand ich ein großes gelbes Schild mit einer symbolisch dargestellten Putzfrau. Darunter stand: ‚Wegen Reinigungsarbeiten vorübergehend geschlossen'. Ich blickte mich nach links und rechts um, schnappte mir das Schild und verschwand eine Ebene tiefer in der nächsten Toilette. Das Schild stand vor der Tür wie ein Bodyguard vor der Umkleide eines Promis.

Eine halbe Stunde später lugte ich vorsichtig aus der Tür, sondierte den Gang in alle Richtungen, bis ich vollends hinaustrat. So wie ich jetzt aussah, hätte meine eigene Mutter mich nicht erkannt. Ein Vollbart spross aus meinem Gesicht, eine blonde langhaarige Perücke zierte mein Haupt und mein Hemd spannte über dem Bauch. Es vermittelte den Eindruck eines zu dicken unsportlichen Mannes. Das sollte reichen, um nicht angehalten und kontrolliert zu werden.

Jetzt war es an der Zeit, mir einen *Mietwagen* zu suchen. Ein neues Auto musste her für die Zeit meines Exils. Ich entschloss mich, zurück ins Parkhaus zu gehen, um ein geeignetes Fahrzeug zu requirieren.

Nach etwa einer Stunde, gefühlten zehn, griff der Zufall mir ein weiteres Mal unter die Arme. Im Parkhaus zwei Ebene vier wurde mir die

Lösung meines Problems auf dem Silbertablett serviert. Da stand er, ein grüner Ford Mondeo Turnier, besetzt mit einer vierköpfigen Familie. Der Mann stieg aus und öffnete die Heckklappe des Kombis. Dann erschienen die Frau und die zwei Kinder. „Kommt Ihr zwei, Ihr könnt auch was tragen. Überlasst nicht alles eurem Vater und mir." Das Mädchen und der Junge, etwa zwölf und vierzehn Jahre alt, gingen zu ihrem Vater, um ihm je eine Tasche abzunehmen. „Was für ein Glück Harald," wendete die Frau sich an ihren Mann, „dass du den Betreiber des Parkhauses kennst. Wenn wir unter normalen Umständen den Wagen vier Wochen hier abstellen würden, wären wir nachher arm wie Kirchenmäuse." Harald nickte und murmelte eine Bestätigung, die ich nicht verstand. Ein Auto, das vier Wochen lang keiner vermissen würde, keine Anzeige, keine Fahndung.

Ich verfolgte die vier durch das komplette Terminal. Sie checkten bei Lufthansa ein und begaben sich direkt zu Gate B12. Da stand angeschrieben: LH541 nach Mallorca.

Als sich die Maschine nach dem Boarding langsam auf das Rollfeld schob, winkte ich ihnen nach und grinste voller Zufriedenheit. Dann begab ich mich zu meinem Leihwagen.

08. August, 05:55

In der letzten Zeit hasste sie das Klingeln ihres Handys. Egal welchen Signalton sie einstellte, jedes Mal kämpfte sie gegen das Verlangen, das kleine Gerät an die Wand zu werfen.

Köster verlangte nach ihr. Sie war sich zu neunundneunzig Prozent sicher warum, hoffte aber, dass sie sich irrte. „Lamprecht."

„Guten Morgen, Frau Lamprecht. Es gibt wieder Arbeit, leider sehr unerfreulich."

Sie atmete tief durch und schlug die Decke ihres Bettes zurück. „Was ist los?"

„Eben habe ich einen Anruf vom KDD erhalten. Es wurde eine neue Frauenleiche gefunden. Ich glaube, Sie kannten sie."

„Nicht die Birkhus.", seufzte sie.

„Nein, aber der Name Sophie Reinke sagt Ihnen bestimmt etwas?"

„Oh, scheiße! Martinis Ex!"

„Ich habe Carstens schon angerufen, er fährt direkt zum Tatort. Ach ja, das wird Sie überraschen. Unser Mann fängt an, schlampig zu arbeiten. Er hat Frau Reinke in ihrer Wohnung getötet. Vielleicht hat einer der Nachbarn etwas gesehen oder gehört."

„Ich mach mich sofort auf den Weg."

„Erstatten Sie mir so schnell wie möglich Bericht." Köster beendete die Verbindung.

Lamprecht ging ins Bad, kämmte die Haare und bändigte ein paar widerspenstige Strähnen mit Gel. Sie wusch sich in Blitzgeschwindigkeit, hüpfte in eine frische Jeans und zog sich eins ihrer neuen T-Shirts über. Vor einer knappen Stunde war sie vom Goetheturm gekommen und hatte sich sofort ins Bett gelegt, um endlich mal eine Mütze voll Schlaf zu bekommen. Daraus wurde nichts.

Lamprecht ging in die Küche, öffnete den Kühlschrank, trank einen großen Schluck Milch direkt aus der Tüte, packte zwei Schokoriegel ein und verließ die Wohnung, um nach Sulzbach, dem ehemaligen Wohnort von Sophie Reinke, zu fahren.

08. August, 06:35

Auf dem Weg zu Sophie Reinkes Wohnung klingelte ihr Telefon ein zweites Mal. Sie zog das Handy aus der Innentasche ihrer Jeansjacke und steckte es in die Freisprecheinrichtung. Dann erst nahm sie das Gespräch an. „Lamprecht."

„Köster. Der Tote vom Goetheturm ist übersät mit Fingerabdrücken von Thomas Martini. Die Fingerabdrücke und die Tötungsart verhärten immer mehr den Verdacht, dass Martini unser Mann ist."

„Ich glaub das einfach nicht!"

„Es ist aber so. Sie müssen die Tatsache akzeptieren. Weder Sie noch ich wissen, was mit Martini in den letzten Jahren passiert ist. Keiner von uns hatte genug Kontakt zu ihm, um Veränderungen in seiner Persönlichkeit wahrzunehmen." Köster schwieg für ein paar Sekunden, aber Lamprecht ließ sich zu keiner Erwiderung hinreißen. „Und dann habe ich ein zweites Gespräch auf der anderen Leitung. Ein Kollege vom BKA. Er möchte mit der ermittelnden Kommissarin sprechen. Ich stelle mal durch, aber Frau Lamprecht ..."

„Ja, Chef?"

„Die Kollegen wollen uns unterstützen, auch wenn wir das anders sehen. Und vergessen Sie nicht, Sie sind meine beste Ermittlerin. Egal was Sie jetzt am Telefon zu hören bekommen."

„Ich werde dran denken." Lamprecht merkte, dass ihre Wangen leicht glühten. Der Alte hatte sie gelobt, trotz der Misserfolge der letzten Woche. Dann klickte der Lautsprecher und es meldete sich eine warme sympathische Stimme. „Hallo Frau Lamprecht, Hauptkommissar Till

Ressmann vom BKA in Wiesbaden. Ich wollte mich über den Stand Ihrer Ermittlungen informieren.“

„Nur informieren?“, es klang leicht spöttisch. „Was macht die Auswertung des Tonbandes, das wir Ihnen geschickt haben, beziehungsweise, welches ich persönlich vorbeigebracht habe?“

„Frau Lamprecht, darüber bin ich nicht informiert. Ich soll mich, laut meinem Chef Krimimalrat von Willburger, mit der ermittelnden Kommissarin in Verbindung setzen. Ich habe keine Befugnis, sonstige Auskünfte zu geben. Sorry!“

„Sie rufen also nur an, um sich informieren zu lassen und den Fall an sich zu reißen? Also gut. Was hat mein Chef Ihnen schon erzählt? Nur damit ich Sie nicht langweile.“

„Ihr Sarkasmus bringt uns nicht weiter Frau Kollegin. Herr Köster hat mich über fast alle Punkte Ihrer Ermittlungen in Kenntnis gesetzt. Mir fehlen nur ein paar Informationen über den Hauptverdächtigen, Thomas Martini.“

Sie knirschte mit den Zähnen. „Was soll ich Ihnen erzählen, was Sie nicht schon aus den Akten wissen?“

„Wie ist Ihr persönliches Verhältnis zu Martini?“

Lamprecht ließ sich kurz Zeit mit der Antwort: „Thomas Martini ist mein Ex-Partner. Er war Hauptkommissar bei der Mordkommission, bis er aus privaten Gründen den Dienst quittierte. Mein persönliches Verhältnis zu ihm war immer sehr gut, deshalb glaube ich, dass ich ihn besser kenne als alle anderen im Präsidium. Und wenn Sie meine Meinung hören wollen: Ich glaube nicht, dass er der Mörder ist, den wir seit Wochen suchen wie die sprichwörtliche Stecknadel im Heuhaufen.“

„Mit dieser Antwort habe ich gerechnet“, erwiderte Ressmann mit einem leichten Hauch von Arroganz in der Stimme. „Kann es sein, liebe Frau Lamprecht, dass Sie sich als Frau zu Herrn Martini hingezogen fühlen und dieses Gefühl ihre Objektivität trübt?“

„Erstens bin ich nicht Ihre liebe Frau Lamprecht, sondern entweder Frau Lamprecht oder Frau Hauptkommissarin und zweitens kann ich Privat und Arbeit sehr gut trennen. Ich weiß, dass Ihr Männer uns Frauen gerne belächelt, wenn wir von unserem Bauchgefühl sprechen, aber dieses Bauchgefühl hat mich bisher noch nie im Stich gelassen, Herr Ressmann.“ Sie betonte die letzten zwei Worte über Gebühr. „Kann ich Ihnen sonst noch irgendwie behilflich sein?“ Wütend biss sie die Zähne aufeinander, damit ihr nicht etwas herausrutschte, was sie später bereuen würde. Warum hatte sie sich provozieren lassen? Er hatte ihr eine Fangfrage gestellt, und sie war voll drauf angesprungen wie ein blutiger Anfänger. Vielleicht steckte ein Körnchen Wahrheit in Ressmanns Aussage.

Empfand sie etwas für Tom? Damals als sie Partner waren, hatte sie sich das mehr als einmal vorgestellt, aber Tom liebte Sophie. Keine Chance für sie.

„Sind Sie noch da?" fragte Ressmann.

Da fiel Lamprecht auf, dass der Hauptkommissar ihr eine Frage gestellt hatte: „Ja, bin ich. Die Verbindung ist sehr schlecht", log sie. „Was haben Sie gesagt?"

Ressmann räusperte sich: „Ich sagte nur, soweit so gut. Aber unabhängig davon, was ich von Ihnen und Herrn Köster erfahren habe, mein Chef will, dass ich den Fall übernehme."

„Wann?", fiel die Kommissarin ihm ins Wort.

„Sowie ein weiterer Mord geschieht. Der Fall verunsichert die Öffentlichkeit, er hat bereits hohe Wellen geschlagen. Wir müssen Ergebnisse erzielen und Kompetenz demonstrieren. Das können wir nur mit einer abteilungsübergreifenden, gut koordinierten Zusammenarbeit." Der hört sich bestimmt gerne reden, dachte die Kommissarin. „Übrigens, Ihr Kriminalrat Rohoff hat sich für Sie und den Rest ihres Teams mächtig ins Zeug gelegt. Ihm haben Sie es zu verdanken, dass ich nicht schon morgen auf der Matte stehe. Sie sollten ihn nicht enttäuschen. Das ist ein gut gemeinter Rat, von Kollege zu Kollege."

„Muss ich dafür danke sagen?", fragte Lamprecht in angefressenem Tonfall. Eventuell tat sie Ressmann unrecht, wie sie fairerweise einräumen musste, aber im Moment konnte sie nicht anders.

„Vielleicht, das überlasse ich Ihnen." Ressmann klang belustigt und seine Stimme wieder so sympathisch wie zu Beginn ihres Gesprächs. Der Mann ist ein stimmliches Chamäleon, dachte Lamprecht.

Sie zögerte ein paar Sekunden mit der Antwort, dann sprang sie über ihren Schatten. „Danke."

„Bitte, gern geschehen." Dieser Ressmann war ihr ein Rätsel. „Wir sitzen alle im gleichen Boot. Wenn ich den Fall übernehme und Mist baue, bin ich genauso schnell weg vom Fenster wie Sie." Jetzt versuchte dieser adipöse Sesselfurzer sich auch noch bei ihr einzuschleimen, indem er sich mit ihr auf eine Stufe stellte. Dazu war es zu spät und was wollte er damit bezwecken, fragte sich Lamprecht. Dann beendete sie das Gespräch mit einer, aus ihrer Sicht, überaus höflichen Verabschiedung. Dabei bugsierte sie ihr Auto in eine Parklücke vor Sophie Reinkes Wohnung.

Die Tür stand offen. Es herrschte ein reges Kommen und Gehen. Der Fotograf war mit seiner Arbeit fertig, und die Kollegen von der Spurensicherung in den weißen Ganzkörperkondomen schritten jetzt zur Tat. Stefan stand im kleinen Flur der Wohnung, er zog an einer Zigarette.

Reiner Meister warf ihm einen missbilligenden Blick zu. „Muss das sein? Im Flur waren wir noch nicht, Stefan. Bitte rauch im Treppenhaus weiter, wenn es gar nicht anders geht.“ Bis vor vier Jahren hatte Meister Kette geraucht, drei Schachteln am Tag waren keine Seltenheit. Bei ihm bestätigte sich die Redensart, dass die schlimmsten Nichtraucher ehemalige Raucher sind.

Carstens brummte etwas vor sich hin und schob sich dann an Lamprecht vorbei ins Treppenhaus. Die Kommissarin folgte ihrem Kollegen. Momentan waren in der Wohnung so viele Leute, dass sie sich gegenseitig auf die Füße traten.

Carstens warf einen mürrischen Blick in Richtung Meister. „Der geht mir ganz schön auf den Sack.“

„Du musst ihn aber verstehen. Du könntest den Tatort mit Asche kontaminieren. In dieser Hinsicht hat er völlig recht.“

„Ja“, antwortete er gedehnt. „Is ja in Ordnung.“

„Hast du den Tatort schon gesehen?“

„Ja, sieht schaurig aus. Wie in einer mittelalterlichen Folterkammer. Er muss es diesmal wirklich genossen haben. Er ...“

Sie wurden von einer älteren Dame, die plötzlich vor ihnen auf der Treppe stand, unterbrochen. Sie trug eine karierte Kittelschürze. Die grauen Haare waren zu einem Dutt zusammengefasst. Aus dem strengen, faltigen Gesicht lugten zwei aufmerksame, braune Augen. „Entschuldigen Sie, junger Mann“, sie blickte tadelnd auf Carstens Zigarette. „Reicht es nicht, dass Sie um diese Uhrzeit so einen heiden Lärm veranstalten? Müssen Sie auch noch die Luft mit Ihrem Glimmstängel verpesten?“

Die Kommissarin senkte ihren Blick gen Boden, um ihr Lachen zu verbergen. Ihr Kollege verzog das Gesicht. Sein Kopf wanderte hin und her, auf der Suche nach einem Platz für seine Zigarette. Die Hand der alten Frau erschien vor seinen Augen und offerierte ihm einen Aschenbecher. „Ich hatte gestern die Hausordnung. Ich hoffe, ich finde keine Kippen im Flur, wenn Sie hier fertig sind.“ Lamprechts Körper vibrierte leicht, da es ihr schwer fiel, nicht laut los zu prusten.

Nachdem der Kommissar seine Zigarette in dem ihm dargebotenen Aschenbecher entsorgt hatte, sagte er: „Danke schön, ich bin Oberkommissar Carstens und das ist meine Kollegin Hauptkommissarin Lamprecht. Könnten wir Ihren Namen erfahren, Frau ...?“

„Ja, natürlich. Ich heiße Gerlinde Böttger, bin neunundsechzig Jahre alt, Witwe und wohne ein Stockwerk über der armen Frau Reinke“, antwortete sie eifrig.

Lamprecht musste sich wieder das Lachen verkneifen. Carstens fuhr fort: „Sagen Sie Frau Böttger, haben Sie heute ungewöhnliche Geräusche gehört oder sind Ihnen Personen aufgefallen, die nicht hier zum Haus gehören?“

Die Antwort der alten Dame ließ nicht lange auf sich warten. „Nein, gar nichts. Ich habe geschlafen wie ein Murmeltier. Sie müssen wissen, ich habe in den letzten Wochen unter starken Schlafstörungen gelitten, da hat mir mein Hausarzt Baldrian verschrieben. Seitdem ich abends drei von diesen kleinen Dragées einnehme, kann ich schlafen wie in alten Zeiten. Wissen Sie, früher als mein Mann noch gelebt hat, sind wir jedes Wochenende ...“

„Entschuldigen Sie Frau Böttger, kennen Sie denn die anderen Mieter im Haus?“

Etwas pikiert, aber trotzdem sehr eloquent, startete die alte Frau einen Monolog von nicht weniger als zehn Minuten. Lamprecht fragte sich, wie Frau Böttger Luft holen konnte, ohne einmal mit dem Reden aufzuhören. Aber danach kannten sie den Lebenslauf eines jeden Mieters im Haus.

Es gab sechs Wohnungen. Sophie Reinke wohnte im Erdgeschoss rechts. Der Mieter neben ihr, ein Markus Langer, schlief momentan nicht zu Hause, sondern bei seiner neuen Freundin. Über dem Opfer wohnte Frau Böttger. Die Wohnung neben Frau Böttger stand leer. Unterm Dach rechts wohnte ein älteres Ehepaar, das laut Frau Böttger so gut wie taub war. Links daneben lebte ein junges Pärchen in wilder Ehe, dabei hielt sie verschwörerisch die Hand vor den Mund. „Stellen Sie sich das mal vor. Dürfen die das überhaupt?“ Eine rein rhetorische Frage wie sich herausstellte, denn sie sprach mit unverminderter Geschwindigkeit weiter. „Ich glaube nicht, dass die beiden etwas von dem mitbekommen haben, was der armen Frau Reinke zugestoßen ist. Es war so laut in deren Schlafzimmer ...“ Den Rest des Satzes ließ sie unausgesprochen.

Jetzt schaltete sich die Kommissarin in das Gespräch ein. „Vielen Dank, Frau Böttger. Sie haben uns sehr geholfen. Könnten Sie bitte dem uniformierten Kollegen vor der Tür Ihre Personalien geben? Wir müssten dann im Laufe des Tages noch ein Protokoll aufnehmen.“

„Ja, gerne!“ Sie lief eilig die Treppen hinab, den Aschenbecher in der Hand. Als sie auf die Straße trat, konnten die beiden Beamten sie genau hören. „Herr Wachtmeister, hören Sie, die nette Kommissarin da drinnen hat gesagt ...“ Mehr bekamen sie nicht mit, weil in diesem Moment Meister aus der Tür kam und sie herein winkte.

„Wir sind soweit. Fasst mir aber nicht alles an, fragt vorher und“, er griff in die Tasche und zog zwei paar Gummihandschuhe heraus, „zieht die an!“

Die Kommissare taten, wie ihnen geheißen. Dann erblickte Lamprecht zum ersten Mal den Tatort. Mein Gott, schoss es ihr durch den Kopf, was für ein Bastard! Die Möbel lagen zum Teil auf dem Boden, die Inhalte waren herausgerissen oder -gefallen. Es entstand der Eindruck, als habe der Mörder etwas gesucht. Doch das glaubte Lamprecht nicht. Sie tippte auf Kampfspuren.

Der Esstisch stand aufrecht gegen die Wand gelehnt. Auf der Tischplatte, mit Gürteln festgeschnallt, erblickte sie die Leiche der jungen Frau. Das Gesicht war von Grauen und Schmerz verzerrt. Sie musste unsagbare Qualen durchlitten haben, bevor der erlösende Tod eingetreten war. Unter dem Tisch breitete sich eine riesige Blutlache aus. Im Unterschied zu den letzten Morden, klebte noch Blut in ihrem Gesicht. Die Arme waren mit Gürteln an den oberen Tischbeinen befestigt, die weißen Papierflügel lugten unter den Schultern hervor und der Mund war zugenäht. Die zweite Abweichung zu seinen bisherigen Morden bestand in den aufgeschnittenen Pulsadern. Daraus resultierte auch die Blutlache unter dem Tisch. Etwa ein Dutzend Kerzen standen um den improvisierten Altar, sie brannten immer noch still vor sich hin. Als die Kommissarin den Raum näher begutachtete erkannte sie, warum der Engelmacher Sophie Reinke die Pulsadern aufgeschnitten hatte: An der Wand über dem Tisch stand in blutigen Buchstaben *serpentem altare.*

Lamprecht fragte in den Raum: „Weiß einer, was das heißt?"

„Sowas wie Schlangenaltar", stellte Meister fest.

„Weißt du zufällig, was der Engelmacher dem Toten am Goetheturm in die Brust geritzt hat?"

„Ja. Die Kollegen haben mir vor zwei Stunden die Fotos zum Auswerten auf den Tisch gelegt. Das Wort hieß *adversarius* und auf gut Deutsch bedeutet es sowas wie *Feind* oder *Widersacher*. Der Kerl am Goetheturm muss was gewusst haben, was unseren Mörder kompromittiert hätte."

„Das passt alles super zusammen", Carstens rieb sich die Hände. „Martini kann Latein. Er hatte mit den ersten drei Opfern einen Onenight-stand, genau eine Woche vor ihrem Ableben. Er hört die gleiche Musik wie der Täter. Er hat die gleiche Hand verbunden wie der Mann im Wald. Und Martini hat am Telefon zu dir gesagt, dass der Mann, mit dem er sich treffen will, wahrscheinlich weiß, wer der Engelmacher ist. Bingo. Martini ist unser Mann."

„Das ist mir zu einfach." Lamprecht lief im Zimmer auf und ab. Dabei fuhr sie sich mit den Händen über den Kopf, als könne sie damit ihren Gedankenfluss beschleunigen oder in andere Bahnen lenken.

Am Fenster blieb sie stehen. Sie drehte sich um, dabei fiel ihr Blick direkt unter den Tisch. Sie konnte nicht glauben was sie da zu sehen bekam. „Reiner, Stefan, seht mal!“ Sie deutete unter die rechte Seite des Tischs. „Was ist das?“

Meister ging um die aufgebahrte Leiche herum und bückte sich. Er untersuchte den Gegenstand auf dem Boden sehr sorgfältig. „Ihr werdet es nicht glauben!“, rief er aus. Dabei hielt er etwas Fleischiges in die Höhe, das jedem normalen Menschen den Magen umgedreht hätte.

Carstens blickte Lamprecht mit leuchtenden Augen an. „Jetzt haben wir ihn!“

08. August

Ich stehe wieder am Goetheturm. Es ist dunkel, die Beleuchtung hat sich schon ausgeschaltet. Wahrscheinlich wird sie über eine Zeitschaltuhr gesteuert. Warum war es vorhin nicht ganz dunkel? Ohne die Lichter der nahen Stadt könnte ich meine eigene Hand vor Augen nicht sehen. Warum bin ich wieder hierher gefahren? Es gibt eine Redewendung, nach der der Mörder immer an den Ort des Verbrechens zurückkehrt. Was tue ich hier? Habe ich den Mann umgebracht, ohne es zu wissen? Besitze ich eine multiple Persönlichkeit und weiß nicht, was die zweite Hälfte meines Bewusstseins anrichtet? Gibt es so etwas? Ich weiß es nicht.

Warum hat die Polizei denn nicht den Tatort abgesperrt? Keine Markierungen, wo der Tote lag. Was ist hier los? Es ist totenstill, kein Vogel, der zwitschert, kein Windhauch, der die Blätter der Bäume bewegt. Ein Gefühl, als hätte ich mir mit Wachs die Ohren verstopft.

Nein, da ist ein Geräusch, im Wald. Ein Ast hat geknackt. Ich laufe zu dem alten Holzturm. Ich blicke nach oben, warum hängt der Tote denn noch am Turm? Noch ein Ast knackt, als wäre jemand mit seinem Fuß darauf getreten. Ich drehe mich um, doch da ist es schon zu spät. Eine Metallschlinge legt sich um meinen Hals und zieht sich zu. Zwei Finger habe ich in der Schlinge. Doch meine Kraft reicht nicht aus, um sie aufzuziehen. Das Metall schneidet in meine Finger, sie fangen an zu bluten. Das Blut rinnt mir am Hals entlang in den Kragen meines Hemdes. Die Luft wird mir schon langsam knapp. Schwarze Flecken tanzen vor meinen Augen. Ein Tritt nach hinten, gegen meinen Angreifer, bleibt ohne Wirkung.

Das Atmen meines Gegners ist wie ein Röcheln. Ich bekomme schon fast keine Luft mehr, ein gurgelnder Laut entrinnt meiner Kehle. Mir fehlt die Kraft, um noch Widerstand zu leisten.

Ich sinke auf die Knie, es wird immer kälter und dunkler um mich herum.

08. August, 10:00

Das Klingeln des Telefons erlöste mich aus meinem Albtraum. Schweißgebadet richtete ich mich im Bett auf und griff nach dem Hörer. „Hier ist der Empfang, sie wollten geweckt werden."

„Danke", gähnte ich in die Sprechmuschel und legte wieder auf. Der Albtraum wirkte so real, dass ich immer noch fröstelte.

In meiner Zeit bei der Frankfurter Mordkommission war mir der Tod in vielen Formen begegnet, jedoch nie in so grausamem Gewand wie heute Nacht am Goetheturm. Die Art, wie Mertens der Tod ereilt hatte, beschäftigte mich mehr als alle Toten vor ihm. Ich hielt mich immer für abgebrüht, weit gefehlt!

Nach meinem Erlebnis im Stadtwald und dem Organisieren meines neuen fahrbaren Untersatzes, hatte ich mich in einer kleinen Pension in der Sandplackenstraße eingemietet. Natürlich unter falschem Namen.

Bevor ich dann endlich meine müden Glieder ausstreckte, verwandelte ich mich wieder in Thomas Martini. Jetzt überlegte ich, welche Schritte als nächstes anstanden. Mertens war tot. Der Einzige, der ahnte, wer für den Tod der drei jungen Frauen verantwortlich zeichnete. Ich nahm Mertens' Brieftasche in die Hand und drehte sie zweimal hin und her. Auf der Vorderseite sah ich ein geprägtes Monogramm, KM. Innen fiel mir als erstes, hinter einem Kunststofffenster, das Bild einer jungen Frau auf, Sara. Ich erinnerte mich gut an ihr Gesicht sowie ihren Mund und ihre Küsse.

In den verschiedenen Fächern des teuren Lederetuis fand ich mehrere Kreditkarten, Rabattkarten, eine Tankkarte und Visitenkarten. Auf einer der Visitenkarten war zu lesen: ‚Karl Mertens private Ermittlungen aller Art'. Mit der dazugehörigen Telefonnummer und Adresse. Ich nahm den Hörer zur Hand und wählte die Düsseldorfer Nummer. Nach dem fünften Freizeichen meldete sich der Anrufbeantworter mit einer Stimme, die mir vertraut erschien. Mertens' Nachricht gab bekannt, dass er sich auf einer mehrwöchigen Dienstreise befände, aber jeden nach seiner Rückkehr anrufen würde, der ihm eine Nachricht hinterlässt. Er hatte mir gestern Nacht am Telefon die Wahrheit erzählt.

Weiter fand ich noch fünfhundertzwanzig Euro, zum Glück. So konnte ich mein Zimmer bar bezahlen. Denn auf meiner eigenen Kreditkarte stand Martini und nicht Schmitt. Denn Norbert Schmitt kam heute Morgen um sechs Uhr hier im Hotel an. Er verschwand auf seinem Zimmer, um kurz darauf als Thomas Martini ins Bett zu gehen.

Als letztes nahm ich den Zettel zur Hand. Auf ihm standen die Buchstaben, die der Mörder auf Mertens Brust hinterlassen hatte. Ich tat mich schwer, meine eigene Handschrift zu entziffern. Nach längerem Rätselraten kam ich darauf, *adversarius* – sehr treffend. Der Mörder markierte seinen Feind, der wahrscheinlich seine Identität kannte.

Ich drehte den Zettel gedankenverloren in den Händen. Auf der anderen Seite stand noch eine Notiz. ‚Du bist mal wieder zu spät!' Das musste eine Nachricht des Mörders sein. Der Zettel hing ursprünglich an einem größeren Block, das verriet mir die abgerissene Perforation am oberen Rand des Blattes. Also hatte der Killer Mertens‘ Notizen mitgenommen. Kein Wunder.

Das Einzige, was mir blieb: Ich musste nach Düsseldorf fahren. Vielleicht waren in Mertens‘ Wohnung Hinweise auf den Mörder zu finden. Dies schien meine letzte Hoffnung, aus diesem Schlamassel heil herauszukommen.

Der zweite Grund nach Düsseldorf zu fahren, war ein guter Freund, der mir bestimmt helfen konnte. Und wie das Leben so spielt, arbeitete er beim LKA. Er hieß Dorian J. Singer. Zu meiner Zeit als Bulle lernte ich ihn auf einem Lehrgang in Düsseldorf kennen. So manche Nacht hatten wir in der Altstadt zugebracht. Selbst heute besuchten wir uns noch regelmäßig. Dorian kannte auch Sophie. Er hatte mir damals prophezeit: „Ich glaube nicht, dass sie die letzte Frau in deinem Leben sein wird.“ Eine Erklärung, wie er darauf kam, konnte er mir nicht geben.

Heute musste ich ihn von meiner Unschuld überzeugen.

08. August, 17:24

Ich blieb bis zum Nachmittag in der Pension, ohne mein Zimmer zu verlassen. Dann verwandelte ich mich wieder in Norbert Schmitt. Dieser bezahlte brav seine Rechnung an der Rezeption, um dann abzureisen.

Als ich mich außerhalb der Stadt befand, in Oberursel, in Höhe der Krebsmühle, rief ich Jimmy von Mertens‘ Handy aus an.

Ein halbe Stunde später trafen wir uns. Ich erklärte ihm die Situation und bat ihn, ein Auge auf Benz zu werfen, solange ich unter Mordverdacht stand. Jimmy ließ keinen Zweifel daran, dass er mich für unschuldig hielt. Hoffentlich lief es genauso gut mit Dorian. Nach einer halben Stunde trennten wir uns, mit einem lachenden und einem weinenden Auge. Jimmy wollte mir helfen, was aber leider nicht möglich war. Er klopfte mir zum Abschied auf die Schulter: „Halt die Ohren steif Alter!“

„Klar, mach ich“, dann trennten wir uns, ohne zu wissen, wann wir uns wiedersehen würden.

Nach dem Treffen mit Jimmy fuhr ich weiter in den Taunus. In Königstein suchte ich mir wieder eine kleine Pension. Dort schlief ich bis um halb vier morgens. Nach einer kurzen Dusche setzte ich mich in mein Auto und begab mich auf den Weg nach Düsseldorf.

Ich hoffte, dort Antworten auf all die Fragen der letzten Tage zu finden.

tränen interessieren mich nicht
deine schreie verglühen im licht
deine schmerzen hat der himmel geschickt
gefühle haben die wahrheit erstickt

trauer – freude – hass und liebe – leben –
sterben – lachen und weinen......

Crematory – Believe
Take

Kapitel 4

Montag, 09. August, 05:45

Sie saßen schon die ganze Nacht in ihrem Wagen. Den Blick abwechselnd auf Tür und Straße gerichtet. Gespräche mit tiefgehendem Inhalt gab es schon seit bestimmt zehn Jahren nicht mehr. Meier verglich sich und Müller gelegentlich mit einem alten Ehepaar, das sich nichts mehr zu sagen hatte, aber aus Gewohnheit zusammenblieb, da keiner ohne den anderen leben konnte. Letzteres grenzte an eine Übertreibung, doch viele seiner Kollegen dachten das gleiche, wie Müller erfahren hatte. Meier observierte jetzt schon seit zwanzig Jahren im Staatsdienst, Müller drei Jahre länger. Irgendwann vor achtzehn Jahren steckte sie der Schichtleiter zusammen und seitdem schienen sie unzertrennlich zu sein. Beide waren weder verheiratet noch liiert. Beziehungen außerhalb der Arbeit gab es für die beiden Kriminalkommissare nicht. Beide wirkten auch nicht sehr attraktiv und sie sahen keine Veranlassung, daran etwas zu ändern. Sie wirkten wie zwei Hobbits, sehr klein, – Mindestgröße für den Polizeidienst – mit Bauch, – der eine mehr der andere weniger – sie rauchten gerne – wenn auch nicht Pfeife – und natürlich aßen sie für ihr Leben gern. Stefan Carstens hatte einmal behauptet, sie hätten auch behaarte Füße, was er aber nicht belegen konnte.

Im Moment stellten sie eine von drei Schichten dar, die die Wohnung von Michael Benz beobachten sollten. Aus ihrer Sicht reine Routine.

„Meier?“

„Ja, Müller?“

„Verspürst du auch ein bohrendes Hungergefühl?“

„Absolut“, antwortete Meier knapp.

„Ich habe meinen kompletten Vorrat vernichtet. Könntest du mir was vererben?“

Meier blickte Müller aus müden Augen an. „Nur über meine Leiche“, erwiderte er, ohne eine Miene zu verziehen. „Beim Essen hört die Freundschaft auf.“

„Was hältst du davon, wenn ich zu dem Restaurant am Ende der Lamboystraße laufe. Da könnte ich uns ein kleines Frühstück besorgen.“

Meier legte die Stirn in Falten. „Was für ein Restaurant meinst du?“

Sein Partner lächelte: „Das mit den zwei goldenen Bögen.“

„Ach so, du denkst an Frühstück von Mc D! Gerne.“

Meier griff in die Innentasche seiner Lederjacke, die seinen runden Bauch bedeckte. Ein Notizblock kam zum Vorschein. „Was wünschen der Herr zu speisen?“

Als Müller endete, überzogen Buchstaben eine halbe Seite von Meiers A5-Block. Müller war etwas korpulenter als Meier. Seine Jacken waren alle triple-XL und nicht wegen der Armlänge.

Als Meier aus dem Auto stieg, um sich auf seinen zwanzigminütigen Marsch zu begeben, drehte Müller ihm seinen kahlen Schädel zu. Die grünen Augen, die nicht zum Rest seiner Erscheinung passen wollten, funkelten ihn an. „Vergiss auf keinen Fall mein Croissant, das ist ganz wichtig."

„Mach ich nicht!", und zur Bestätigung wedelte er mit seinem Notizblock. Dann stiefelte er los.

09. August, 06:55

Die Entfernung, die Meier zurücklegen musste, erwies sich als wesentlich länger als zwanzig Minuten. Kurz vor sieben, bepackt wie ein Esel, kam der Kriminalkommissar wieder in Sichtweite des Observationsfahrzeugs.

Er fragte sich immer wieder, wo sein Kollege das alles hin fraß. Er trug zwar die größten Hosen, die es von der Stange zu kaufen gab, aber eigentlich müsste er bei seinem Kalorienkonsum schon längst geplatzt sein.

Langsam rückte sein Ziel näher. Meier wunderte sich, dass Müller sich nicht regte. Er musste ihn längst im Rückspiegel entdeckt haben. Als er etwa hundert Meter von dem Skoda Octavia entfernt war, schrillten seine Alarmglocken. Sein Kollege reagierte immer noch nicht. Meier beschleunigte seinen Gang.

Er legte seine Tüten auf den Kofferraumdeckel und stellte sich auf die Fahrerseite des Wagens. Müllers Kopf lehnte unten an der Scheibe. Eine Schliere zeugte davon, dass sein Kopf langsam an dem Glas heruntergerutscht war. Meier klopfte gegen das Fenster. Keine Reaktion. Er klopfte noch einmal, jetzt fester und energischer. Wieder keine Reaktion.

Seine Hand glitt langsam unter den Türgriff. Die Tür schwang auf und Müllers Körper rutschte ihm entgegen, blieb allerdings im Gurt hängen.

Müller fuhr hoch: „Hey!" Seine rechte Hand verschwand unter der Jacke, wo er seine Dienstwaffe trug. „Ach, du bist es. Was soll denn das?"

Meier atmete auf: „Mensch Müller! Mir ist das Herz in die Hose gerutscht. Ich hab gedacht, du wärst bewusstlos oder Schlimmeres."

„Hab nur ein kleines Nickerchen gemacht. Keine Panik!"

„Keine Panik? Du hast auf mein Klopfen nicht reagiert. Ich dachte schon, du hättest das Zeitliche gesegnet. Und was glaubst du, was los ist, wenn die Lamprecht das herausfindet?"

„Wie sollte sie? Benz ist nicht zu Hause. Wer sollte uns verpetzen?“ Er zwinkerte seinem Kollegen zu.

„Du hast recht. Lass uns essen!“ Meier lief um den Wagen herum, schnappte die Tüten vom Kofferraum und setzte sich neben seinen Kollegen. Er schüttelte gedankenverloren den Kopf, dann packten sie ihr Frühstück aus.

09. August, 08:15

Michael Benz betrat seine Wohnung an diesem Morgen um kurz nach acht. Die halbe Nacht hatte er in der Redaktion an einem neuen Artikel gearbeitet. Jetzt sehnte er sich nach einer heißen, entspannenden Dusche und dann: schlafen!

Er verriegelte die Tür hinter sich, nachdem sie mit einem vernehmlichen Klicken ins Schloss gefallen war. Sein erster Weg führte ihn zum, im amerikanischen Stil gehaltenen, Kühlschrank. Dieser besaß zwei große Türen mit eingelassenem Eisspender. Er stellte ein Glas auf die Arbeitsplatte und öffnete die linke Tür, um eine Flasche Mineralwasser herauszunehmen. Seine Hand griff ins Leere. Bevor ich ins Büro bin, habe ich zwei frische Flaschen hineingestellt, dachte er und furchte die Stirn. Ich werde alt. Benz schleppte seinen müden Körper zurück in den Flur. In einer durch einen Vorhang abgeteilten Nische standen die Getränkekästen.

Als er den festen Stoff in die Hand nahm, fiel ihm dieser ohne Vorwarnung entgegen. Kaputt, mehr fiel ihm dazu nicht ein. Er untersuchte die Führungsschiene des Türersatzes. Schien in Ordnung zu sein. Dann fiel sein Blick an die rückwärtige Wand der Nische. Dies war der Moment, in welchem seine Kinnlade in die Stellung ‚geöffnet‘ wechselte.

Benz konnte nicht glauben, was er sah. Seine Augen signalisierten ihm, auch nach mehrmaligem Öffnen und Schließen, dass die an sein Hirn übermittelten Informationen der Realität entsprachen.

Der Reporter suchte nach dem Handteil seines Telefons. Als seine fahrigen Hände den Apparat endlich fest umklammert hielten, fiel ihm auf, dass sie zitterten. Seine Augen spiegelten sich im Display des Telefons und was ihn da anblickte war Panik in ihrer reinsten Form. Er atmete zwei Mal tief ein und aus, um seinen Puls, den er laut im Ohr klopfen hörte, zu beruhigen. Dann wählte er die Telefonnummer von Hauptkommissarin Lamprecht.

09. August, 08:59

Lamprecht und Carstens betraten, flankiert von den Kollegen der Spurensicherung, Michael Benz' Wohnung.

Die Kommissarin reichte dem Reporter die Hand. Sie bemerkte sofort den feuchten Handteller. Von der Gelassenheit des Journalisten war nichts übrig geblieben. „Hallo, Herr Benz."

„Ich dachte, meine Wohnung wird observiert, damit niemand unbemerkt hinein und hinaus kann?" Furcht schwang in seiner Stimme mit.

„Herr Benz, ich werde noch heute klären, wie das passieren konnte. Sollte ein Fehler von unserer Seite vorliegen, werde ich die verantwortlichen Beamten zur Rechenschaft ziehen."

„Das nächste Mal liege ich vielleicht tot in meiner Wohnung!"

„Es wird kein nächstes Mal geben, das versichere ich Ihnen." Lamprecht signalisierte, dass sie von dem überzeugt war, was sie sagte.

„Das hoffe ich. Die Sache ist nicht lustig. Sehen Sie da!" Seine Hand deutete auf eine Nische, die den Beamten bei ihrem ersten Besuch nicht aufgefallen war.

Lamprecht und Carstens drehten sich wie auf Kommando in die ihnen gewiesene Richtung. Sie blickten an die weiße Wand. Dort hing, fixiert mit einem Nagel, eine kleine tote Schlange. Eine von der Sorte, wie sie der Engelmacher seinen Opfern in die Münder zu legen pflegte. Über dem toten Reptil hingen zwei Engelsflügel. Auch diese entsprachen denen, die der Täter für gewöhnlich seinen Opfern anzog. Das Bild wurde gekrönt von großen roten Buchstaben, die das Wort *adversarius* bildeten.

„Kommt mir bekannt vor", zischte Carstens durch den Mundwinkel, in dem eine Zigarette klemmte. „Noch ein *Feind* des Engelmachers."

„Wie meinen Sie das?", fragte Benz verwirrt.

„Das können wir Ihnen im Moment nicht sagen, aber wir werden auf Sie aufpassen", erwiderte Lamprecht anstelle ihres Kollegen.

„Habe ich als Betroffener nicht das Recht zu erfahren, was Ihr Kollege damit ausdrücken wollte?"

„Leider nein! Sie sind Journalist, und wir wollen Morgen nicht in der Zeitung lesen, was wir Ihnen heute erzählt haben. Wir – und vor allem unser Chef – würden gerne wissen, woher Sie Ihre Informationen beziehen."

„Ich kann meine Quellen nicht preisgeben. Ansonsten könnten sie versiegen", entgegnete er.

„Gut, belassen wir es dabei." Die Kommissarin wollte das Thema nicht vertiefen. „Wir werden uns darum kümmern, dass so etwas", dabei deutete sie auf die Wand mit der Schlange, „nicht noch einmal vorkommt. Wir werden Ihre Wohnung genauestens unter die Lupe nehmen."

„Übrigens, der Täter muss einen Schlüssel besessen haben. Die Wohnung stand nicht offen und mein Schlüssel hat einwandfrei funktioniert, als ich heute Morgen nach Hause gekommen bin", rief der Journalist den Technikern von der Spurensicherung zu.

„So?!", meldete sich Carstens zu Wort. „Interessant." Den Rest seiner Gedanken behielt er für sich. Lamprecht wusste, was er mit diesen beiden Worten zum Ausdruck bringen wollte. Er bückte sich zu dem unversehrten, metallisch glänzenden Schließzylinder hinunter und nahm ihn genauestens in Augenschein. Lamprecht presste die Luft geräuschvoll durch die Zähne. Am liebsten hätte sie ihrem Kollegen einen Tritt versetzt, aber die Verdachtsmomente gegen Tom erhärteten sich; Benz hatte ihm einen Hausschlüssel überlassen, damit er ungehindert kommen und gehen konnte.

Sie überlegte, wie lange sie ihrem Bauchgefühl noch trauen sollte. Anscheinend dominierte ihr Verstand langsam über ihr Herz.

09. August, 09:30

Dorian J. Singer erschien eine Stunde später zur Arbeit als gewöhnlich. Der fünfunddreißigjährige Kriminalhauptkommissar des LKA Düsseldorf ließ sich an seinem Schreibtisch nieder. Er nahm die Ausdrucke der aktuellen Fahndungen zur Hand, die Cornelia Sander ihm bereitgelegt hatte. Der blonde, hochgewachsene Singer war schon geraume Zeit mit Cornelia liiert und die beiden verstanden es gut, ihre Liaison vor den Kollegen zu verbergen. Das Klima im Büro sollte unter ihrer Beziehung nicht leiden.

Vorgestern war der Kommissar von einem Karateturnier zurückgekehrt. Zum dritten Mal in Folge erkämpfte er sich den ersten Platz bei der deutschen Meisterschaft im Mittelgewicht. Der drahtige Singer konnte es ohne Probleme mit drei Gegnern gleichzeitig aufnehmen, was man ihm aber nicht ansah.

Er studierte die vierfarbigen Computerausdrucke. Die ersten beiden Fahndungen waren vom LKA Bayern, zwei Bankräuber aus dem Großraum München. Er überflog die Steckbriefe. Sie landeten in seiner Ablage, nicht sein Ressort, ihn interessierten nur Kapitalverbrechen. Nummer drei entpuppte sich als ein Fall des LKA Thüringen. Ein Vergewaltiger sollte bundesweit gesucht werden. Diesem Zettel blühte das gleiche Schicksal wie seinen beiden Vorgängern. Als er das letzte Blatt vom

BKA in die Hand nahm, zog er unwillkürlich die Augenbrauen nach oben. Dieses Gesicht kannte er, sehr gut sogar. Der Kommissar musste den Wortlaut drei Mal lesen, bevor er es glauben konnte.

Thomas Martini, ein bundesweit gesuchter Serienmörder. Vier Frauen und einen Mann sollte er auf dem Gewissen haben. Nein, unmöglich. Diesem Mann hätte er sein Leben anvertraut.

Singer griff zum Telefon, wählte die ersten Stellen von Martinis Handynummer, legte aber wieder auf. Alle gewählten Telefonnummern wurden in der Telefonanlage des Präsidiums registriert. Er nahm sein privates Mobiltelefon und wählte die Nummer seines Freundes, die er auswendig kannte.

Sofort meldete sich die Mailbox. Das Gerät schien ausgeschaltet zu sein. Bei Martini zu Hause nahm der Anrufbeantworter seinen Gesprächswunsch entgegen. Klar, wenn dieser Zettel auf seinem Tisch keinen verspäteten Aprilscherz darstellte, war Tom mit großer Wahrscheinlichkeit auf der Flucht.

Singer wägte ab, wie er Martini helfen konnte, als sein Handy klingelte. Die Zahlenfolge im Display kannte er nicht. Er nahm das Gespräch entgegen: „Singer."

„Hi Dorian, Tom hier", schallte ihm die vertraute Stimme des Privatdetektivs entgegen. „Wie geht's denn so?"

„Mir geht es gut, aber von dir habe ich komische Dinge gelesen."

„Komische Dinge?"

„Ja, ich habe hier einen Fahndungsaufruf vom BKA vor mir liegen. Du hast seit unserem letzten Treffen eine steile Karriere gemacht." Der Kommissar musste, obwohl er es nicht wollte, lächeln. „Ich bin fast vom Stuhl gefallen. Wie hast du das nur geschafft? Und wo bist du jetzt?"

„Zu deiner ersten Frage, das ist eine längere Geschichte. Zu der zweiten, ich befinde mich auf dem Weg nach Düsseldorf. Ich habe eine Spur gefunden, die mich entlasten könnte."

„Wann bist du hier?"

Eine Sekunde herrschte Stille, außer statischem Rauschen war nichts zu hören. „Kann noch was dauern. Ich stehe in einem Stau am Kreuz Heumar."

Der LKA-Beamte blickte auf seine Uhr. „Schaffst du es bis zwölf?"

„Ja, sollte auf jeden Fall klappen, ist ja keine Vollsperrung."

„Gut, wir treffen uns dann um zwölf in den Schadow-Arkaden. Kennst du die noch?" Martini brummte zustimmend in den Hörer. „Im ersten Stock vor dem H&M."

„Ja, kenne ich noch. Aber lass uns lieber um zwei Uhr treffen. Ich muss ganz dringend was essen, wenn ich durch den Stau bin."

„Geht klar.“

Singer beendete die Verbindung. Er sondierte seine Gefühle eine endlos lange Minute, hin und her gerissen stand er auf und ging in das Büro seines Vorgesetzten.

09. August, im Morgengrauen in Frankfurt

Er saß nicht in seinem Ledersessel, sondern lief unruhig hin und her. Wie ein gefangener Tiger in einem zu engen Käfig. Musik hämmerte aus den Boxen, aggressiv, brachial und erbarmungslos, so wie seine Taten der letzten Nacht.

Noch nie war ihm das passiert. Erst die Frau, die ihm durch die Finger geschlüpft war, dann dieser Frevler, der es gewagt hatte, sich in sein Werk einzumischen. Und zum Schluss die Zunge von Sophie Reinke, sie musste aus der Schatulle gefallen sein.

Diese Birkhus konnte er sich zu einem späteren Zeitpunkt holen. Er wusste auch schon wann. Der Frevler hatte für seine Taten bezahlt. Aber die Zunge ... Er musste sie wieder beschaffen.

Er hielt das Skalpell in der Hand. Wut stieg in ihm auf. Er wandte sich der Holzkommode zu, auf der eine druckfrische Ausgabe des FK lag. Mit einem wuchtigen Schlag hämmerte er die Spitze des Skalpells in die Schlagzeile, so fest, dass es zitterte, als er die Hand zurückzog.

‚Das vierte Opfer des Engelmachers wird mit Zunge beerdigt‘.

Er drehte sich um, fiel auf die Knie und ein irrer, wutverzerrter Schrei entrann seiner Kehle.

09. August, 13:45

Ich erreichte die Schadow-Arkaden eine Viertelstunde zu früh. Ich nutzte die Zeit, um durch das Erdgeschoss des modernen Einkaufszentrums zu flanieren. An Böden und Fassaden blinkte dunkler, polierter Marmor, alles strahlte edel und teuer. Kein Wunder, keinen Steinwurf entfernt lag die teuerste Einkaufsmeile der Stadt, die Kö. Wie schaffte es das Reinigungspersonal, alle Fenster blitz-blank zu halten? Ständig drückten sich Kinder die Nasen an den Scheiben platt. Trotzdem blinkte es überall wie frisch gewischt.

In einem dieser sauberen Schaufenster begutachtete ich mein Spiegelbild. Aus der Reflexion blickte mich Norbert Schmitt an. Würde Dorian meine Verkleidung durchschauen oder würde er darauf reinfallen, wie die zwei Uniformierten in der Raststätte an der Autobahn?

Während einer Pause waren mir zwei Streifenbeamte der Autobahnpolizei begegnet. Für einen Moment hatte ich mich unsicher gefühlt, als könnten sie durch meinen falschen Bart und die Perücke hindurch sehen. Doch sie hatten mich ignoriert und waren weitergefahren.

Als ich den Lichthof erreichte, blieb ich ein paar Minuten stehen. Ich sah in die Tiefe. Dort standen Tische und Stühle, an denen Passanten saßen und Kaffee tranken.

In der Weihnachtszeit stand hier eine Tanne, die sich über alle drei Stockwerke des Zentrums erstreckte. Der Riesenbaum wirkte ungeheuer imposant. Der Lichthof bildete den Mittelpunkt der Arkaden, auch wenn er nach den Abmessungen nicht der Mitte der Gesamtfläche entsprach. Hier trafen sich alle vier Hauptgänge.

Ich umrundete den Lichthof entlang des Geländers. Als ich das Cafe passierte, welches zwischen zwei Gängen lag, fiel mir ein, dass wir hier schon oft gesessen hatten, um über unsere aktuellen Beziehungen zu diskutieren.

Ich blickte auf meine Uhr, fünf nach zwei. Zeit, in den zweiten Stock zu fahren.

Auf der Rolltreppe wurde ich unruhig. Wenn Dorian nach Vorschrift vorging, musste er mich festnehmen, jedoch als mein Freund sollte er mir helfen. Welches Gefühl würde überwiegen, Pflicht oder Freundschaft?

Als ich die Rolltreppe im ersten Obergeschoss verließ, sah ich schon den Eingang von H&M. Meine Augen inspizierten die Gegend. Keine der Personen kam mir wie ein Zivilbulle vor. Ich lief zielstrebig auf Dorian zu. Er schaute nach rechts und links. Erst als ich vor ihm stand und ihn direkt anblickte, erkannte er mich.

„Hallo Tom."

„Hallo Dorian, schön dich zu sehen", ich nahm meinen Freund in den Arm.

„Was machst du nur? Ist ein scheiß Gefühl, gesucht zu werden, oder?"

Ich nickte: „Ja und wie. Vor allem, wenn man unschuldig ist."

„Ich werde alles daran setzen, dies zu beweisen." Er griff in seine Tasche und zog ein paar Handschellen hervor. „Es fällt mir nicht leicht, aber ich muss dich verhaften. Weglaufen ist zwecklos, zehn Beamte sind hier auf diesem Stockwerk verteilt. Die Handschellen sind das Zeichen, den Mann, mit dem ich spreche, nicht mehr aus den Augen zu lassen. Sorry!"

„Du bist ein super Freund, wirklich." Jetzt, nachdem er es gesagt hatte, fielen mir die Polizisten in Zivil auf. Ich war wirklich darauf reingefallen. „Ich leiste keinen Widerstand", meine ausgestreckten Hände verweilten vor seinem Gesicht.

„Nein, nicht nötig. Ich vertraue deinem Wort. Du wirst nicht fliehen." Er steckte die Acht wieder in seine Tasche. „Komm, lass uns gehen!"

Dorian winkte seinen Männern, die sich einer nach dem anderen aus den kleinen Grüppchen der Passanten lösten. Dorian und ich betraten als erste die Rolltreppe ins Erdgeschoss. Die restlichen Beamten folgten uns.

Ich stand neben Dorian, ohne ein Wort zu verlieren. Mein Freund blickte mich aus traurigen Augen an. Sie wirkten, als wollten sie sagen, verzeih mir, ich konnte nicht anders handeln, aber bitte vertraue mir, auch wenn ich dich im Moment verraten habe.

Die Hälfte der Strecke zwischen der ersten Etage und dem Parterre lag hinter uns. Dorian drehte sich zu seinen Leuten um und wechselte ein paar Worte mit ihnen, die ich nicht verstand. Darauf hatte ich gewartet. Dorian stand mit dem Rücken zu mir. Ich packte seine Arme von hinten und versetzte ihm einen kräftigen Stoß, der ihn die Fahrtreppe hinauf torkeln ließ, in die Arme seiner Kollegen. Dorian und vier weitere Beamte kamen zu Fall. Ich setzte mich auf den Handlauf der Rolltreppe und rutschte darauf die restliche Strecke hinunter. Unten angelangt erblickte ich zwei uniformierte Beamte, die vom Eingang des Centers auf mich zugerannt kamen. Also wandte ich mich in Richtung des Lichthofs. Ich hatte ihn zur Hälfte umrundet, als auf einmal aus allen Gängen Polizisten auftauchten. Ich stand erneut vor dem Cafe in den Arkaden, ohne einen Ausweg zu haben. Der Beamte, der mir am nächsten stand, war etwa sieben Meter entfernt. Ich brauchte einen Fluchtweg und zwar schleunigst. Wenn Dorian mich jetzt in die Finger bekam, würde ich die Schadow-Arkaden in Handschellen verlassen.

09. August, eine halbe Stunde vorher

„Sie müssen es genauso akzeptieren wie ich", schallte die Stimme der Kommissarin aus dem Hörer. „Nach allen Indizien und Aussagen, die uns vorliegen, ist Martini unser Mann." Sie stockte kurz. „Ich weiß, dass Sie und Tom befreundet sind. Es ist schwer zu verstehen, aber Sie müssen ihn festnehmen."

„Frau Kollegin, ich kann nicht glauben, was Sie mir da erzählen. Heute Morgen ging ich davon aus, dass sich einer meiner Kollegen einen

Scherz erlaubt hat. Bis ich mit Tom gesprochen habe. Da wurde mir klar, dass dieser Schrieb echt ist und kein Fake." Singer schluckte schwer. „Frau Lamprecht, gibt es Indizien, die gegen Tom als Täter sprechen?"

Lamprecht schwieg eine Sekunde. „Nein, leider nicht."

Der LKA-Kommissar atmete tief und schwer ein, dann erwiderte er entschlossen: „Gut Frau Lamprecht, ich leite alles in die Wege. Auf Wiederhören." Nachdenklich legte er den Hörer auf die Gabel.

Dann erhob er sich von seinem Schreibtisch, auf dem er gerne beim Telefonieren saß und ging, heute zum zweiten Mal, in das Büro seines Chefs.

09. August, auf der anderen Seite der Leitung, in Frankfurt

„Der glaubt es genauso wenig wie ich", Lamprecht legte den Hörer auf.

Carstens blickte ihr direkt in die Augen: „Du glaubst es immer noch nicht. Wie viele Beweise sind nötig, um dich zu überzeugen? Aber gut", er vollführte mit der Hand eine allumfassende Handbewegung, „haben die Beweise und ich recht, dann schlagen wir uns die heutige Nacht umsonst um die Ohren. Sollten du und dein Bauch recht behalten, geht uns der Fisch heute Nacht ins Netz."

Lamprecht lächelte. „Wir können ja wetten."

„Um was?"

„Habe ich recht, lädst du Tom und mich zum Abendessen ein, als Entschuldigung sozusagen. Behältst du recht, lade ich dich zum Essen ein, als Anerkennung", die Kommissarin streckte Carstens die Hand entgegen. Dieser schlug ein.

„Abgemacht!"

„Gut", sie schielte zur Wanduhr. „Um sechzehn Uhr ist große Lagebesprechung beim Alten im Büro. Wissen alle Bescheid?"

„Ja, alle sind instruiert."

Lamprecht setzte ein nachdenkliches Gesicht auf. „Heute Abend am GMI darf nichts schiefgehen. Die Zunge ist unsere einzige Chance, das Schwein aus der Deckung zu locken."

„Aber das ist doch in Düsseldorf", grinste Carstens.

„Du bist wie der Alte. Du denkst auch, wir können uns das alles sparen, stimmt's?"

„Ja, für mich ist das klar wie Kloßbrühe, Martini … gleich … Schuld." Dabei zeichnete er unsichtbare mathematische Zeichen in die Luft, als wolle er eine Formel auflösen.

„Zu deinem Pech und Toms Glück, konnte ich den Chef überzeugen, auch wenn er dabei mit den Zähnen geknirscht hat.“ Mit den letzten Worten verließ sie das Büro.

09. August, 14:20

Ich stand vor dem Café. Die Beamten liefen auf mich zu, alles wirkte wie in Zeitlupe. Fieberhaft suchte ich nach einem Fluchtweg.

Alles genau inspizierend, drehte ich mich um meine eigene Achse. Als ich die Pirouette fast vollendet hatte, sah ich meinen Ausweg, das Café. Es gab nicht nur den Gastraum, sondern zusätzlich die Möglichkeit, sich ins Freie zu setzen. Mehrere Tische standen in der Morgensonne außerhalb des Einkaufszentrums. Darin lag meine Chance.

Ich sprintete los. Als Problem kristallisierte sich heraus, dass fast alle Tische im Café besetzt waren. Nach meinem Gefühl stand das Inventar etwas zu dicht beieinander. An ein schnelles Durchkommen war nicht zu denken. Ich schob mich mehr, als dass ich rannte, durch den engen Gastraum. Hier und da rempelte ich Gäste an, zum Entschuldigen blieb mir keine Zeit. Meine Verfolger waren dicht auf. Die Hälfte der Strecke lag hinter mir, da stieß ich einen Mann so heftig in den Rücken, dass dieser sich den kompletten Inhalt seiner Tasse über Hemd und Hose kippte. Ich hörte die Verwünschungen, die er mir hinterher schrie, leider konnte ich mich im Moment nicht darum kümmern. Langsam wurde es Zeit, sich für einen der beiden Ausgänge ins Freie zu entscheiden. Links oder rechts? Links waren zwei Türen, außerdem entsprach dies auch der Richtung, in die ich wollte. Rechts war nur eine Tür. Dort saßen aber weniger Leute, wodurch mir mehr Platz zum Vorbeilaufen blieb. Trotzdem entschied ich mich für links.

In dem Moment, in dem ich mich zwischen den letzten Tischen hindurch zwängte, hörte ich hinter mir den Mann mit dem verschütteten Kaffee, der sich ein zweites Mal lauthals beschwerte. Das LKA kam näher.

Als ich vor der Glastür ankam, stand gerade ein älteres Ehepaar von ihren Stühlen auf. Der Mann half seiner Frau in die Jacke, obwohl die Temperaturen sich um die zweiundzwanzig Grad bewegten. Sie versperrten mir den Weg in die Freiheit. Kurzer Hand sprang ich auf den Tisch, wobei einiges Geschirr zu Bruch ging. Auf der anderen Seite ließ ich mich herunterfallen und erreichte so endlich den rettenden Ausgang.

Die Beamten schrien einander hektische Anweisungen zu. Einer fluchte lauthals, als sie hinter mir auf das sonnenüberflutete Areal traten. Ich befand mich auf dem Weg über die breite vierspurige Straße, die hinter dem Platz verlief.

Meinen Vorsprung konnte ich nur halten, wenn ich ohne Rücksicht auf meine Person diese Straße überquerte, zwischen der sich Richtung Rhein dahin wälzenden Blechlawine hindurch. Noch drei Meter bis zum Straßenrand. Meine Häscher schafften es, sich durch den Pulk an glotzenden Passanten hindurch zu kämpfen. Wer sagt eigentlich immer, dass Schaulustige bestraft werden sollten? Ich in Zukunft nicht mehr.

Jetzt nahmen Dorians Männer erneut die Verfolgung auf. In dem Moment betrat ich die erste der vier Fahrbahnen. Die Fußgängerampel stand schon ein paar Sekunden auf Rot. Das hieß, die Autos mussten jeden Moment losfahren. Die zweite Spur lag hinter mir, da beschleunigten die ersten Wagen. Ich trieb meine Beine zur Eile. Der Anfang der Metallfront war noch vier Meter von mir entfernt, da erreichte ich die vierte Asphaltbahn. Die Beamten konnten mir nicht folgen, weil die ersten zwei Spuren schon von Fahrzeugen überflutet wurden. Ich überquerte die restliche Entfernung bis zum rettenden Bordstein mit einer Judorolle. Keinen Moment zu früh.

Ich stand auf, um nach den Polizisten zu sehen, die fluchend und wild gestikulierend auf ihrer Seite der Straße standen. Mit einem Lächeln verabschiedete ich mich. Der Strom der Autos würde nicht für ewig pulsieren.

Meine Flucht führte mich die Schadowstraße entlang, bis ich an den Wehrhahn gelangte. Dort suchte ich in den Hinterhöfen der Häuser nach einem Versteck. Der zehnte Eingang wurde meiner. Ich bog um die Ecke. Dann beugte ich mich nach vorne, um schwer atmend nach Luft zu ringen. Ich schnaufte wie eine alte Dampflok. Personen rannten an dem Hofeingang vorbei. Sirenen wurden lauter und wieder leiser. Sie suchten mich. Mir musste ganz schnell etwas einfallen.

Ich japste noch nach Sauerstoff, als ich plötzlich ein klickendes Geräusch hörte. Ich richtete mich langsam auf. In meinem Blickfeld tauchte die schwarze Mündung eines Pistolenlaufes auf. Der Lauf endete in einem ebenfalls schwarzen Griff mit außen liegendem Hahn. Mein Blick folgte der Hand, die die Waffe hielt, dann dem Arm des Schützen, welcher auf meinen Kopf zielte, bis ich in das Gesicht des Mannes sah.

Dorian!

09. August, 15:05

Die Sonne durchflutete den Raum. Die hellen Strahlen bahnten sich ihren Weg durch die hohen Glasfenster. In ihrem Licht tanzten Staubpartikel einen wilden Reigen.

Der Gastraum des Bistros war, bis auf ein paar vereinzelte Plätze, voll belegt. Die Menschen genossen die angenehme Wärme. Die Geräuschkulisse hielt sich trotz der vielen Personen auf einem erträglichen Niveau. Die Gespräche kamen leicht ins Stocken, als eine blonde, langhaarige Schönheit den Raum betrat. Sie suchte ein paar Sekunden die Tische ab und setzte sich zielstrebig in Bewegung. Unzählige bewundernde männliche Augenpaare folgten ihr.

Als sie ihr Ziel erreichte, stand der Mann, der auf sie gewartet hatte, auf, um sie mit einem Kuss zu begrüßen. Die von der Natur mit Modellmaßen bedachte Blondine, setzte sich zu ihrem Gefährten. Der Mann ließ sich ebenfalls nieder, nicht ohne ein zufriedenes Grinsen auf den Lippen. Die meisten der Männer im Raum hätten sofort mit ihm den Platz getauscht, dessen war er sich bewusst.

Eine Frage, die sich in solchen Situationen stellte: Warum waren Männer so fixiert auf blonde Frauen? Nicht alle sahen diesen engelsgleichen Geschöpfen hinterher, doch etwa achtzig Prozent waren von blonden Frauen fasziniert. Das Erscheinen einer blonden Frau ließ bei diesen Männern das klare Denken aussetzen, aber warum? Was assoziierten sie mit blonden Haaren? Einen Engel. Deshalb wurden blonde Frauen mit diesen biblischen Geschöpfen in Verbindung gebracht. Allerdings war nicht alles Gold was glänzte. Auch die schuppige, feuchte Haut einer Schlange glänzte wie der Schopf einer Blondine in der Sonne.

Diese Gedanken beschäftigten mich, während Dorian und ich der blonden Frau hinterher blickten oder besser gafften.

Wir grinsten beide, dann blickte ich meinen Freund fragend an: „Sag mal Dorian, wie hast du mich eigentlich gefunden?“

„Ich blieb hinter meinen Männern zurück und sagte, ich habe mir den Fuß verknackst. Dann überlegte ich, wo ein nahezu Ortsfremder sich hinwenden würde. Per Funk habe ich meine Leute in die entgegengesetzte Richtung geschickt. Ich konnte nur vermuten, wo du hinrennen würdest und hoffte, dich richtig einzuschätzen.“ Er strich sich über das Kinn. „Die Leitung des Einsatzes übertrug ich an Kommissar Schulz und bin demonstrativ zu meinem Auto gehumpelt. Dann habe ich dich, relativ schnell, am Wehrhahn aufgegabelt. Meine Suche nach dir hätte nicht länger dauern dürfen, sonst wäre es auffällig geworden. Offiziell bin ich zu einem Arzt gefahren. Das darf ich nachher nicht vergessen.“

„Ich werd dich dran erinnern."

Dorian und ich saßen in einem kleinen, von den Hauptstraßen abgelegenen Bistro, in Hilden. Düsseldorf Stadt wimmelte von Beamten, die mit meinem Foto rumfuchtelten. Dorian hatte mich in den Kofferraum seines Autos verfrachtet und war mit mir aus der abgesperrten Innenstadtzone gefahren. Ich wusste, dass mein Freund ein großes Risiko eingegangen war. Aber in Freiheit konnte ich eher zu meiner Entlastung beitragen als hinter schwedischen Gardinen. Unser Platz lag in der hintersten Ecke des Bistros, den Notausgang im Rücken. Jeder, der hinein oder hinaus ging, wurde genauestens von uns beäugt. Sollten Probleme auftauchen, konnte ich durch die Fluchttür verschwinden.

„Welche Hinweise führen dich zu mir?" Dorian stellte seine Kaffeetasse zurück auf den Tisch.

Ich berichtete Dorian von den letzten zwei Wochen und wie es zu dem Verdacht gegen mich gekommen war. „Mertens muss hier in der Nähe gewohnt haben." Ich reichte ihm eine der Visitenkarten des toten Detektivs. „Kennst du die Straße, ist wohl in Erkrath?"

Dorian legte die Stirn in Falten, dann wanderten seine Augen zur holzgetäfelten Decke, bis das Blitzen der Erkenntnis in ihnen aufflammte. „Ja klar. Ich war sogar schon in der Gegend. Ist etwas abgelegen. Beste Voraussetzungen, wenn man gesetzeswidrig in eine Wohnung einsteigen möchte."

„Ich hoffe, ich bin nicht zu sehr aus der Übung mit dem Dietrich."

Ein wölfisches Grinsen umspielte Dorians Züge. „Du hast bestimmt nichts verlernt." Er warf einen Blick auf seine Armbanduhr. „Ich muss zurück, sonst fällt meine Extratour auf. Wir treffen uns um 22 Uhr wieder. Lass dich in der Zeit nicht festnehmen und klau keiner Oma die Handtasche! Mach einen Spaziergang über die Felder oder so."

„Mach ich", gab ich lachend zurück.

Dorian rief die Kellnerin, beglich die Rechnung und verließ das Lokal. Als er zwei Schritte gegangen war, rief ich ihm nach: „Vergiss nicht zu Humpeln und zum Arzt zu gehen."

Er nickte mir zu und begann sein linkes Bein nachzuziehen.

09. August, 22:45

Die einspurige Straße ähnelte einer Allee, mit dem Unterschied, dass nur auf einer Seite Bäume standen und auf der anderen die Zäune der vornehmen Häuser.

Das Gebäude lag fast im Dunkeln. Nur die Laternen der parallel verlaufenden, vierspurigen Hauptstraße verteilten ein paar Lichtfetzen, welche zaghaft dürren Fingern gleich sich durch das Blätterdach der Bäume in Richtung des alten Gemäuers streckten. Eine breite Mauer, die in regelmäßigen Abständen von Stahlgittern unterbrochen wurde, umgab das Grundstück. Das Gittertor öffnete den Blick auf einen Teil der Grünanlage im Inneren. An den Mauern rankten sich Hecken entlang, welche leicht einem oder zwei ausgewachsenen Männern Deckung boten.

Der Mann, der seinen Blick über den Hof wandern ließ, kannte die Örtlichkeiten. Er sah mehr als die Insassen der Autos, die achtlos die Straße hinter den Bäumen entlangfuhren. Das Nachtsichtgerät zeigte ihm jeden verborgenen Winkel des Hofes. Es enthüllte die Menschen, die versuchten, sich vor ihm zu verbergen. Jene, die ihn fangen wollten.

Bevor er über die Mauer stieg, las er ein weiteres Mal das goldene Messingschild: *Johann-Wolfgang-von-Goethe Universitätsklinik: Rechtsmedizin.* Genau hier lag sein Ziel, im Gerichtsmedizinischen Institut der Stadt Frankfurt.

Lautlos wie eine Katze kletterte er über die Steinbegrenzung des Anwesens. In einem der breiten Gebüsche versteckten sich zwei Personen. Er sah sie durch sein Nachtsichtgerät. Sie reagierten überhaupt nicht auf ihn. Einer der beiden beugte sich hinunter zu einer Tasche und schien etwas zu suchen. Der Zweite stand mit dem Rücken zu ihm. Leise näherte er sich dem stehenden Beamten, dass beidseitig geschliffene Butterfly lag in seiner rechten Hand. Er hielt direkt hinter dem Mann. Die linke Hand griff nach dem Kinn, zog es nach oben und die rechte vollführte mit dem Messer einen schnellen sauberen Schnitt von links nach rechts entlang der Kehle des Mannes. Sein Opfer konnte nicht einmal schreien. Die leblose Hülle des Mannes glitt zu Boden, neben die Tasche seines Kollegen. Dieser sah verwundert auf den blutenden Körper, dann blickte er nach oben. In diesem Moment zog sein Angreifer ihn auf die Beine, um ihm mit einem schnellen Handgriff das Genick zu brechen. Als er den zweiten Mann fallen ließ, war das Leben bereits aus dessen Körper gewichen. Er wischte das Butterfly an der Hose des Toten ab und steckte es zurück in seine Armeehose.

Wie ein böser Dämon bewegte er sich durch die dunkle Nacht. Die linke Ecke des Gebäudes – die in völliger Dunkelheit lag – enthielt genug Vorsprünge, um auf den Balkon des ersten Stocks zu klettern. Rollläden verschlossen die Fenster im Erdgeschoss. Als zusätzliche Sicherung war eine Alarmanlage vorhanden, Metallkontakte an den Holzrollos verrieten dies. Er kletterte schnell und mit fließenden Bewegungen. Eine Minute später stand er auf dem Steinbalkon. Hier waren die Fenster ungeschützt, auch keine Alarmanlage. Zur Vorsicht kontrollierte er die Fensterrahmen, keine Kontakte. Er zog den Glasschneider aus der Tasche seiner dunklen Jacke und setzte ihn an einer der Butzenscheiben, die dem Türöffner am nächsten lag, an. Kurz darauf stand er in dem dahinterliegenden Raum.

Die Zimmertür befand sich direkt gegenüber dem Balkon. Mit drei Schritten erreichte er sie und legte die Hand auf die Klinke, verschlossen. Er zog das kleine Mäppchen mit den Dietrichen aus der Tasche und suchte sich den passenden heraus. Fünf Sekunden leistete die Tür ihm Widerstand, dann sprang sie auf.

Vor ihm erstreckte sich ein dunkler Gang. An seinem Ende gelangte er an eine Treppe, die ihn in das Erdgeschoss führte. Jetzt suchte er den Zugang zum Kellergeschoss, in welchem sich die Kühlkammern mit den Leichnamen befanden. Sie lagen da und warteten auf ihre Untersuchung oder darauf, von ihren Angehörigen zur letzten Ruhe gebettet zu werden. Sophie Reinke musste auch dort liegen, zusammen mit ihrer Zunge, die Zunge einer Schlange.

Er lief durch die Eingangshalle und fand die Treppe, die ihn an den Ort führen sollte, den er zu erreichen so begehrte. Auch hier herrschte völlige Dunkelheit. Zum zweiten Mal an diesem Abend sah er Personen, die ihm verborgen bleiben sollten. Ein dicklicher, uniformierter Polizist auf einem Stuhl. Der Mann saß genau vor dem Raum, an dessen Tür sich ein Schild mit der Aufschrift *Sektionsraum* befand. Er schlief.

Der Engelmacher zog wieder das Butterfly aus der Hose und schlich hinter den schnarchenden Mann. Er griff unter das Kinn des Schlafenden, zog es harsch zurück und tötete – wie zuvor – mit einem schnellen Schnitt durch die Kehle. Der Körper zuckte ein paar Mal, dann war der Mann tot.

Er öffnete die Tür und betrat den dahinterliegenden Raum. Mehrere Seziertische standen nebeneinander an der linken Wand. Die Abflüsse und Dränagen, die die Ränder der Tische umgaben, wirkten peinlich sauber. Als ob sich hier einer der Patienten eine Blutvergiftung zuziehen könnte, dachte er. Er wirkte wie der Sensenmann, erschienen um die Seelen der Toten in die Unterwelt zu entführen.

Die rechte Wand beherbergte die Kühlkammern. Er entriegelte sie, eine nach der anderen. Hinter der siebten Tür fand er Sophie Reinke. Ein irres Lächeln schlich sich in seine Züge. Mit einem geübten Griff öffnete er den Mund der Toten. Das Knacken und Krachen der starren Kieferknochen hallte schaurig von den nackten Wänden wider. Das Objekt seiner Begierde lag vor ihm, Sophies Zunge. Sie befand sich wieder an der Stelle, wo sie nicht hingehörte, sorgfältig fixiert von einem der Gerichtsmediziner. Zum zweiten Mal schnitt er das weiche Fleisch an der Wurzel ab. Die Zunge wanderte in die mitgebrachte Schatulle, damit er sie später seiner Sammlung zuführen konnte. Die Kammer mit dem Leichnam ließ er offen stehen.

Gut gelaunt erreichte er das Erdgeschoss. Die Nacht hätte kein besseres Ende nehmen können, denn er fühlte sich der Freiheit wieder ein wenig näher. Er griff nach der Schatulle mit der Zunge und Euphorie ergriff Besitz von ihm. Er lief zum Vordereingang, denn dieser Weg war frei, gereinigt von allen Ungläubigen, die ihn von seiner Aufgabe hatten abhalten wollen. Sie hatten einen hohen Preis bezahlt, aber so war das nun mal, wenn man sich mit ihm anlegte, dem Engelmacher. Der Name gefiel ihm mittlerweile. Er symbolisierte sein Über-Ich, so wie alles sein sollte und musste. Wer nicht seinen Vorstellungen entsprach wurde entfernt. Er war das Maß aller Dinge.

An der Vordertür angelangt zog er das Mäppchen mit den Dietrichen heraus, Sekunden später sprang die Tür auf. Und dann brach die Hölle los. Der Alarm heulte mit ohrenbetäubender Lautstärke los.

Die Alarmanlage! Er hatte sie völlig vergessen. Die Aktion hätte nicht besser laufen können und dann dieser Fehler! Scheinwerfer flammten im Vorgarten des Gebäudes auf. Drei uniformierte Beamte und drei in Zivil sprangen über die Mauer und eilten durch das geöffnete Tor. Er saß in der Falle. Er schlug die Vordertür wieder zu.

Er brauchte einen Plan und im Bruchteil einer Sekunde manifestierte sich dieser vor seinem geistigen Auge. Er rannte zurück in den Keller, lief bis zum Ende des Ganges zur Tiefgarage. Hier fuhren die Wagen mit den Leichen hinein und hinaus.

Er blickte sich um und suchte den Mechanismus, der das Rolltor öffnete. Eine Schnur hing von der Decke. Er zog daran und mit einem leisen Quietschen und Rumpeln setzte sich das metallene Tor in Bewegung.

09. August, 22:45 in Düsseldorf-Erkrath

Dorian und ich trafen uns vor dem Bistro in Hilden. Die Aufregung in der Düsseldorfer Innenstadt war verflogen. Dorians Kollegen weilten in ihren Büros oder fuhren Streife. Dies ermöglichte Dorian, mein Auto abzuholen und damit nach Hilden zu kommen.

Wie mein Freund prophezeit hatte, lag das Haus von Karl Mertens abseits der Hauptstraßen. Mertens Geschäfte waren anscheinend gut gelaufen, die Größe des Hauses sprach dafür. Vor uns lag ein Flachbau mit Wintergarten und Doppelgarage. Um das Gebäude erstreckte sich ein Ziergarten, viel Rasen, kein Gemüse.

Ich zog mein Dietrichset aus der Tasche. Das Gartentor war schnell überwunden. An der Eingangstür kam ich ins Zweifeln. Das sah nach einem Sicherheitsschloss aus, doch als ich mich hinunter beugte, um den ersten Pick einzuführen, gab die Tür ein leises Klick von sich und schwang auf.

„Da war schon einer vor uns da", flüsterte Dorian mir zu und zog seine Dienstwaffe. Ich nickte nur.

Wir betraten den geräumigen Flur. Mein Fuß stieß an einen hölzernen Gegenstand. Trotz des Dämmerlichts, welches eine Straßenlaterne spendete, sahen wir die Verwüstung. Linker Hand stand ein Sideboard, alle Schubladen lagen samt Inhalt auf dem Boden. Die Garderobe stand mitten im Raum, die Halterung verband nichts mehr mit der Wand. Dorian schaltete das Licht an. „Fuck!", fluchte er und steckte seine Waffe wieder ein. „Meine Leute waren das nicht."

„Glaub ich dir gerne. Er muss hier gewesen sein." Ich hätte schreien können vor Enttäuschung.

„Hast du wem erzählt, dass du hierher wolltest?"

Ich lachte. „Nein, natürlich nicht. Aber davon abgesehen, Mertens wurde am Goetheturm vor seinem Tod gefoltert. Entweder hat der Mörder Mertens so lange gequält, bis dieser ihm verraten hat, wo er wohnt und wo die Beweise versteckt sind, oder er nahm, wie ich, die Visitenkarte von Mertens mit, zusammen mit dem Haustürschlüssel."

„Hmmm", Dorian kratzte den Bartansatz an seinem Kinn. „Wir sollten trotzdem alles durchsuchen. Vielleicht finden wir etwas, was dem Mistkerl entgangen ist." Er begutachtete kurz den gesamten Raum. „Gut, es sieht nicht so aus, als sei er schlampig vorgegangen, aber eine kleine Chance besteht immer. Außerdem sind wir zu zweit. Vier Augen sehen mehr als zwei."

Die Frustration sprach aus meinem Blick. Er war mir immer einen Schritt voraus, egal wie schnell ich arbeitete. Resignierend nickte ich Dorian zu: „Von mir aus, fangen wir an."

„Stopp!", er griff in seine Jacke. „Lass uns etwas Professionalität an den Tag legen!" Zwei Paar Handschuhe kamen zum Vorschein. Ich nahm eines entgegen und zog sie an.

Wir starteten mit unserer Sisyphusarbeit im Flur. Jedes Blatt, jede CD, jeden Schrank und jeden Papierkorb, alles durchsuchten wir bis ins Letzte.

Die Zeit verrann. Die nahe Kirchturmuhr schlug zwei Uhr morgens. Dreieinhalb Stunden suchten wir schon in der verwüsteten Wohnung von Karl Mertens nach einer Spur, nichts! Alles, was mit dem Fall nur im Entferntesten in Verbindung stand, war vernichtet oder entwendet worden. Langsam griff die Resignation wieder nach mir. Nur Dorian schien unermüdlich zu sein. Sein Optimismus war unerschütterlich. Er durchsuchte das Schlachtfeld, welches unser Vorgänger hinterlassen hatte, immer noch mit dem Enthusiasmus der ersten Minute.

Im Arbeitszimmer erwartete uns das gleiche Chaos wie in den anderen Räumen. Der Inhalt aller Schränke lag verstreut auf dem Laminat. Kein Ordner befand sich mehr an seinem Platz. Auf den Rücken der leeren Aktenordner stand mit Hand geschrieben *Sara*.

Nach einer weiteren Stunde, die Glocken schlugen drei, sah ich Dorian an: „Lass uns aufgeben! Er war schneller. Mertens ist umsonst gestorben und er hat gewonnen."

„Eine halbe Stunde noch, abgemacht?", sein Lachen sollte mich aufmuntern.

„Na gut, aber gönn mir eine Pause." Die gestand Dorian mir zu.

Ich setzte mich an Mertens Schreibtisch. Der Stuhl schien nicht billig gewesen zu sein, in Anbetracht dessen, wie gut er sich meiner Körperform anpasste. Um meinem Freund zu demonstrieren, wie müde ich mich fühlte, legte ich meinen Kopf auf die Schreibtischplatte, die Arme darunter verschränkt.

Da passierte es. Der Schreibtisch geriet aus dem Gleichgewicht und kippte in meine Richtung. Mir blieb keine Zeit, das Ungetüm abzufangen. Die Holzplatte drückte auf meine Beine, ich rutschte vom Stuhl und das schwere Schreibmöbel begrub mich unter sich.

Dorian stand bereits neben mir. Er wuchtete die Holzkonstruktion hoch, sodass ich darunter hervor krabbeln konnte und stellte dann das Mistding auf seine vier Füße zurück. Mir war wie durch ein Wunder nichts geschehen.

„Alles in Ordnung?" Er blickte besorgt zu mir auf den Fußboden.

„Ja, alles heil", erwiderte ich.

Dann sah er einen Moment die Rückseite des Möbelstücks an, hielt den Kopf schief, drehte ihn wieder zurück, um ihn dann auf seiner linken Schulter abzulegen. „Sieh mal hier!" Er kratzte mit den Fingernägeln an der Rückwand. Als er aufhörte, hielt er mir zwei vollgekritzelte Notizzettel unter die Nase. Ich nahm sie entgegen, drehte sie in den Händen, versuchte in dem Tohuwabohu eine klare Linie zu finden, leider blieb mir diese vorerst verborgen.

„Wirst du daraus schlau? Ich kann nur ein paar Buchstaben zuordnen, aber nichts Hilfreiches.“ Ich hielt die Zettel wieder Dorian unter die Nase.

Wir setzten uns nebeneinander auf die Couch, die wir zuvor frei räumen mussten. Zusammen versuchten wir, dem Gekritzel Informationen zu entreißen. „Sieh mal, Dorian. Das könnte ein großes M und ein großes Z sein ... Und dort steht, glaube ich UNI.“

Dorian nickte: „Könnte stimmen. Da“, er deutete auf den zweiten Zettel, „das könnte, mit viel Phantasie, Germanistik heißen.“

„Moment mal, gib mir bitte mal beide Notizen.“ Ich legte die Blätter an den Kanten zusammen, dann schob ich sie hin und her, bis: „Da schau, ein Name, Josef Larusso. Jetzt wird mir so einiges klar. Vorausgesetzt ich interpretiere alles richtig. M und Z ergeben das Autokennzeichen von Mainz. UNI steht für Universität, Josef Larusso ist wahrscheinlich ein Student der Germanistik. Was hältst du von dieser Theorie?“

Mein Freund nickte: „Möglich. Du solltest dieser Spur nachgehen, denn es ist deine einzige, alter Spürhund.“ Er klopfte mir anerkennend auf die Schulter. „Kann es sein, dass vor ein paar Minuten einer hier aufgeben wollte?“

Ich musste lachen: „Ja, du hast gut daran getan, mich von einer Aufgabe abzuhalten. Danke!“

„Schon okay.“ Seine Stirn legte sich in Falten. „Was ist, wenn die Zettel nichts mit deinem Fall zu tun haben?“

„Haben sie aber!“

„Woher weißt du das, Tom?“

„Schau dir diese zwei Kanten an“, ich drehte beide Papiere um neunzig Grad nach rechts. „Hier lies.“

„Engel fra. Sollte ich mal einen Detektiv brauchen, werde ich mich an dich wenden.“ Dabei schlug er mir auf den Rücken. „Was machen wir jetzt?“

„Ich fahre so schnell wie möglich nach Mainz und versuche bei dem Dekan der Universität einen Termin zu erhalten. Du solltest deinen Kollegen eine glaubhafte Geschichte auftischen, warum du mitten in der Nacht in das Haus eines unbescholtenen Bürgers der Stadt Düsseldorf eingedrungen bist, ohne Gefahr in Verzug – oder besitzt du einen Durchsuchungsbefehl?“

„Das lass mal meine Sorge sein. Da hab ich mir was zurecht gelegt“, ein süffisantes Grinsen spielte um seine Lippen. Er griff in die Tasche, zog sein Handy heraus und wählte eine Nummer. „Okay, du kannst jetzt kommen“, dann legte er wieder auf.

„Was war das denn?“

„Wart `s ab!"

Fünf Minuten später klingelte es an der Haustür. Ich zuckte zusammen. Dorian legte mir die Hand beruhigend auf den Arm: „Ich geh mal an die Tür."

Ich rief noch: „Wenn das ...", doch da war er schon verschwunden.

Eine Minute später tauchte er wieder auf, flankiert von einer wunderschönen Frau, die beim Hinsetzen darauf achten musste, dass sie sich nicht auf ihren schwarzen Haaren niederließ. Ich schätzte sie auf achtundzwanzig Jahre, plus minus zwei. Dorian überragte sie um einen Kopf, sie musste also eins paarundsiebzig sein. „Das ist Cornelia Sander, meine Teamassistentin. Wir sind seit sechs Monaten zusammen und zufällig wohnt sie zwei Straßen entfernt von hier. Im Büro weiß keiner, dass wir liiert sind, ab morgen wird sich das ändern. Wäre auf Dauer eh rausgekommen." Er blickte ihr liebevoll in die Augen. „Doch so kann sie mir ein Alibi geben. Bei einem Spaziergang ist uns die Tür aufgefallen, die offen stand. Da haben wir mal nachgesehen. Also, kein Stress. Du solltest jetzt aber verschwinden. Aber versprich mir, dass du erst ein paar Stunden schläfst!"

Ich versprach es. Dann verabschiedete ich mich von Dorian und Cornelia. „Sowie die Sache ausgestanden ist, kommt Ihr nach Frankfurt. Das müsst Ihr mir versprechen!" Sie nickten beide.

Ich ging zu meinem Auto und suchte mir einen abgelegenen Parkplatz, um ein paar Stunden zu schlafen. Erst jetzt bemerkte ich die Müdigkeit und Erschöpfung in meinem Körper. Jeder Muskel tat mir weh, ich brauchte unbedingt Ruhe.

09. August, 23:05

Lamprecht hockte in ihrem Versteck hinter dem GMI. Sie blickte direkt auf das Rolltor, welches zur Tiefgarage des Instituts führte.

Mehrere Stunden hatte sie im Büro von Köster vertrödelt, um ihn zu diesem Einsatz zu überreden. Aber er bewilligte ihr nicht das geforderte SEK-Team, sondern nur sechs Kollegen von der Streife sowie Carstens, Mauser & Bergmann. Der Alte vertrat die Ansicht, dass der Mörder in Düsseldorf gefasst worden war. Er sah die komplette Aktion als Zeitverschwendung. Deshalb postierte Lamprecht sich alleine auf der Rückseite der Gerichtsmedizin, was unter normalen Umständen völlig verrückt war, aber aus Mangel an Ressourcen war ihr nichts anderes übrig geblieben.

Heute war der erste Tag von drei genehmigten Überwachungstagen. Danach stand die Beerdigung von Sophie Reinke an. Mehr Zeit blieb ihr nicht, bis dahin musste die Falle für den Engelmacher zugeschnappt sein. Wenn Sophie unter der Erde lag, lag ihre Zunge ebenfalls dort. Dann war die Chance, diesen Psychopathen zu fassen, vertan.

Sie überlegte, was mit Tom wohl gerade geschah. Er saß bestimmt in U-Haft oder wurde vom LKA verhört. Sollte der Engelmacher nicht auftauchen, besiegelte dies Toms Schicksal.

Die Kommissarin hing diesen trüben Gedanken nach, als plötzlich die Scheinwerfer auf der Vorderseite des Gebäudes aufflammten. Sie hörte die Schreie der Kollegen. Lamprecht lief um das Haus herum, bog um die Ecke und sah mit nur einem Blick, hier konnte niemand entwischen. Nicht mal eine Maus wäre ungesehen davongekommen.

Einer Eingebung folgend, lief sie zurück zur Rückseite des Gebäudes. Sie wusste nicht warum, aber irgendetwas sagte ihr, dass der Kerl nicht aus der Vordertür rausspazieren würde. Und sie sollte recht behalten.

In dem Moment, in dem sie sich dem Rolltor näherte, öffnete es sich. Das Tor glitt, dem Maul eines Monsters gleich, langsam auf. Als die Hälfte des gähnenden Schlundes offen stand, spie es eine dunkle Gestalt aus. Diese bewegte sich lautlos, geschmeidig und unwahrscheinlich schnell.

Mit zwei Schritten stand Lamprecht im Rücken des Mannes. „Hände hoch, Polizei, keine Bewegung oder ich verpasse dir eine Kugel, Freundchen!" Der Mann blieb abrupt stehen, hob aber nicht die Hände. In seiner linken Hand blitzte etwas. „Keine Bewegung sagte ich! Umdrehen, los!"

Die Gestalt wandte sich um, hob jedoch immer noch nicht die Hände. Die Kommissarin näherte sich ihr bis auf drei Schritte. Jetzt konnte sie erkennen, dass der Mann ein Nachtsichtgerät trug. Sein komplettes Gesicht lag dahinter verborgen.

Wut stieg in der Kommissarin auf. Dieser Mann hatte vier junge Frauen und einen Mann auf bestialische Weise aus dem Leben gerissen. Er trug die Verantwortung für die Leichen, die sie hatten wegräumen müssen. Hass, Frust, Ekel, diese Gefühle beherrschten sie in diesem Moment, als sie gerade ansetzen wollte, dem Mörder die Maske vom Gesicht zu reißen. Doch so nah wollte sie dem Kerl nicht kommen. Sie hielt inne. Eigentlich sollte sie warten bis Verstärkung eintraf, aber das professionelle Denken hatte bei ihr ausgesetzt. Sie wollte als erste sein Gesicht sehen, seine Identität enthüllen und ihm ins Gesicht spucken für seine Abscheulichkeiten. „Los, Maske runter, sofort!", schrie sie lauter als nötig. Er rührte sich nicht. „Los, wird's bald!" Keine Reaktion.

Plötzlich bemerkte sie, wie er an ihr vorbei sah in Richtung Mauer, die in ihrem Rücken lag. Sie folgte seinem Blick. Doch schon in der gleichen Sekunde wurde ihr klar, dass sie auf den ältesten Trick der Welt hereingefallen war. Nichts und Niemand befand sich hinter ihr. Im Augenwinkel erhaschte sie seinen Schatten, der sich auf sie zu bewegte. Ihre Hand mit der Waffe wurde nach oben geschlagen, dabei löste sich ein Schuss. Danach spürte sie ein Brennen im Unterleib. Sofort sackten ihr die Beine weg. Sie griff nach dem nächstbesten Halt. Die Hose ihres Gegners, die sofort zerriss. Die Waffe fiel zu Boden, gleich darauf fand sie sich selbst auf der Erde wieder. Der Engelmacher zog das Messer aus ihrem Bauch. Sie glaubte, ein höhnisches Kichern zu hören. Dann verschwand er.

Stefan Carstens tauchte in ihrem Gesichtsfeld auf: „Einen Krankenwagen, wir brauchen sofort einen Krankenwagen." Dann verlor sie das Bewusstsein.

09. August, 23:10

Er rannte die spärlich beleuchteten Straßen entlang. Einige Passanten sahen ihm verängstigt nach, was aus seiner seltsamen Aufmachung resultierte.

An einem dichten Gebüsch stoppte er, begab sich hinein und entledigte sich des schwarzen Kampfanzuges inklusive Nachtsichtgerät. Beides packte er in den Rucksack. Die Aufregung wich langsam von ihm, mehr Spaß konnte man fast nicht haben. Der Adrenalinspiegel in seinem Blut sank auf Normalniveau. Er orientierte sich kurz, dann lief er zu seinem Auto. Eine halbe Stunde später saß er in seinem Versteck.

Seine Musik sickerte leise aus den Boxen. Er zog den Kampfanzug aus dem Rucksack. Eine Tasche war abgerissen. Panik ergriff von ihm Besitz. Hektisch durchsuchte er alle Taschen der schwarzen Kombination. Nichts! Sie war weg. Diese Bullenschlampe musste ihm ausgerechnet die Tasche mit der Schatulle abgerissen haben. Warum keine andere, warum ausgerechnet diese?

Wutentbrannt schleuderte er einen Stuhl gegen die Wand. Er zerbarst und fiel krachend zu Boden. Alles umsonst! Nein nicht ganz. Hoffentlich krepierte diese Lamprecht.

Als der Wutschleier sich lichtete, entstand vor seinem geistigen Auge eine neue Vision. So konnte er sich diese beschissene Nacht noch versüßen! Er packte wieder seinen Rucksack.

Dienstag, 10. August, 02:55

Es flimmerte. Die Helligkeit brannte in den Augen. Der Strahl bewegte sich hin und her. Bei jedem weiteren Versuch, die Augen zu öffnen, wurde es ein klein wenig leichter. Letztendlich gewöhnten sich die Sehnerven an die Signale, die an das Gehirn übermittelt wurden.

Als sich aus den hellen Flecken Gestalten formten, fiel ihr zuerst die weiße Erscheinung zu ihrer Linken auf. „Sie kommt zu sich, Herr Doktor." Es musste sich um einen Engel handeln. Ganz in Weiß und über ihm schwebte ein heller Kranz, ein Heiligenschein.

Doch dann bohrte sich die reale Welt abrupt in ihr Gehirn. Der Stich, der Mann, das GMI, der Einsatz, alles lief an ihr vorbei wie ein Film, nur rückwärts. Und der Schmerz, das Brennen, da war es wieder, das Letzte was sie bewusst erlebt hatte, der Schmerz, dieser bohrende Schmerz.

„Sie haben mehr Glück als Verstand gehabt, Frau Lamprecht. Ihr Schutzengel hat seine Sache gut gemacht." Sie öffnete die Lippen. Jedoch wollte kein Ton heraus kommen. „Nicht sprechen! Mein Name ist Doktor Schneider, ich habe sie operiert. Sie liegen auf der Intensivstation der Uniklinik. Wären Sie irgendwo anders, als fast vor unserer Haustür niedergestochen worden, würden Sie jetzt auf einer Wolke sitzen und Harfe spielen. Der Kerl hat Sie lebensgefährlich verletzt, aber mit einer Not-OP konnten wir Sie retten. Einer Ihrer Kollegen, Carstens glaube ich, schläft draußen auf einem Sessel. Ich werde ihn nach Hause schicken und ihm mitteilen, dass er Sie morgen kurz besuchen darf." Er wandte sich dem Engel links neben ihr zu, sprach mit ihm, um sich dann wieder ihr zuzuwenden. „Die Schwestern werden sich um Sie kümmern, ich sehe gleich morgen früh wieder nach Ihnen. Schlafen Sie jetzt."

Er verließ den Raum. Der Engel links neben ihr folgte ihm. Der Heiligenschein blieb zurück, eine runde Deckenlampe.

10. August, 01:15

Benz saß an seinem Computer. Er arbeitete an der Serie über Umweltverschmutzung. Die Artikel hätten schon vor zwei Wochen erscheinen sollen, doch den Engelmacher-Fall hatte Herrmanns für wichtiger erachtet. Benz legte eine kurze Pause ein. Engelmacher, warum gerade dieser Name? Die eigentliche Bedeutung von Engelmacher war eine ganz andere.

Engelmacher nannte man Ärzte, besser gesagt Gynäkologen, die illegale Schwangerschaftsabbrüche durchführten. Sie trieben Föten auch nach dem dritten Monat ab. Oft wurden solche Abtreibungen in zwielichtigen Hinterzimmern durchgeführt, auf einem Klapptisch mit minimalsten hygienischen Vorkehrungen. Eine so vorgenommene Abtreibung barg viele Gefahren für die Frau, da diese nicht ärztlich nachversorgt wurde. Viele dieser Frauen verbluteten und starben erbärmlich. Diese Art von Ärzten fand man nicht im Telefonbuch. Man musste jemanden kennen, der jemanden kennt und so weiter.

Dieses Thema wollte er einmal aufgreifen. Wenn der Frauenmörder hinter Gittern saß und die Umweltsünderserie beendet war, nahm er sich vor, würde er über richtige Engelmacher schreiben. Werde ich gleich morgen mit dem Chef besprechen, dachte er.

Plötzlich schreckte er hoch. Ein Auto hupte, aber nicht nur kurz, sondern so, als säße der Fahrer mit dem Hintern auf der Hupe. So ein Idiot, überlegte Benz, mitten in der Nacht! Der Journalist erhob sich von seinem Bürostuhl und stellte sich an das gekippte Wohnzimmerfenster. In diesem Moment, als seine Augen begannen die Straße abzusuchen, verstummte die Hupe.

Nur der Wagen mit seinen zwei Aufpassern stand gegenüber auf dem Bordstein. Sonst erblickte er weit und breit kein anderes Auto. Wollten die Beamten auf diese Art prüfen, ob er noch lebte? Frei nach dem Motto: Wir hupen mal und wenn dann der Reporter am Fenster erscheint, atmet er noch, andernfalls gehen wir mal nachsehen. Blödmänner! Bei den beiden handelte es sich bestimmt um die, die seine Wohnung unbeaufsichtigt gelassen hatten. Idioten!

Er ließ sich auf seinem Stuhl nieder. Seine Augen begannen zu tränen. Benz beschloss, für heute Schluss zu machen. Nur noch die Dateien speichern und dann ins Bett, dachte er.

Der Reporter schaltete den Rechner aus, trottete müde in die Küche, öffnete den Kühlschrank und nahm eine Flasche Wasser heraus. Auf einmal hörte er ein Geräusch an der Tür. Befand sich jemand in der Wohnung? Er trat wieder auf den Flur, leer, wie erwartet. Bestimmt wieder der Hund seines Nachbarn, der an seiner Tür hochsprang. Dieser Köter machte das jedes Mal, wenn er ohne Leine die Treppen hinauf lief. Benz hatte schon etliche Male mit Herrn Danella gesprochen. Lassen Sie den Hund nicht ohne Leine im Treppenhaus laufen. Wahrscheinlich ließ er diese Töle mittlerweile mit Kalkül frei laufen. Er nahm sich vor, morgen mit ihm zu sprechen.

Benz ging an die Tür, um durch den Spion zu sehen. Da fiel ihm auf, dass diese offen stand. Als er die Stirn gegen das Furnier gelehnt hatte, rastete das Schloss hörbar ein. Sofort sackte im das Herz in die Hose. Was war hier los? Die Antwort folgte auf dem Fuße.

Eine Metallschlinge legte sich um seinen Hals wie eine Garotte, die im Mittelalter für öffentliche Hinrichtungen verwendet worden war. Von einer Sekunde zur anderen bekam Benz keine Luft mehr. An der Wand neben der Tür hing ein Spiegel. Dort sah er den Mann, der hinter ihm stand. Er ließ sich fallen. Der schwarzgekleidete Einbrecher schwankte und geriet aus dem Gleichgewicht. Die Schlinge lockerte sich. Über das Spiegelbild zielend, schwang der Reporter die Wasserflasche über seine Schulter auf den Kopf des Angreifers. Es klirrte, Glassplitter rieselten Benz in die Haare und ins Genick. Sein Peiniger ging in die Knie, direkt neben ihm. Benz erhob sich vom Boden. Dann holte er abermals aus, um mit dem Rest der Wasserflasche nachzusetzen, doch sein Gegner parierte diese Attacke. Mit übermenschlicher Kraft fing er den Arm von Benz ab und bog ihn nach hinten, sodass er in die Knie gehen musste.

Jetzt konnte Benz seinem Gegner das erste Mal ins Gesicht blicken. Er sah auf eine Art Gasmaske, nur ohne Filter an der Vorderseite und mit modifizierten, vergrößerten Augenschlitzen. Im Glas vor den Sichtöffnungen sah er sich selbst, Spiegelglas.

Benz blickte den Eindringling an wie ein gehetztes Tier, da fühlte er ein Messer an seinem Hals. Die scharfe Klinge ritzte augenblicklich in seine Haut und Blut sickerte aus der Wunde. Es beschrieb eine Schlangenlinie, bevor der Kragen des weißen T-Shirts ihm Einhalt gebot.

„Steh auf!“, hörte der Reporter die dumpfe Stimme hinter der Maske. „Setz dich auf den Stuhl! Langsam!“

Während sich Benz erhob und zu seinem Arbeitsstuhl hinüberging, hielt der Mann das Messer einen Zentimeter von seiner Kehle entfernt. Wenn Benz bisher die Drohung gegen sein Leben nicht für bare Münze genommen hatte, tat er es spätestens jetzt. Er verspürte Angst, mehr Angst als je zuvor in seinem Leben. Seine Knie drohten ihm wegzuknicken und seine Hände zitterten. Zusätzlich meldete sich sein Magen, wenn er nicht aufpasste, würde er sich direkt hier und jetzt erbrechen müssen. Die Stimme des Eindringlings riss ihn aus den Gedanken über sein Befinden.

„Nimm das Klebeband und fixier deine Beine!“

Das blanke Metall schwebte immer noch bedrohlich vor seinen Augen, als der Reporter sich bückte und das erste Bein an einem Fuß des Stuhls festklebte.

„Jetzt das andere, dann wickle das Band um deinen rechten Arm und lass ihn dabei auf der Lehne liegen.“

Als Benz nur noch den linken Arm frei bewegen konnte, nahm ihm der Eindringling die Rolle aus der Hand und fesselte den linken Arm an den Stuhl.

„Ich hoffe, du hast es bequem.“ Der Mann lachte. „Du wolltest mich unbedingt treffen. Wenn ich zwischen den Zeilen deines letzten Zeitungsartikels lese, kann ich mich dieses Eindrucks nicht erwehren. Möchtest du mir nicht antworten, Micha?“

Die Zunge des Journalisten klebte an seinem Gaumen wie ein alter Socken. Jedes Wort musste er sich abringen: „Bitte tun Sie mir nichts. Ich habe nur auf Anweisung gehandelt. Bitte! Das ist die Wahrheit.“ Beim letzten Satz versagte seine Stimme ihren Dienst.

„Was glaubst du, was ich jetzt machen soll? Dich laufen lassen? Dich weiter die Unwahrheit über mich verbreiten lassen?“ Die Klinge näherte sich seinen Augen. „Dir Ungläubigem würde ich am liebsten die Augen ausstechen, damit du mit diesem Ding“, er deutete mit der freien Hand auf den PC, „keinen Unfug mehr anstellen kannst.“

Benz nahm den Kopf so weit zurück, wie es seine Position zuließ. „Nein, nicht! Ich werde nie wieder über Sie schreiben! Ich schwöre es!“

Er konnte es nicht sehen, aber der Reporter glaubte zu fühlen, dass sein Gegenüber lächelte. Der Mann sagte zwei Worte: „Zu spät.“ Dann riss er ein Stück Band von der Rolle und klebte es Benz auf den Mund. „Ich möchte nicht, dass du die Nachbarn mit deinen Schreien weckst. Sie sollen dich in guter Erinnerung behalten.“

Der Einbrecher schob die Tastatur zur Seite und schnickte die Maus zu Boden. Jetzt breitete er auf dem Schreibtisch ein Etui aus. Der Inhalt ließ Benz das Blut in den Adern gefrieren. Ein Chirurgenbesteck kam zum Vorschein sowie ein paar weitere Instrumente, die ihn an eine Folterkammer aus dem achtzehnten Jahrhundert erinnerten. Der Reporter hatte Angst, Todesangst. Eine Träne lief seine Wange hinunter. Seinem Peiniger entging das nicht. „Tränen interessieren mich nicht, deine Schreie verglühen im Licht, deine Schmerzen hat der Himmel geschickt. Ja, Micha, das hast du dir alles selbst zu zuschreiben.“ Er nahm ein Skalpell aus dem Etui, wiegte es in der Hand und testete seine Schärfe an der Klebebandrolle. Es schnitt hinein wie in Butter. „Weißt du Micha, bevor ich anfange, sollst du wissen, wer ich bin. Der große Unbekannte, der Meister.“

Der Mann im schwarzen Kampfanzug legte das Skalpell an seinen Platz zurück, griff mit der rechten Hand an seinen Hinterkopf, um die Riemen der Maske zu lösen. Und dann, mit einem schnellen Ruck, zog er sie vom Gesicht.

Der Teufel hat Gewalt sich zu verkleiden in lockende Gestalt.

Shakespeare, Hamlet

Kapitel 5

Dienstag, 10. August, 07:30

Polizeirevier Frankfurt, K11, Morddezernat.

Die kleine gelbe Fahne zitterte noch leicht. Darunter stand in Druckbuchstaben, Goetheturm. Köster stützte sich mit den Handflächen auf die Holzplatte seines Schreibtischs, den Blick gen Boden gerichtet. Die Erschöpfung stand ihm ins Gesicht geschrieben.

Als er zu reden begann, mussten alle Anwesenden der Soko die Ohren spitzen, da es nur ein Flüstern war. „Meine Herrschaften, ich glaube wir können es uns sparen, die Ereignisse der letzten Nächte durchzusprechen. Sie sollten allen hinlänglich bekannt sein." Er hob den Kopf. Aus rot unterlaufenen Augen blickte er sie an, die Brille lag neben seiner Schreibtischunterlage. Etwas lauter als zuvor fuhr er fort: „Sie können sich bestimmt vorstellen, was ich mir heute Morgen schon alles anhören musste." Die kleine Gruppe schüttelte einhellig den Kopf. „Eine Krisensitzung mit Kriminalrat Rohoff und Kriminaldirektor Meier. Wenn es nach Meier gegangen wäre, würde jetzt ein neuer Leiter vor Ihnen stehen, doch Rohoff hat sich durchgesetzt. Der Kriminaldirektor gibt mir die Schuld an dem Desaster der letzten Nacht. Ich hätte mehr Ressourcen anfordern sollen, zum Beispiel ein SEK-Team. Meine Untergebenen wären nicht genug sensibilisiert für ihre Aufgabe und so weiter und so fort." Er griff nach der Brille und setzte sie auf. „Rohoff hat uns allen den Rücken gestärkt. Es gab ein Argument, welches Meier nicht vom Tisch fegen konnte. Das LKA Düsseldorf hatte das BKA gegen achtzehn Uhr in Kenntnis gesetzt, dass Martini geflohen ist. Das BKA versuchte uns darüber zu informieren, hat es aber nicht geschafft oder wie auch immer. Jetzt suchen alle involvierten Instanzen einen Schuldigen in den Reihen des BKA. Nichts desto trotz übernimmt jetzt das BKA. Mittwoch oder Donnerstag wird uns Kriminalhauptkommissar Till Ressmann vorgestellt. Ressmann leitet die Soko, und wir haben seinen Anordnungen Folge zu leisten, inklusive meiner Person. Frau Lamprecht fällt bis auf weiteres aus", sein Gesicht wirkte sehr besorgt. „Sie hatte Glück im Unglück mit ihrer Verletzung."

Schweigen, keiner verlor ein Wort.

„So, nachdem das geklärt wäre, zur Tagesordnung." Köster sprach wieder in normaler Lautstärke. Doch die Belastung der letzten Woche und vor allem der letzten Stunden, schien seine Schultern hinunter zu drücken. „Herr Carstens, bis Herr Ressmann eintrifft, übernehmen Sie die Ermittlungen.“ Der Oberkommissar nickte. „Was, außer drei toten Polizisten, hat uns die gestrige Aktion noch eingebracht?“

Carstens räusperte sich. Seit sie den Raum betreten hatten, war dies das erste Geräusch, welches er von sich gab. „Der Engelmacher hat sein Souvenir wieder verloren. Andrea hat ihm eine Tasche abgerissen, als sie zu Boden gestürzt ist. Zu unserem Glück die mit der Schatulle, in der er die Zunge aufbewahrt hat.“

„Das heißt, er hat sich die ganze Arbeit umsonst gemacht?“, hakte Köster nach.

„Theoretisch ja, aber für uns hat es sich gelohnt.“

„Wie meinen Sie das?“, Köster zog seine Pfeife aus der Schublade und zündete sie an.

Carstens tat es ihm gleich und steckte sich eine Zigarette an, bevor er auf die Frage seines Chefs antwortete: „Er hat den ersten Fehler begangen. Auf der Schatulle war ein Fingerabdruck. Von Andrea ist er nicht, so viel wissen wir schon.“

Kösters Miene hellte sich auf, und ein Teil des Gewichtes schien von seinen gebeugten Schulten abzufallen. „Kennen wir die Person, der der Abdruck gehört?“

„Das kann ich noch nicht sagen. Momentan wird er mit allen Datenbanken abgeglichen. Sollten wir lokal keinen Treffer haben, werden wir Interpol kontaktieren. Unsere Computer laufen auf Hochtouren.“

„Das heißt, wir stehen nicht so schlecht da, wie alle dachten.“ Er nahm einen tiefen, genüsslichen Zug aus der Pfeife. „Gehen Sie nachher zu Frau Lamprecht ins Krankenhaus, Herr Carstens?“ Dieser nickte. „Dann bestellen Sie ihr meine besten Wünsche. Ich werde morgen oder übermorgen bei ihr vorbei schauen. Ach ja, unseren Hauptverdächtigen müssen wir jetzt leider vom Haken lassen.“

„Warum? Martini hätte genug Zeit gehabt, um wieder nach Frankfurt zu fahren und das Chaos am GMI zu veranstalten! Von 18 bis 23 Uhr um genau zu sein“, warf Carstens ein.

Köster schüttelte langsam den Kopf: „Ich habe heute Morgen mit Singer in Düsseldorf gesprochen und er hat Martini ein hieb- und stichfestes Alibi gegeben. Allerdings wird er jetzt ein paar Schwierigkeiten bekommen. Doch die dürften bei seiner tadellosen Akte bald wieder vom Tisch sein.“ Köster berichtete wie Singer Martini geholfen hatte sowie von der Hausdurchsuchung. „Könnten Sie, Herr Carstens, Martini anrufen und ihm mitteilen, dass er sich nicht mehr verstecken muss? Er kann ja nicht an zwei Orten gleichzeitig gewesen sein. Ich weiß, Martini war ihr favorisierter Täter. Leider müssen wir die Suche jetzt neu starten, beginnend mit dem Fingerabdruck.“

Der Oberkommissar verbarg das Gesicht hinter der Kaffeetasse, so dass keiner seiner Kollegen es sehen konnte. „Mach ich", sprach er in das leere Gefäß.

Köster warf einen Blick in die Runde. „Dann mal wieder an die Arbeit. Wir müssen einen Mörder fangen!"

Carstens stand auf, um in seinem Büro zu verschwinden.

Kösters Telefon läutete. Er hob den Hörer ab. „Köster K11."

Als er den Hörer aus der Hand legte, war sein Gesicht nicht mehr von der weißen Wand hinter ihm zu unterscheiden. Er blickte die Mitglieder der Soko an, die im Begriff waren, sein Büro zu verlassen: „Alle setzten! Wir haben ein neues Problem. Und holen Sie Carstens her!"

10. August, 08:00

Nur wenige Stunden Schlaf hatten mir ausgereicht. Ich fuhr früh in Düsseldorf los und erreichte Mainz gegen acht Uhr. Auf der Autobahn klingelte mein Handy. Ich wunderte mich, weil nur Dorian die Nummer von Mertens' Telefon kannte. Mein Handy lag immer noch in Frankfurt. Als ich abhob, erklärte mir Kommissar Carstens, dass Dorian ihm die Nummer gegeben hatte. Dann brachte er mich auf den aktuellen Stand der Ermittlungen. Die Falle für den Engelmacher am GMI, drei Tote Beamte und Andrea im Krankenhaus. Der Fingerabdruck auf der Schatulle. Und das Beste: Ich war aus dem Schneider.

„Das war so weit alles", dann schien Carstens die Hand auf den Hörer zu legen. „Martini ich muss wieder raus. Der Alte hat Sehnsucht."

„Danke für die Informationen", antwortete ich, doch da war die Leitung bereits tot.

In diesem Moment fuhr ich über die Theodor-Heuss-Brücke, die Wiesbaden und Mainz verband. Bis zum Ende des zweiten Weltkriegs gehörte Mainz zu Hessen. Erst 1946 entschieden die französischen Besatzer, dass Mainz Landeshauptstadt von Rheinland-Pfalz werden sollte. Schon Kaiser Napoleon liebte anscheinend die Rhein-Metropole. Er beließ, entgegen seiner üblichen Gewohnheit, das Stadtwappen von Mainz in seiner ursprünglichen Form und Gestalt. Zu all den schönen alten Gässchen, Häusern und Parks besaß die Stadt auch eine Universität, die Johannes Gutenberg-Universität, in der Saarstraße.

Über die Auskunft besorgte ich mir die Telefonnummer des Dekans. Doch wie ich vermutet hatte, ging nicht der Dekan direkt ans Telefon, sondern seine Sekretärin. Ich gab vor, ein Journalist des Frankfurter Kuriers zu sein, der eine Serie über die besten Universitäten Deutschlands schreiben wolle. Wenn die Sekretärin des Dekans anfangs noch stoffelig wirkte, war sie spätestens jetzt zuvorkommend und eifrig bemüht, mir so schnell wie möglich einen Termin zu geben. Ich ließ nebenbei fallen, dass ich mich auf dem Weg nach Mainz befinden würde. Und eins, zwei, drei zauberte sie einen Termin um zehn Uhr aus dem Hut. Ich bedankte mich und legte auf.

Pünktlich um zehn Uhr betrat ich das Büro von Dekan Schwarz. Ich schätzte ihn auf Anfang sechzig. Trotzdem wirkte er sportlich und dynamisch. Seinen Kopf bedeckte graues, dichtes Haar mit ein paar übrig gebliebenen dunkelblonden Strähnen. Sein Händedruck überzeugte mich davon, dass er immer noch sportlichen Aktivitäten nachging. Nur die Falten und beginnenden Altersflecken auf seinen Armen verrieten sein wahres Alter.

Schwarz wies auf den Stuhl gegenüber seines Schreibtischs: „Wie kann ich Ihnen behilflich sein, Herr Martini?" Seine Stimme besaß einen dunklen, wohlwollenden Klang.

Ich überlegte, wie lange ich diesen wachen, stechenden Augen etwas vorlügen konnte. Aus ihnen sprach ein messerscharfer Verstand, der über jeden Zweifel erhaben schien. „Herr Dekan, ich möchte Ihnen nichts vorspielen. Ich bin gar kein Journalist des FK."

Mein Gegenüber lächelte. „Ich weiß Herr Martini. Ich wusste es schon, als Sie zur Tür hereinkamen. Ihr Blick hat Sie verraten."

„Werfen Sie mich raus?" Schwarz würde mich bestimmt nicht vor die Tür setzen, aber ich stellte die Frage trotzdem.

„Nein. Mich interessiert, warum Sie so schnell einen Termin bei mir haben wollten. Studieren wollen Sie bestimmt nicht, Journalist sind Sie auch nicht, also, was wollen Sie von mir?" Es klang neugierig, und ich wollte diese Neugier befriedigen.

„Ich bin Privatdetektiv und ermittle in einem Mordfall. Eigentlich sind es mittlerweile fünf Morde, eine Serie. Sie haben vielleicht darüber gelesen, der Engelmacher von Frankfurt." Schwarz nickte mit leuchtenden Augen. Ich hatte jetzt sein ungeteiltes Interesse. „Die zweite Leiche in dieser Serie war eine alte Freundin von mir." Ich erzählte dem Dekan die ganze Story, inklusive meiner Entdeckung in Düsseldorf. Einige Details ließ ich weg, weil Köster und sein Trupp nicht erfreut gewesen wären, hätte ich alles ausgeplaudert. Doch ich musste ihn etwas, sagen wir, anfüttern, um die Informationen von ihm zu bekommen, die ich benötigte.

„Ich dachte gelesen zu haben, dass die Polizei nach einem Verdächtigen fahnden würde?", warf der Dekan ein.

„Korrekt. Dieser Verdächtige war ich, bis gestern Abend." Schweigen. „Doch gestern Nacht, als ich mich in Düsseldorf aufhielt, schlug der

Täter ein weiteres Mal zu. Damit brach die Theorie der Polizei zusammen."

„Und was genau führt Sie nach Mainz in meine Institution?"

„Ich fand in Düsseldorf einen Hinweis auf die Universität Mainz und auf einen Josef Larusso. Kennen Sie ihn?"

Der Dekan holte tief Luft. „Ja, den kenne ich."

„Ist er heute hier oder können Sie mir seine Adresse geben?"

Schwarz schmunzelte: „Larusso ist schon über zwanzig Jahre nicht mehr hier. Er studierte Germanistik und verließ unser Haus vor seinem Abschluss." Ich sah meine Felle davon schwimmen. „Ich kenne Larusso, weil er einige meiner Psychologie-Vorlesungen besucht hat. Außerdem war er der jüngste Student, den wir je zugelassen haben. Mit Recht fragen Sie sich jetzt sicher, was hat Psychologie mit Germanistik zu tun. Das kann ich Ihnen nicht sagen. Larusso schien einfach interessiert zu sein."

„Können Sie mir die Adresse von Larusso geben?"

„Gerne, Herr Martini. Larusso wohnte in Frankfurt im Ziegelhüttenweg 25, gegenüber der Gartenanlage."

„Woher wissen Sie das so genau, ohne in seine Akten zu sehen? Und warum hat er seinen Abschluss nie gemacht?"

Schwarz runzelte die Stirn. „Haben Sie nie etwas vom Fall Larusso gehört? Sogar hier in Mainz wurde darüber berichtet!"

Verwirrt blickte ich den Dekan an. „Nein, tut mir leid. Was war denn so besonders an dem Fall?"

„Da sollten Sie mal bei der Polizei nachfragen."

„Ich könnte aber auch direkt zu Larusso gehen. Wissen Sie, ob er unter dieser Adresse noch zu erreichen ist?"

„Nein, ist er nicht."

„Kennen Sie zufällig seine neue Adresse?"

„Ja, Frankfurt Südfriedhof!"

10. August, 09:15

Carstens saß, genauso blass wie seine Kollegen, Köster gegenüber. Während Köster die neuen Hiobsbotschaften verkündete, zog er nicht einmal an seiner Zigarette. Sie verbrannte langsam zwischen seinen Fingern. Auf dem Boden bildete sich ein kleiner Ascheberg. Jetzt erwachte er langsam aus seiner Lethargie. Die Kippe landete im Aschenbecher und eine neue Zigarette in seiner Hand. „Heißt das", er schluckte schwer, „dass Meier und Müller tot sind?"

„Nicht ganz. Meier ist tot, Müller liegt mit schweren Stichwunden auf der Intensivstation. Die Ärzte wissen nicht, ob er durchkommt. Er hat schwere innere Blutungen. Alles weist darauf hin, dass die beiden den Täter kannten. Sie haben nicht einmal die Waffen gezogen. Beide Pistolen steckten in den Schulterholstern. Sollte Müller überleben, wissen wir, wer der Täter ist." Er drehte seinen Stuhl zum Fenster und blickte hinaus. „Na ja, und ich schätze Benz muss über seinen Tod froh gewesen sein. Einer der beiden uniformierten Kollegen, die ihn gefunden haben, hat sich übergeben. Das sagt für meine Begriffe viel über den Zustand der Leiche aus."

Carstens schluckte: „Ich werde Martini anrufen. Er wollte nach Mainz fahren. Anscheinend besitzt er neue Informationen zu unserem Fall. Düsseldorf scheint ergiebig gewesen zu sein."

„Tun Sie das und dann fahren Sie nach Hanau in Benz' Wohnung. Berger sowie Meister mit seiner Truppe sind schon auf dem Weg."

Der Oberkommissar nickte. „Ich rufe jetzt gleich an." Er stand auf und verschwand in seinem Büro.

Köster griff in eine Schublade seines Schreibtischs, zog ein Plastikkästchen mit gelben Steckfähnchen heraus und ging zum Stadtplan an der Wand.

Er musste einen weiteren Tatort markieren.

10. August, 11:00

Mein Handy klingelte. Diesmal erkannte ich die Nummer sofort.

„Hallo, Herr Martini", begrüßte mich Carstens.

„Hallo, was verschafft mir die Ehre Ihres erneuten Anrufs?"

„Ich wollte wissen, was Sie in Mainz herausgefunden haben. Sie haben ja bestimmt keinen Ausflug unternommen."

„Nein habe ich nicht", entgegnete ich. „Ich habe eine ganze Menge erfahren. Doch so richtig weiter bringen mich meine neuen Erkenntnisse nicht."

„Vielleicht kann ich etwas damit anfangen."

„Das wird ein bisschen viel am Telefon. Wollen wir uns bei Andrea im Krankenhaus treffen? Vorausgesetzt Sie verraten mir, wo ich sie finden kann."

Er schwieg ein paar Sekunden, als ob er überlegte, was er mir erzählen durfte und was nicht. „Ich muss Ihnen noch eine Mitteilung machen."

Mir schwante nichts Gutes. „Ist etwas mit Andrea, ist sie ... tot?" Mein Herz fühlte sich an, als ob es gleich zerquetscht werden würde.

„Nein! Nichts mit Andrea, mit ihr ist alles okay." Er schwieg schon wieder. „Es geht um Michael Benz ... Er wurde heute Nacht ermordet."

Ich trat auf die Bremse und fuhr rechts ran. Hinter mir hupten ein paar Autos, aber das interessierte mich nicht. „Wie?", fragte ich nur. Mein Mund war von einer Sekunde zur anderen wie ausgetrocknet.

„Ich weiß noch nichts Genaues, aber nach allem, was ich bisher gehört habe, wurde er ziemlich bestialisch ermordet. Tut mir leid, Ihnen das sagen zu müssen."

„Sie können ja nichts dafür."

„Martini ..." Es schien, als würde Carstens einen inneren Kampf mit sich führen. „Martini, ich glaube, ich bin Ihnen etwas schuldig. Ich hielt Sie für den Täter, weil ich nur nach Indizien und Beweisen gegangen bin."

„Sie sind mir nichts schuldig. Ich an Ihrer Stelle ..."

„Doch!", unterbrach er mich. „Treffen wir uns bei Benz vor der Wohnung, ich warte dort auf Sie. Sie dürfen den Tatort begutachten und ich erfahre von Ihnen, was Sie in Mainz gehört haben. Im Moment leite ich die Ermittlungen, und es ist meine Entscheidung, wen ich was sehen lasse oder nicht. Vorausgesetzt, Sie wollen den Tatort überhaupt sehen. Soll kein schöner Anblick sein."

Jetzt war es an mir, mit mir zu ringen. „Gut. Ich komme direkt dorthin."

10. August, 12:00

Um zwölf Uhr stand ich vor der Tür von Michael Benz` Wohnung. Auf der Straße herrschte Chaos.

Auf dem Bürgersteig, gegenüber der Wohnung, stand der Skoda Octavia der beiden observierenden Beamten. Rund um das Auto, in mehreren Metern Abstand, flatterte das rot-weiße Absperrband mit der Aufschrift Polizei. Beamte der Spurensicherung wieselten umher und drehten jeden Stein zwei Mal um.

Bevor wir in die Wohnung gingen, befragte mich Carstens. Jedoch fühlte es sich nicht wie ein Verhör an. Mehr wie die Unterhaltung zwischen zwei alten Bekannten. „Was haben Sie herausgefunden Martini?"

„Sollten wir nicht erst einmal dieses lästige Sie ablegen? Ich bin Tom." Es war eine spontane Entscheidung aus dem Bauch heraus gewesen, Carstens das Du anzubieten. Aber in diesem Moment fühlte es sich richtig und gut an.

Carstens rang mit sich, dann schlug er in meine dargebotene Hand ein. „In Ordnung, ich heiß Stefan."

„Also, in der Wohnung von Karl Mertens in Düsseldorf fanden Dorian ... also ich meine Hauptkommissar Singer und ich zwei Notizzettel." Ich berichtete ihm die ganze Geschichte. Vom Fund der Zettel, der Fahrt nach Mainz und dem Gespräch mit Schwarz, bis zu dem Punkt, da der Dekan mir eröffnet hatte, dass Larusso tot sei. „Mein erster Gedanke also: alles umsonst. Doch Mertens musste sich etwas dabei gedacht haben, diesen alten Fall ans Tageslicht zu zerren. Ich erinnere mich jetzt, dass ich damals in der Zeitung von dem Fall gelesen habe, aber ich konnte mich nicht an den Namen erinnern."

„Und was hat das mit unserem Engelmacher zu tun?"

„Eins nach dem anderen, Stefan. Schwarz hatte irgendwann, in einer seiner Psychologie-Vorlesungen, einen Intelligenztest mit den Studenten durchgeführt. Aber nur mit einem Ziel: Er wollte Larussos Intelligenzquotienten ermitteln."

„Aber warum?" Stefan legte die Stirn in Falten.

„Er hielt Larusso für hoch intelligent. Als er den Test auswertete, sah er sich in seiner Vermutung bestätigt. Larussos IQ lag bei 154." Stefan pfiff leise durch die Zähne. „Ja, schlauer Bursche! Seine Zensuren sahen dementsprechend aus. Allerdings scheinen Zensuren nicht alles zu sein. Einige seiner Professoren mochten ihn nicht, und laut Schwarz hatte sein Lateinprofessor sogar Angst vor ihm. Schwarz weiß leider bis heute nicht, warum, und fragen können wir den alten Lateinprof nicht mehr, da er vor zehn Jahren verstorben ist."

„So weit, so gut", sagte Stefan. „Aber wie ist Larusso umgekommen?"

„Das ist jetzt euer Part. Ich weiß von Schwarz nur, was er in der Zeitung gelesen hat. Meine Erinnerung ist auch verblasst. Larusso beging Selbstmord, allerdings nicht einfach so. Die Familie Larusso besaß einen Garten im Ziegelhüttenweg. Larusso hat Mutter und Vater in der Hütte erschossen, dann die Gartenhütte angezündet und sich selbst gerichtet. Alle drei verbrannten bis zur Unkenntlichkeit. So stand es, laut Schwarz, in der Presse. Vielleicht kannst du eurem Computer im Präsidium mehr entlocken."

„Das lasse ich recherchieren. Aber warum bist du dir so sicher, dass Larusso mit unserem Fall in Verbindung steht?"

„Berechtigte Frage. Auf den Notizen, die wir bei Mertens entdeckt haben, standen ein paar Kritzeleien, die uns in diese Richtung führten. Engel und fra. Das hat mich veranlasst, der Sache nachzugehen."

„Ah, verstehe", er blickte mich fragend an. „Und sonst?"

„Das ist alles. Es liegt jetzt bei euch, mehr über Larusso und die Zusammenhänge herauszufinden.“

Carstens nickte, dann wurde sein Blick sehr ernst: „Wollen wir reingehen?“

Alles in mir sträubte sich dagegen. Ich wollte den Tatort sehen und ich wollte ihn nicht sehen. Aber ich musste. Nicht aus Neugier, sondern um Hinweise zu finden, die uns helfen konnten. „Okay, dann los!“

Stefan öffnete die Tür zu der mir vertrauten Wohnung. Als erstes begrüßte uns Reiner Meister. „Zigarette aus, Stefan! Verdammt, wie oft noch?“

Missmutig suchte der Angesprochene nach einem Aschenbecher. Meister hielt ihm eine leere Pappbox hin. „Seit dieser Fall so eskaliert ist, merke ich schon gar nicht mehr, wenn ich mir eine anstecke“, gab Stefan zerknirscht zu.

Meister blickte ihn milde an. „Versteh ich, wir stehen alle unter Strom, vor allem nach dieser Nacht. Ich komme mir vor wie bei einer Amokläufer Schnitzeljagd, nur dass in unserem Fall keine Hinweise hinterlassen werden. Fünf Kollegen und ein Zivilist in einer einzigen Nacht, damit kann man es als Serienmörder ins Guinnessbuch schaffen, oder?“ Unter anderen Umständen hätte ich über Meisters Bemerkung gelacht, aber im Moment war mir absolut nicht danach. Den anderen ging es genauso, weder Meister noch Stefan vorzogen eine Miene. Allen war der Ernst der Situation bewusst, und unser Killer schien sich immer noch warmzulaufen.

„Na ja, Müller lebt noch, also vier Polizisten und ein Zivilist“, erwiderte Stefan.

Meister schüttelte den Kopf, bevor er mit belegter Stimme antwortete: „Nein, Müller ist mittlerweile gestorben.“

„Verdammt!“ Stefan griff zu seinen Zigaretten. Meister legte ihm die Hand auf den Arm. Daraufhin zog er die Hand ohne das Päckchen wieder aus der Tasche. „Können wir schon rein?“

„Wir? Du und dieser Zivilist?“

„Ja, er ist in die Ermittlungen involviert und hat, wie ich glaube, sehr wertvolle Anhaltspunkte gefunden, die uns helfen können, den Fall zu lösen. Und außerdem: Ihr kennt ihn alle, weil er mal einer von uns war. Ich werde dafür meinen Kopf hinhalten, sollte Köster einen fordern, was ich nicht glaube. Wenn ich an gestern Nacht denke, können wir jede Hilfe gebrauchen, die wir kriegen können. Egal ob sie aus den eigenen Reihen kommt oder von außen.“

„Von mir aus. Du musst wissen, was du machst. Kommt rein!“

Meister trat einen Schritt zur Seite, sodass wir ungehindert an ihm vorbeigehen konnten. Alles sah aus wie immer, so wie ich die Wohnung kannte. Bis wir den Arbeitsbereich von Michael erreichten. Hier änderte sich das Bild. Blutflecken, überall auf dem Parkett. Dann erblickte ich Michael. Übelkeit stieg in mir auf. Ich musste mich für einen Moment abwenden, um nicht dem Drang nachzugeben, mich zu übergeben. Nach ein paar Sekunden hatte ich mich wieder im Griff. Michael saß auf seinem Arbeitsstuhl. Die rechte Hand lag auf der Tastatur des PCs. Beim näheren Hinsehen erkannte ich, dass in ihr ein Nagel steckte. Ein ziemlich langer Nagel. Er ging durch den Handrücken, drang durch die Tastatur, die Arbeitsplatte und stand auf der Unterseite des Schreibtischs bestimmt noch zwei Zentimeter heraus. Die linke Hand, besser gesagt deren Reste, ruhten auf der Lehne des Stuhls, fixiert mit Klebeband. Es existierte nur noch die Handfläche, die Finger lagen säuberlich aufgereiht neben der Tastatur. Ich rang erneut mit mir. Nur nicht kotzen! Genau wie bei Mertens am Goetheturm fehlten dem Toten die Augen. Der Mund von Michael wies einen dünnen Faden auf, zugenäht wie bei den Frauen. Der Engelmacher hatte Michael eine saftige Rechnung serviert, die er teuer bezahlt hatte.

Joe Berger kam aus dem Nebenzimmer. „Tag, die Herren. Alles begutachtet?“ Wir grüßten den Pathologen kurz. „Ich habe was gefunden, lag unter dem Schreibtisch.“ Er hielt uns einen kleinen Flakon mit abgebrochenem Hals unter die Nase. Der Inhalt hatte einen stechenden Geruch. „Riechsalz!“, sagte er knapp. „Das Schwein muss Benz zwischendurch immer wieder aufgeweckt haben, damit er auch was davon hat.“

Mir wurde schon wieder übel. „Bist ein bisschen blass Tom“, stellte Joe fest. „Nix mehr gewohnt, was?“

„Kann ich gut drauf verzichten. Aber du hast immer noch den morbiden Humor eines Metzgers.“

„Hey, hey, keine Diskriminierung einzelner Berufsgruppen.“

Stefan mischte sich ein: „Joe, kannst du mir sagen, seit wann er tot ist?“

„Nein, leider nicht. Meister war noch nicht so weit. Außerdem solltest du die Möglichkeit haben, ihn zu begutachten, bevor ich anfange.“

„Das habe ich jetzt gemacht. Wann erhalte ich deinen Bericht?“

„Gestern“, entgegnete Joe.

„Nicht witzig. Wir haben vier tote Frauen und zwei tote Männer. Von den fünf Kollegen will ich gar nicht erst anfangen. Des Weiteren bekomme ich ab morgen oder übermorgen einen vom BKA vor die Nase gesetzt. Also, das Letzte was ich jetzt gebrauchen kann, sind dumme Sprüche.“

Joe blickte Stefan kurz in die wütend funkelnden Augen. „Morgen früh spätestens. Ich beeile mich. Zufrieden?"

„Wird reichen, denke ich."

Joe wandte sich an mich. „Arbeitest du wieder bei uns? Hab ich da was verpasst."

„Ich bin geduldet und unbezahlter Informant *Schrägstrich* Mitarbeiter", entgegnete ich.

„Bei so qualifizierten Mitarbeitern sollte der Fall bald gelöst sein." Stefan holte tief Luft, und Joe hob abwehrend die Hände. „Ich bin ja schon ruhig und werde einfach meiner Arbeit nachgehen." Der Pathologe drehte sich zu seinem Koffer und holte ein Skalpell hervor. Damit löste er die Klebebandfesseln von Benz.

Stefan blickte mich an. Der Ärger stand ihm noch ins Gesicht geschrieben: „Wollen wir Andrea im Krankenhaus besuchen? Sie hat immer gesagt, du seist unschuldig."

„Wenigstens eine, die mir geglaubt hat. Ja, lass uns zu ihr fahren. Dürfen wir sie überhaupt schon besuchen?"

„Ja, aber nur kurz, hat mir ihr Arzt gesagt. Von unterwegs rufe ich Marco Bergmann an, der soll nach den alten Akten von diesem Larusso forschen."

Als wir die Wohnung verließen, drehte ich mich ein letztes Mal um. Joe legte gerade den Leichnam auf den Boden. Ich erinnerte mich an Benz' Gesicht, in dem die Qualen seiner letzten Stunden wie eingemeißelt zu sehen waren. Dieser Anblick würde mich ab jetzt begleiten, bis die Handschellen um die Handgelenke dieses Schweins einrasteten.

10. August, 14:05

Krankenhauszimmer sahen alle gleich aus. Das von Andrea machte da keine Ausnahme, spartanisch, praktisch, schmucklos. Hier sollte ein Mensch gesund werden? Bestimmt nicht!

Andrea befand sich mittlerweile nicht mehr auf der Intensivstation. Während der Nacht hatte sich ihr Zustand auf einem Niveau stabilisiert, welches den behandelnden Arzt veranlasste, sie von der Intensivstation auf eine normale Station zu verlegen. Allerdings wirkte sie immer noch sehr schwach.

Als wir den Raum betraten, lief der Fernseher. Nachrichten. „Heute Morgen wurde ein Reporter des Frankfurt Kuriers tot in seiner Wohnung aufgefunden ..." Sie blickte in unsere Richtung. „Benz?", fragte sie anstelle einer Begrüßung.

Stefan nickte. „Ja."

Andrea legte die Hände vors Gesicht. „Oh nein!" Sie begann zu weinen.

„Dich trifft keine Schuld, Andrea." Stefan legte ihr die Hand auf die Schulter.

Sie blickte auf: „Standen Müller und Meier vor seinem Haus?"

„Ja, hatten Nachtschicht."

„Die sind ihren Job los, das schwör ich dir", sagte sie und tippte Stefan energisch mit dem Zeigefinger gegen die Brust.

Stefan sah mich hilfesuchend an. „Ich weiß nicht wie ich es sagen soll", fing er unsicher an. „Sie sind ebenfalls Opfer des Killers geworden. Erst danach hat er Benz in die Mangel genommen."

Andrea schüttelte den Kopf, ihre Lippen formten tonlos das Wort ‚Nein'. Sie wirkte mehr als nur erschüttert, bestürzt, entsetzt und fassungslos. Alles auf einmal. „Meier und Müller müssen den Mörder gekannt haben. Er muss sie von der Rückbank aus so schnell aufgeschlitzt haben, dass keiner von beiden mehr dazu kam, seine Waffe zu ziehen. Der Kerl muss unheimlich schnell sein." Andrea nickte zustimmend, sagte aber nichts. „Aber wir haben auch gute Nachrichten, mal davon abgesehen, dass ein Till Ressmann vom BKA unser Soko-Leiter werden wird."

Dann berichtete Stefan von meinem Ausflug nach Düsseldorf und Mainz sowie dem Fingerabdruck auf der Schatulle, die Andrea dem Engelmacher am GMI ungewollt entrissen hatte.

„Du hast uns unsere erste heiße Spur besorgt. Was schließen wir daraus?" Er gab sich sogleich die Antwort. „Du solltest dich öfter abstechen lassen."

Andrea boxte ihn gegen die Schulter, verzog aber sofort das Gesicht und hielt sich den Bauch. „Aua!"

„Überlass die körperlichen Attacken vorerst anderen", sagte ich.

Stefan nickte eifrig und rieb sich die Schulter. „Ich habe Marco auf die Larusso-Akten angesetzt, ich hoffe der findet sie schnell."

„Hoffe ich auch", erwiderte Andrea. In diesem Moment öffnete sich die Tür und ein Arzt betrat den Raum. Auf seinem Namensschild las ich, Doktor J. Schneider. Ich musste unwillkürlich grinsen. Doktor Schneider bemerkte meinen Blick. „Das J steht für Jochen nicht für Jürgen." Stefan schmunzelte ebenfalls. „Außerdem bin ich Arzt und kein Baulöwe." Er wurde ernst. „Sie, meine Herren, gehen jetzt bitte. Sie haben ihre Kollegin genug aufgeregt für einen Tag. Frau Lamprecht ist noch sehr schwach, auch wenn ihr Zustand stabil ist und sie nicht so wirkt."

Wir verabschiedeten uns von Andrea und Doktor Schneider, der schon ihren Puls maß. „Gute Besserung." Ich zwinkerte ihr zu, während Stefan die Tür schloss.

10. August, 15:30

Polizeirevier Frankfurt, K11, Morddezernat.

Es klopfte an der Tür von Hauptkommissar Alfred Köster. Er legte die Pfeife zur Seite. „Herein!"

Die Tür wurde einen Spalt geöffnet, Carstens lugte herein. „Hallo Chef. Ich hätte da ein paar neue Informationen und jemanden dabei."

Köster neigte den Kopf nach vorne, um ihn über den Rand seiner Brille zu fixieren. „Ressmann wird es nicht sein, der würde Sie nicht vorschicken. Ich kann mir denken, wen Sie da im Schlepptau haben. Kommen Sie rein." Die Andeutung eines Schmunzelns spielte um seine Mundwinkel.

Stefan öffnete die Tür komplett, damit wir eintreten konnten. Heute sah ich Köster das erste Mal seit meinem Ausscheiden aus der Abteilung wieder. Er lächelte. Köster streckte mir die Hand entgegen. „Schön Sie wiederzusehen, Herr Martini. Vor allem ohne Handschellen."

„Ich freue mich auch, Sie wiederzusehen."

Der Hauptkommissar wies auf zwei Stühle. „Setzen Sie sich meine Herren." Er griff nach seiner Pfeife und zog genüsslich daran. „Waren Sie schon bei Frau Lamprecht?" Stefan nickte. „Wie geht es ihr?"

„Den Umständen entsprechend gut. Sie ist heute Morgen schon von der Intensiv gekommen. Sollten wir den Fall bis Ende nächster Woche lösen, dann ohne ihre Hilfe."

Rauch schlängelte sich aus Kösters Nase. „Dann ist es ja sogar gut, dass dieser Ressmann kommt. Der kann dann gleich voll mit anpacken. Was gibt's Neues?"

Stefan brachte Köster auf den aktuellen Stand, dann fragte er: „Da fällt mir ein, haben Sie Bergmann in der letzten Stunde zu Gesicht bekommen?"

Köster schüttelte den Kopf. „Nein, aber versuchen Sie es mal auf seinem Handy. Das hat er bestimmt dabei. Um was geht's denn?"

„Die Larusso-Akte." Stefan erhob sich halb aus seinem Stuhl. Doch dann ließ er sich wieder nieder. „Chef, wir müssten noch etwas klären."

Der Alte zog eine Augenbraue hoch. „Was?"

„Es geht um Martini", dabei deutete er auf mich. „Darf er aktiv an den Ermittlungen teilnehmen? Ohne ihn wüssten wir nichts von Larusso."

„Im Moment wissen wir auch nicht, ob uns diese Information überhaupt weiterbringt. Und außerdem muss das der neue Leiter der Soko entscheiden.“ Stefan verzog das Gesicht. „Wenn es nach mir ginge, Herr Carstens, ich bin für jeden qualifizierten Helfer dankbar, der uns dabei unterstützt, das Schwein einzubuchten. Aber ich glaube, das BKA ist da anderer Meinung.“

„Gut, dann nicht.“

„Aber“, Köster setzte eine undurchdringliche Miene auf, „was ich nicht weiß, macht mich nicht heiß. Sollte es wider Erwarten Probleme geben, werde ich den Kopf dafür hinhalten. Die wollten mich heute Morgen schon absägen, da kommt es darauf auch nicht mehr an.“

„Danke Chef.“

Köster nickte dem Oberkommissar zu.

Wir erhoben uns und verließen den Raum. Vor der Tür hielt ich Stefan an der Schulter fest. „Du bist wirklich der Meinung, mir was schuldig zu sein, oder?“

Er presste die Lippen aufeinander. „Ja, nein, jein.“

„Bitte?!“

„Also ich habe irgendwie das Gefühl, dir was schuldig zu sein, weil Andrea die ganze Zeit gesagt hat, dass sie an deine Unschuld glaubt. Aber der eigentliche Grund ist, dass ich weiß, dass ihr beide ein super Team wart, du und Andrea. Köster hat mal gesagt, dass ihr die höchste Aufklärungsquote im ganzen Revier hattet. Andrea ist ausgefallen und das wird die nächsten Tage oder Wochen so bleiben. Deshalb habe ich mir gedacht, ich hole mir den zweiten Mann des Erfolgsteams ins Boot. Das ist der wahre Grund. Ich will und brauche deine Hilfe. Ich weiß, es gibt hunderte von fähigen Beamten in diesem Gebäude, aber du warst einer der besten und für diesen Fall brauchen wir die besten. Außerdem weiß ich nicht, was dieser Ressmann vom BKA taugt. Der ist auch so ein Unsicherheitsfaktor.“ Ich fühlte ein leichtes Brennen auf den Wangen, wurde rot, oh Gott, wann war mir das zum letzten Mal passiert? Bevor ich antworten konnte, sprach Stefan stockend weiter. Es schien ihm schwer zu fallen, die nächsten Sätze zu formulieren: „Außerdem war ich schon immer ein bisschen eifersüchtig auf dich. Köster hat dich als den super cleveren Bullen dargestellt, unkonventionelle Methoden aber Top-Ermittler. Er sagte das nie direkt, aber hier und da in einem Nebensatz konnte man heraushören, dass er dich immer noch gerne im Team hätte. Deshalb wollte ich dich als Engelmacher in Ketten sehen und habe mich irgendwie darüber gefreut, als wir dich festnehmen sollten. Das ist total kindisch, aber jetzt vorbei. Versprochen.“

Ich räusperte mich: „Danke für dein Vertrauen." Er zuckte verlegen die Schultern. „Das alles hat Köster mir nie erzählt. Wahrscheinlich mit Absicht, damit ich nicht hochnäsig werde. Ich helfe gerne, aber hoffentlich bekommt keiner von euch Ärger deswegen."

„Lass stecken! Du hast den Alten gehört, er kümmert sich drum. Was wollen wir mehr?" Dann machten wir uns auf die Suche nach Marco Bergmann, der hoffentlich schon die Larusso-Akte in Händen hielt.

10. August, 16:10

In Stefans Büro erwartete uns ein entspannter Marco Bergmann. Seine Füße ruhten auf Andreas Schreibtisch. In den Händen hielt er eine angegilbte Akte.

„Hi Leute!", schmetterte er uns entgegen. „War gar nicht so einfach, an den alten Schinken ranzukommen." Er wedelte mit dem Hefter. „Liest sich wie ein schlechter Krimi."

„Zeig mal her!" Stefan Carstens streckte die Hand nach der Akte aus.

„Hier, aber Vorsicht. Könnte auseinanderfallen."

Stefan studierte die ersten Seiten. „Dick ist die Akte ja nicht. Zu dritt sollten wir die in einer guten Stunde durch haben", er blickte auffordernd in meine Richtung. „Was mir gerade einfällt, Marco ... Wo ist eigentlich Carola?"

Bergmann setzte ein bedrücktes Gesicht auf. „Die hat sich heute Morgen krankgemeldet. Das heißt, erst war sie hier."

„Das weiß ich und dann?"

„Nachdem der Alte das mit Benz verkündet hatte, ist sie ziemlich blass nach Hause gefahren."

„Hat sie gesagt, was ihr fehlt?"

„Nein."

„Na ja, wie auch immer. Lasst uns mal anfangen." Stefan öffnete die Akte erneut und nahm das erste Protokoll heraus. Das zweite gab er mir und das dritte Bergmann, immer darauf achtend, die Berichte nicht aus dem Zusammenhang zu reißen.

Nach etwas mehr als einer Stunde waren wir durch. Ich las am Schnellsten und konnte so noch einige Aussagen ansehen, die Bergmann und Stefan bereits gelesen hatten.

Alles war im Großen und Ganzen so abgelaufen, wie Schwarz es mir berichtet hatte. Laut der Zeugenaussagen hatte sich Josef Larusso des Öfteren mit seinen Eltern gestritten, im Speziellen aber mit seinem Vater, Adrian Larusso. Dabei war es so laut zugegangen, dass die unmittelbaren Nachbarn der Familie Larusso immer wussten, wann der Haussegen mal wieder schief hing. Doch dann, am 15. Juni 1986, war die Situation eskaliert. An diesem Morgen hatten fast alle Bewohner des Hauses gehört, wie die Tür der Larussos aufflog und Josef von seinem Vater förmlich hinaus geprügelt wurde. In einigen Protokollen stand, dass Adrian Larusso zu Josef gesagt hat, er solle verschwinden und erst wieder auftauchen, wenn er wüsste, wie er sich seiner Mutter gegenüber zu verhalten habe. In der Aussage eines gewissen Harry Jost las ich, Adrian habe ihm nachgerufen, seine Mutter sei nicht eine seiner Gespielinnen. Eine Frau namens Rita Schöpf gab zu Protokoll, sie habe auch die Worte Inzest und Inzucht vernommen. Irgendwo las ich noch, Josef habe seinem Vater Rache geschworen. Mittags, gegen dreizehn Uhr, hörten Passanten Schüsse aus der Gartenanlage im Ziegelhüttenweg. Keine fünf Minuten später riefen Gartennachbarn der Larussos die Feuerwehr, weil die Laube lichterloh brannte. Als die Feuerwehr anrückte, konnte sie nur noch dafür sorgen, dass die Flammen nicht auf benachbarte Gärten übergriffen. Auf der Suche nach der Brandursache bargen die Feuerwehrmänner einen grausigen Fund. In den Trümmern der Gartenhütte fanden sie die verkohlten Leichen von drei Menschen. Die Kripo wurde sofort eingeschaltet. Diese fand sehr schnell heraus, dass es sich bei den drei Toten um die Familie Larusso handelte. Aus der Anordnung der Leichen konnten die Ermittler schließen, dass zwei der Personen erschossen, anschließend die Hütte in Brand gesteckt worden war und die dritte Person sich zum Schluss selbst getötet hat. Die spätere Autopsie der Leichen sollte dies bestätigen. Des Weiteren stellten die Experten der KTU, die hinzu gerufen worden waren, fest, dass ein Brandbeschleuniger für extreme Hitze gesorgt hatte. Die Identität der Leichen wurde ausschließlich durch die Gebissabdrücke festgestellt.

„Das war ja sehr aufschlussreich, aber wo ist die Verbindung zu unserem Fall?“ Stefan sah abwechselnd Bergmann und mich an.

„Ich weiß es nicht“, entgegnete ich. „Geben Sie mir bitte mal die komplette Akte, Herr Bergmann.“ Bergmann langte über den Schreibtisch und hielt mir den Hefter vor die Nase. Ich blätterte noch mal alles durch, bis ich auf die Fotos stieß. Das erste Bild zeigte Adrian Larusso in einer Uniform der US Army, ein Afroamerikaner. Bei der zweiten Fotografie blieb mir die Spucke weg. „Stefan, hast du dir die Fotos angesehen?“

„Nein, warum?“

„Sieh sie dir genau an. Was fällt dir auf?“

Stefan sah sich die Bilder an. „Ich bin mir nicht sicher, aber ich glaube, ich weiß, was du meinst.“

„Gabi Larusso könnte eine Schwester von Sophie Reinke sein. Damit haben wir die Verbindung zu unserem Fall und das Motiv."

„Moment, mal langsam! Wie meinst du das, Tom?" Stefan wirkte etwas verwirrt.

„Als erstes, könnte einer mal ein Fenster aufmachen? Ihr raucht so viel, dass ich mir vorkomme wie in einer Kneipe." Ich hustete demonstrativ. Bergmann stand auf und öffnete eines der Fenster. Heiße Luft strömte herein und sofort hörte man den Lärm der Straße wesentlich lauter. Es würde bestimmt nicht kühler werden in dem Raum.

„Also, die Querverbindung zu unserem Fall ist die Mutter von Larusso. Alle toten Frauen hätten Schwestern von Gabi Larusso sein können. Sophie sogar ihre Zwillingsschwester. Unser Mörder sucht sich Opfer, die seiner Mutter ähnlich sind."

„Stopp!", mischte sich Bergmann ein, „Larusso ist seit zwanzig Jahren tot. Wie soll er heute Frauen umbringen? Aus dem Grab als Zombie oder hat er einen Serienmörder-Auftragsdienst engagiert, bevor er sich selbst umgebracht hat?"

Ich lächelte. „Langsam Herr Bergmann, so weit sind wir noch nicht. Ich gehe davon aus, dass Larusso lebt, aber erst einmal zu seinem Motiv. Wenn ich die Aussagen richtig interpretiere, hat Larusso seine Mutter geliebt. Sollte diese Frau Schöpf sich nicht verhört haben, hatte er eventuell sogar ein sexuelles Verhältnis mit ihr."

Jetzt gebot Stefan mir Einhalt. „Das kann nicht sein. Unsere vier Opfer wurden weder vergewaltigt noch sexuell missbraucht. Wie verträgt sich das mit deiner Theorie?"

„Ganz einfach. Sein Vater hat ihn vor die Tür gesetzt wegen der Liebe zu seiner Mutter. Er fühlte sich zurückgewiesen und missverstanden. Josef wollte nie wieder eine solche Schmach, Enttäuschung und Zurückweisung erfahren. Ich schätze sogar, dass seine Mutter es Adrian selbst erzählt hat und die Beziehung beendete. Vielleicht haben sie nur einmal miteinander geschlafen. Und Josef erhoffte sich mehr als nur eine Nacht. Ein klassischer Ödipuskomplex. Es sieht so aus, als würde er die Frauen töten, die er liebt."

Bergmann rieb sich das Kinn: „Klingt zwar plausibel, aber es ändert nichts an der Tatsache, dass Larusso tot ist, Doktor Freud."

Stefan und ich lachten kurz auf: „Ich glaube, dass er lebt", erwiderte ich. „Die dritte Person in der abgebrannten Hütte war bestimmt ein unschuldiges Opfer. Mehr nicht."

„Dann lassen Sie uns mal Ihre Theorie überprüfen, Herr Martini." Bergmann grinste breit, als habe er einen Sack mit Weihnachtsgeschenken unter dem Tisch versteckt.

„Wie sollen wir das machen?", gab ich verdutzt zurück.

Bergmann öffnete eine Schublade an Andreas Schreibtisch, die anscheinend unverschlossen war, und zog einen zweiten Hefter heraus. „Hier eine zweite Akte über Larusso, aber nur über Josef."

„Welche Akte?", fragte Stefan.

„Ich dachte mir, schau mal nach, was du so alles über Larusso findest. Dabei stieß ich auf zwei weitere Typen mit dem Namen Larusso. Kurz bevor ich meine Suche einstellen wollte, fand ich diese Akte über unseren Larusso. Die Adresse stimmt überein", er grinste wie ein Honigkuchenpferd. „Ich habe schon darin gelesen. Larusso hatte ein paar Monate vor seinem Suizid einen Unfall mit dem Auto. Die Beamten haben ihm eine Blutprobe entnommen und seine Fingerabdrücke registriert. Sie hatten wohl die Vermutung, dass Alkohol im Spiel war, was sich aber im Nachhinein als falsch herausstellte." Er blickte uns an, als präsentiere er uns das achte Weltwunder. „Na, klingelt's?"

Stefan sah zu mir, dann wieder zu Bergmann. „Nein?!"

„Ich sollte auf jeden Fall vor dir Hauptkommissar werden, Stefan." Der Angesprochene legte die Stirn in Falten. „Ganz einfach. Wir haben die Schatulle vom GMI, die Andrea dem Engelmacher entrissen hat. Da haben wir einen Fingerabdruck, der vom Täter stammen könnte. Ist er identisch mit einem in der Akte, haben wir einen Namen für unseren Engelmacher. Des Weiteren hat Reiner in der Wohnung von Benz eine kaputte Flasche mit Blutresten gefunden. Er soll die Blutgruppe mit der hier vergleichen." Dabei wedelte er mit der Unfallakte.

„Woher weiß du, dass es nicht von Benz stammt?", fragte Stefan skeptisch.

„Weil ich vorhin mit Joe telefoniert habe. Er bestätigte mir, dass er an dem Toten keine Verletzung gefunden hat, die von einer Flasche oder Glas herrührt. Also bleibt nur der Täter."

Stefan grinste bis über beide Ohren und knuffte Bergmann dabei in den Arm. „Zeig mal die Bilder von Larusso! Die haben damals bestimmt welche angefertigt."

Bergmann schüttelte die Akte in der Luft, mit der Öffnung nach unten: „Fehlanzeige, kein einziges Bild von Larusso."

„Wie bitte? Wie das denn?", fragte ich Bergmann irritiert.

„Das fragte ich mich auch und bin zu Rühler, dem Archivar. Den kennen Sie bestimmt noch Herr Martini, er steht kurz vor der Rente und erzählte mir, dass einer von der Sitte ein paar alte Akten eingesehen hat."

„Wann war das?", Stefan wurde hellhörig.

„Heute Morgen, kurz bevor ich angefangen habe zu suchen. Rühler hat ihn alleingelassen und ging frühstücken. Sprach auch nichts dagegen, war ja ein Kollege."

„Wie hieß der Kollege?"

„Jürgen Lichtenstein."

„Häh, Lichtenstein? Ich kenne keinen Lichtenstein bei der Sitte", stellte Stefan fest.

„Stimmt. Habe gleich Wagner von der Sitte angerufen. Der Name ist ihm ebenfalls unbekannt."

„Okay, Marco hol' Rühler hoch, wir brauchen eine Beschreibung von diesem Lichtenstein."

„Wollte ich schon. Aber kurz nachdem ich bei ihm war, ist er nach Hause, weil ihm übel geworden war."

Wir sahen uns alle an. Und ich ging davon aus, dass wir alle das Gleiche vermuteten: Lichtenstein entsprach Larusso und Rühler schwebte in Lebensgefahr.

„Marco, schick sofort eine Streife zu Rühler nach Hause. Sie sollen ein Auge auf ihn haben. Danach suchst du bitte nach Personen, die um das Datum von Larussos *Dahinscheiden* verschwunden sind. Such bitte auch nach mysteriösen Todesfällen!" Bergmann nickte, griff zum Hörer und begann zu telefonieren.

Dann wandte sich Stefan an mich. „Warum hat er nur seine Bilder aus den Akten genommen und nicht auch die Fingerabdruckkarte? Oder gleich die ganzen Akten? Verstehst du das?"

Ich nickte. „Er fühlt sich uns überlegen und hielt es nicht für notwendig, die Abdrücke zu entfernen. Ein IQ von 154 ist über jeden Zweifel erhaben. Gut für uns in dem Fall."

„Klingt verrückt, aber auch irgendwie logisch", sinnierte Stefan. „Was anderes, du könntest eine Aufgabe für uns übernehmen."

„Gerne! Aber vorher hätte ich da noch ein Problem."

„Welches?"

„Das Auto, mit dem ich gekommen bin, gehört nicht mir."

„Kein Problem, soll ich dich zu deinem Auto fahren?"

„Nee, ich hab's geklaut."

Stefan blickte mich mit großen Augen an. „Bitte?!"

„Ja, ich dachte mir, wenn ich unschuldig als Mörder gesucht werde, kann ich auch mal wirklich was Kriminelles verzapfen. Dann hätte es sich wenigstens gelohnt, wenn ihr mich eingelocht hättet."

„Was ist denn das für eine verdrehte Logik? Wo hast du die Karre her?"

Ich erzählte ihm alles, bis hin zu den vier Wochen, in denen niemand den Wagen vermissen würde. „Jetzt kennst du meine kriminelle Vergangenheit“, endete ich.

Stefan rieb sich die Nasenwurzel. „Gut, wir stellen das Auto hier im Revier unter. Ich fahre dich zu deinem Wagen am Flughafen. Und wenn diese Familie aus dem Urlaub zurück ist, versuche ich die Sache unbürokratisch für dich zu regeln, aber versprechen kann ich nix!“

„Das ist mehr, als ich erwartet habe, danke.“

„Schon okay“, an Bergmann gewandt fuhr er fort: „Kümmere du dich bitte um den Mondeo von Tom und versuche über die Parkhausverwaltung – anscheinend ist die Familie ja dort bekannt – herauszufinden, wie sie heißen und wann sie wiederkommen.“ Bergmann nickte. „So zu dem Punkt, den du erledigen könntest.“

„Ich höre!“

„Du fährst bitte in den Ziegelhüttenweg 25 und überprüfst, ob noch Mieter von früher dort wohnen. Von 1986.“

Ich grinste: „Hätte ich eh gemacht.“

„Eins fällt mir noch ein. Wie deckt sich das Motiv mit dem Aussehen der Leichen? Zunge abgeschnitten, die Baby-Blindschleiche und die Flügel?“

„Das weiß ich leider auch noch nicht.“

10. August, 18:00

Gegen achtzehn Uhr erreichte ich den Ziegelhüttenweg. Ich parkte meinen Ascona am Straßenrand. Auf einem Zettel hatte ich alle Namen der Mieter von 1986 notiert. Ich blickte an dem Haus mit der Nummer 25 nach oben. Dann begann ich die Klingelschilder zu inspizieren. Nur eine einzige Übereinstimmung gab es: Rita Schöpf.

Zweimal durchatmen, dann legte ich meinen Zeigefinger auf die Klingel. Aus dem Protokoll wusste ich, dass Frau Schöpf zweiundachtzig Jahre alt sein musste, also ließ ich meinen Finger einige Sekunden länger auf der Klingel als gewöhnlich.

Kurz darauf wurde der Türsummer betätigt. Ich trat ein und stieg die Treppen bis in den zweiten Stock hinauf. An der Tür erwartete mich eine sympathisch wirkende alte Frau, die mich an meine, leider verstorbene, Oma erinnerte. „Hallo Frau Schöpf, entschuldigen Sie bitte die späte Störung. Mein Name ist Thomas Martini, ich bin Privatdetektiv und ermittle in einem Mordfall. Dürfte ich ein paar Minuten hereinkommen?“

„Kommen Sie auch aus Düsseldorf?"

Sofort war mir klar, dass Mertens Frau Schöpf ebenfalls befragt hatte. Mir drängte sich das Gefühl auf, dass der Fall mittlerweile gelöst wäre, würde Mertens noch leben. „Nein Frau Schöpf, ich wohne in Frankfurt. Aber ich kenne den Kollegen, der offensichtlich bei Ihnen war. Er hieß Karl Mertens, richtig?"

„Ja, richtig. Aber warum sprechen Sie von ihm in der Vergangenheit?"

Aufmerksam beobachteten mich die Augen der alten Frau. Sie hörte mir besser zu als manche Zwanzigjährige. „Dürfte ich erst einmal hereinkommen?"

„Aber natürlich, entschuldigen Sie bitte Herr Martini." Sie schritt zur Seite und gab mir den Weg frei. Ich lief den kurzen Flur entlang und erreichte sogleich ihr Wohnzimmer. Brot, Wurst und Käse standen auf dem Esstisch. Abendessenszeit.

„Wenn ich Sie störe, kann ich morgen wiederkommen."

„Mitnichten. Setzen Sie sich. Soll ich Ihnen einen Teller hinstellen?"

Ich hob abwehrend die Hände. „Nein, nicht nötig. Danke."

„Aber ein Bier darf ich Ihnen anbieten?"

„Bier nicht, aber ein Wasser, wenn es keine Umstände bereitet."

Sie schüttelte den Kopf. „Natürlich, gerne."

Zwei Minuten später stand ein Glas mit sprudelndem Mineralwasser vor mir. „So, jetzt erzählen Sie mal. Was ist mit Herr Mertens passiert?"

Ich setzte eine ernste Miene auf. „Herr Mertens ist ermordet worden, Frau Schöpf."

Die alte Dame wurde um eine Nuance blasser. „Es war Larusso, richtig?"

Die Frau schien für ihr Alter mächtig auf Zack zu sein. „Ja, davon gehe ich aus."

„Dieser Teufel. Seine Augen sind noch so verschlagen wie früher."

„Ähm, Moment mal ... wollen Sie damit andeuten, dass Sie Josef Larusso nach seinem angeblichen Tod gesehen haben?"

„Ja, habe ich."

„Wann?"

„Vor ein paar Wochen. Zum Glück hat er mich nicht bemerkt." Ihr Blick ging kurz zur Decke, als sie versuchte, sich zu erinnern. „Auf der Zeil. Ich lief vom Kaufhof in Richtung Konstablerwache. Ich nehme immer den Weg zwischen den Pavillons, weil da nicht so viele Menschen laufen. In Höhe des alten Zeil-Kinos trat er plötzlich aus dem Schatten eines Baums. Erst erkannte ich seine dunkle Gestalt nicht. Doch dann streiften mich seine kalten tückischen Augen und da wusste ich, es war

Larusso. Ich dachte erst, er würde mich erkennen, aber sein Blick wanderte weiter, ohne Notiz von mir zu nehmen."

Aufregung breitete sich in mir aus. „Könnten Sie ihn mir beschreiben? Besser gesagt, einem Phantombild-Zeichner der Polizei?"

„Natürlich. Dieses Gesicht werde ich nie vergessen!"

Ich fischte nach meinem Handy und wählte Stefans Nummer. Er meldete sich fast sofort. „Ja?"

„Ich bin es, Tom. Wir haben eine Mieterin von damals. Sie kannte Larusso. Und jetzt halt dich fest. Sie hat ihn vor ein paar Wochen sogar gesehen, aber er sie nicht!"

„Super Tom", rief er erfreut. „Ich veranlasse sofort, dass ein Phantombild-Zeichner zu der Frau fährt. Leider habe ich eine schlechte Nachricht. Rühler ist tot."

„Der Engelmacher?", fragte ich knapp.

„Nein, diesmal *nur* Herzversagen. Ein natürlicher Tod", er klang verbittert.

„Mist, kann man leider nix machen. Wobei das sehr komisch ist." Ich dachte über meine nächste Aktion nach, kam aber dann zu dem Schluss: „Ich fahr nach Hause, ich brauch unbedingt ´ne Mütze voll Schlaf."

„Gut, ich veranlasse das mit dem Zeichner. Er wird gleich morgen früh zu Frau Schöpf kommen. Acht Uhr, wenn es ihr so früh passt."

Ich fragte die alte Frau, die eifrig nickte. „In Ordnung."

„Sehen wir uns morgen?"

„Ich melde mich bei dir."

„Okay, alles klar. Bis morgen." Ich drückte die Austaste. „Gut, das wäre geklärt. Kommen wir zur Vergangenheit Frau Schöpf. Können Sie sich noch erinnern, was damals hier im Haus passiert ist, bevor Larusso seine Eltern ermordet hat? Ich habe Ihre Aussage von damals gelesen, aber gibt es eventuell Dinge, die Ihnen erst im Nachhinein eingefallen sind?"

Die alte Dame lächelte verschmitzt. „Sie stellen wirklich dieselben Fragen wie Ihr Kollege. Und leider kann ich Ihnen nicht mehr erzählen wie damals der Polizei. Ich konnte einen lauten Streit zwischen Vater und Sohn hören. Ein paar Mal hörte man auch Frau Larusso, aber die Stimmen der Männer waren lauter und durchdringender. Richtig verstehen konnte ich die Streithähne erst, nachdem die Wohnungstür offenstand. Larusso Senior schrie etwas in der Art: ‚Deine Mutter ist keine deiner Gespielinnen, auch wenn sie sich so verhalten hat'. Dann sprach er leiser, da er anscheinend realisierte, dass seine Worte im ganzen Treppenhaus widerhallten. Da habe ich dann nur noch Inzucht und Inzest verstanden, was ja tief blicken lässt." Frau Schöpf verzog das Gesicht, als habe sie saure Milch getrunken. „Der Junge hat dann noch einmal laut geschrien: ‚Du kannst mich mal am Arsch lecken'. Und, oh Gott, ich mag es gar nicht aussprechen: ‚Wenn du es ihr nicht richtig besorgen kannst!'" Sie presste die Lippen zusammen und ihre Wangen wurden rot. „Dann flog die Wohnungstür lautstark zu, und Josef Larusso verließ das Haus. Mehr weiß ich leider nicht. Tut mir leid." Sie zuckte die Schultern.

„Danke Frau Schöpf, Sie haben mir schon geholfen. Aber vor allem mit dem Phantombild, wenn wir das erst haben ..." Ich ließ den Satz unvollendet. Dann setzte ich das Wasserglas an, trank es in einem Zug aus und verabschiedete mich von Frau Schöpf. „Schönen Abend noch. Ich finde allein hinaus." Ich konnte einen Jubelschrei, der in mir aufstieg, fast nicht zurückhalten. Wir hatten eine Augenzeugin. Bald würden wir wissen, wie er aussah.

10. August, 19:15

Als ich zu Hause ankam, leerte ich als erstes den Briefkasten. Werbung und drei Briefe. Ich ging nach oben, blickte in den Kühlschrank, aus dem mich gähnende Leere begrüßte. Im Eisfach fand ich eine einsame Pizza. Die Entscheidung fiel mir leicht. Ich schaltete Musik ein, setzte mich auf die Couch und widmete mich in Ruhe meiner Post.

Zunächst der Telefonrechnung, nicht so schlimm diesen Monat. Der zweite Brief war von meiner Bank, meine Kontoauszüge. Hüllen wir das Mäntelchen des Schweigens darüber. Auf dem dritten Umschlag stand kein Absender, nur mein Name auf der Vorderseite, keine Briefmarke. Einer Vermutung folgend zog ich Plastikhandschuhe an. Vorsichtig zog ich das Blatt Papier aus dem Kuvert und was ich da zu lesen bekam, gefiel mir überhaupt nicht.

Hallo Tom,

ich wette, du weißt sofort, wer ich bin. Solltest du noch Zweifel haben, am Ende dieses Briefes sollten diese ausgeräumt sein.

Ich habe lange überlegt, ob ich dir diesen Brief schreiben soll. Doch ich dachte mir, nach den Schwierigkeiten, die ich dir bereitet habe, hast du EINS verdient, das Recht auf RACHE.

Viele Unwürdige mussten in den letzten Wochen sterben, aber sie starben für einen höheren Zweck. Mein Werk ist fast vollendet. Ich bin ein Wohltäter, ein Held.

Wenn ich am Samstag zu Bett gehe, werden 5. Engel nicht mehr unter uns weilen. Vier dieser bösen Kreaturen habe ich schon umgeformt, in ihre wahre Gestalt. So wie sie wirklich sind, wie ich sie sehe und kennengelernt habe.

Du Tom müsstest mich am besten verstehen. Du warst mit einem dieser bösen Engel zusammen. Du hast die Lieder gehört, die sie sangen. Du musst mich verstehen!

Allerdings werde ich dir nie MEIN GEHEIMNIS VERRATEN. *Das musst du selbst herausfinden. Nicht alles ist, wie es scheint!*

Lies und du wirst verstehen.

Hier findest du den Ort meines letzten Werkes. Hier kannst du mich am Samstag finden. Am Sonntag bin ich verschwunden und überlasse das Feld anderen ☺

1-2-9 1-2-16 1-7-17 1-7-18 1-8-8 1-9-19 1-9-25 1-9-27
1-10-1 1-10-12 1-10-24 1-15-1 4-1-4 4-3-4 4-3-5 4-8-12
4-15-6 4-17-3 4-17-5

8-13-26 8-13-27 8-13-38

1-10-1 1-11-9 1-11-13 1-13-1 1-23-1

1-1-7 1-2-11 1-8-1 1-8-3 1-9-1 1-12-2 1-13-3

Ich las den Brief ein weiteres Mal, dann rief ich Stefan an. „Du schon wieder? Ich dachte, du wolltest schlafen?“

„Wollte ich auch, aber da ist jemand, der mich davon abhalten will!“, antwortete ich zerknirscht.

„Wer denn? Eine Frau und du brauchst jetzt meine Hilfe?“, spottete er.

„Nein, keine Frau aber der Engelmacher. Er hat mir einen Liebesbrief geschrieben. Warte, ich lese ihn dir vor.“ Als ich endete, war erst einmal Ruhe auf der anderen Seite der Leitung. „Hat es dir die Sprache verschlagen?“

„Ein bisschen schon. Ich hol den Brief bei dir ab und schicke ihn gleich ins Labor.“

„Okay. Wann?“

„Heute noch.“

„Klar, komm vorbei. Jetzt kann ich eh nicht mehr schlafen.“

Ich fertigte zwei Kopien an und begann damit, mir die Zahlen zu Gemüte zu führen.

Ein neues Rätsel. Diesmal ließ er uns vier Tage Zeit für die Entschlüsselung. Er musste sich seiner Sache sehr sicher sein.

10. August, 20:55

Er stand vor dem Haus. Erinnerungen an alte Zeiten stiegen in ihm empor. Sein Zeigefinger glitt die Klingelschilder entlang. Als er den Namen las, den er suchte, klingelte er einmal. Kurz darauf wurde ihm geöffnet. Er betrat das Treppenhaus und als erstes fiel ihm auf, es roch immer noch wie früher. Die Farbe an den Wänden schien frisch, aber sie konnte nicht überdecken, was sich über Jahrzehnte in das Mauerwerk gefressen hatte.

Er erreichte den zweiten Stock. Hinter der Wohnungstür hörte er eine gedämpfte Stimme fragen: „Wer ist denn da?“

Der böse Wolf, lag ihm auf der Zunge, aber das wäre kontraproduktiv gewesen. Er schluckte die Bemerkung herunter. „Die Polizei! Mein Name ist Schmitt. Ich komme wegen dem Phantombild.“

„Ja, der nette Detektiv von vorhin hat Sie schon angekündigt“, vernahm er die Stimme der alten Frau.

Der Schlüssel drehte sich zweimal im Schloss, ein Riegel schnappte auf. Dann öffnete die alte Dame die Tür. Ihre Blicke trafen sich. Als ihre Augen dem Gehirn signalisierten, wer da vor ihr stand, ließ er ihr keine Chance mehr, die Tür wieder zu schließen. Ein Fuß von ihm stand bereits in ihrem Flur.

Sie flüsterte nur: „Larusso.“ Mehr erlaubte er ihr nicht zu sagen.

Er legte die Hand auf ihren Mund und schob seinen ganzen Körper in die Wohnung. „Wie wäre es denn Frau Schöpf, wenn wir eine nette Unterhaltung über die alten Zeiten führen würden? Was halten Sie davon?“

Die Frau blickte ihn verängstigt aus ihren grauen Augen an.

Das irre Feuer, tief in seinen Augen, loderte immer noch so intensiv und verzehrend wie damals. Es bestand nur ein Unterschied zu früher, heute würde es sie verbrennen.

Mittwoch, 11. August, 11:50

Seit meiner unfreiwilligen Düsseldorf-Reise schlief ich heute das erste Mal aus. Mein Körper verlangte nach Ruhe. Diesem Verlangen hatte ich gestern Abend nachgeben müssen.

Stefan war gegen einundzwanzig Uhr dreißig vorbei gekommen, um den Brief mit ins Präsidium zu nehmen. Dort wollte er ihn sofort ins Labor geben und nach Fingerabdrücken oder sonstigen verwertbaren Spuren untersuchen lassen.

Um dreiundzwanzig Uhr war ich ins Bett gegangen. Ich schlief über zwölf Stunden. Danach fühlte ich mich frisch, um dem Rätsel des Engelmachers auf den Grund zu gehen.

Nachdem ich im benachbarten Supermarkt eingekauft hatte, bereitete ich mir ein Frühstück mit Brötchen, Kaffee, Wurst, Marmelade und Käse.

Der erste Schluck Kaffee rann meine Kehle hinunter, da klingelte mein Telefon. Wie gewöhnlich suchte ich eines meiner schnurlosen Telefone, fand diesmal aber sofort eines. „Martini." Den Rest sparte ich mir, ich konnte und wollte im Moment keine anderen Fälle bearbeiten als die Engelmacher-Morde.

„Morgen, hier Stefan. Gut geschlafen?"

„Ja, hab ich", ich unterdrückte ein Gähnen.

„Heute Morgen hat dieser Ressmann hier aufgeschlagen. Er will mit dir reden wegen dem Brief und Düsseldorf." In Stefans Stimme schwang Bedrückung mit.

„In Ordnung. Gib ihm meine Adresse oder kommt zusammen her", entgegnete ich, obwohl Stefan es anders meinte.

„Er möchte dich gerne hier sehen, zusammen mit dem Rest der Soko. Anfangs habe ich ihn für einen Idioten gehalten, aber er scheint nicht dumm zu sein. Muss ich leider zugeben."

Ich grinste still vor mich hin. „Fühlst du dich in deinen Kompetenzen beschnitten?"

„Nein, aber ich dachte immer, diese BKA-Fuzzis wären arrogante Idioten im Anzug, die von nichts eine Ahnung haben."

„Und, der ist nicht so?"

„Nein. Aber ich ruf noch aus einem anderen Grund an", wieder diese unbeschreibliche Bedrückung.

„Schieß los!"

„Der Zeichner war heute Morgen bei Frau Schöpf. Sie hat ihm nicht aufgemacht. Da hat er bei einem Nachbarn geklingelt, um ins Haus zu kommen. Er wollte einen Zettel an der Wohnungstür befestigen. Als er das Papier an das Holz der Tür klebte, schwang diese auf. Er wurde misstrauisch und ging in die Wohnung."

Er legte eine Pause ein. „Ja und weiter ... erzähl schon!", forderte ich ihn auf.

„Im Wohnzimmer fand er sie. Sie lag erwürgt auf ihrer Couch."

„Verdammt!", rief ich aus. Vor Frust hätte ich fast das Telefon an die Wand geworfen. „Habt Ihr Spuren finden können?"

Ein freudloses Lachen klang durch den Hörer. „Was glaubst du?"

„Ihr habt nichts gefunden?"

„Genau."

„Ich bin gegen 14 Uhr im Präsidium."

„In Ordnung. Ich rufe alle zusammen." Er atmete schwer. „Der Bastard ist uns immer einen Schritt voraus. Warum?"

„Ich weiß es nicht. Lass uns das heute Mittag klären."

„Machen wir. Also, bis nachher." Stefan beendete das Gespräch.

Ich widmete mich wieder meinem Frühstück, allerdings nicht mehr mit so viel Appetit wie vor dem Telefonat. Trotzdem, ich musste etwas essen. Ich biss in mein Brötchen, trank einen weiteren Schluck Kaffee, da klingelte mein Telefon ein zweites Mal.

Gab es heute Morgen einen kausalen Zusammenhang zwischen der Kaffeetasse und dem Telefonklingeln? Ich griff nach dem Mobilteil und schaute auf das Display. Die Nummer kannte ich nicht. „Martini."

Schweigen, dann: „Thomas Martini?"

„Ja, persönlich." Ich hatte gerade ein Déjà-vu. Nur diesmal klang eine weibliche Stimme aus dem Hörer.

„Hallo, ich wollte erst sichergehen, dass ich die richtige Nummer gewählt habe. Hier ist Daniela."

Mein Herz schlug sofort ein paar Takte schneller. Wollte sie mich wiedersehen, obwohl sie mich für einen Mörder gehalten hatte? „Hi, wie geht's dir?"

„Gut. Ich arbcitc vicl. Wic gcht cs dir?"

„Auch gut. Die Polizei fahndet nicht mehr nach mir." Ich biss mir auf die Lippen. Eigentlich hatte ich das gar nicht sagen wollen, zumindest nicht so.

„Ähm ... deswegen rufe ich an", eine Pause, ein Schnaufen. „Ich ... also ... wollte .... ich bin ... du ... ich ... na ja ... wegen, du weißt schon ... kannst du ... vielleicht ... verzeihen?"

Das Rumgestotter hörte sich total süß an. Das war meine erste gestammelte Entschuldigung. „Ich denke, trotz des fragmentierten Satzes, weiß ich, was du sagen willst."

„Ja? Da weißt du mehr als ich", sie lachte unsicher.

„Ist in Ordnung. In deiner Situation konntest du nicht anders reagieren. Alle Indizien sprachen gegen mich. Sogar Andrea, Kommissarin Lamprecht, wäre fast soweit gewesen, mich für einen Mörder zu halten. Ich bin nicht sauer auf dich, für den Fall, dass du das glauben solltest."

„Danke. Ich dachte, du wolltest mich nie wieder sehen." Ihre Stimme klang wieder fester.

„Möchtest du mich wiedersehen?"

Ohne zu zögern antwortete sie. „Ja, natürlich!"

Im nächsten Moment merkte ich, dass ihre Reaktion heftiger ausgefallen war, als sie eigentlich wollte. „Gut", antwortete ich. „Wann?"

Sie überlegte. „Heute Mittag, vor meiner Schicht?"

„Kann ich nicht, da bin ich auf dem Polizeirevier. Morgen klappt leider auch nicht. Freitag?"

„Ja, gerne. Wieviel Uhr?"

„Dreizehn Uhr?"

„Ich komm zu dir."

„Du weißt ja, wo ich wohne."

„Klar."

„Bis Freitag."

„Ich freu mich", dann legte sie auf.

Ich blickte den Hörer ein paar Sekunden an, bevor ich ihn wieder auf die Couch legte. Was würde mir der Freitag bringen?

Dann widmete ich mich abermals meinem Frühstück, jetzt wieder mit mehr Appetit. Misstrauisch setzte ich die Kaffeetasse an die Lippen, doch diesmal blieb das Telefon stumm.

11. August, 14:00

Polizeirevier Frankfurt, K11, Morddezernat.

Alfred Köster saß hinter seinem Schreibtisch. Die Pfeife hing in seinem rechten Mundwinkel, vor ihm lag eine Kopie des Briefs, den der Engelmacher Martini geschickt hatte.

„Wenn ich nur wüsste, was das für eine Verschlüsselung ist", sagte er zu sich selbst. Die Tür öffnete sich und ein großer schwarzhaariger Mann betrat das Büro. Seine Augen, die schienen, als seien sie komplett schwarz, hefteten sich auf den Stadtplan, vor dem der Leiter des K11 saß. „Können Sie nicht anklopfen, Herr Ressmann?", fragte Köster den BKA-Beamten.

„Entschuldigen Sie bitte, Herr Köster, ich war etwas in Gedanken wegen der Besprechung. Sind alle verständigt worden?"

„Ja", antwortete der Alte knapp. Im selben Moment klopfte es an der Tür. „Herein!"

Nacheinander betraten die Mitglieder der Soko das Büro. Carola Mauser kam als Letzte in den Raum, in den Händen ein Tablett mit Kaffeetassen. Sie wirkte ein wenig blass um die Nase.

„Frau Mauser, geht es Ihnen wieder gut? Sie wirken nicht richtig fit", erkundigte sich Köster fürsorglich.

„Ja, ja, alles in Ordnung. War nur eine kleine Magenverstimmung, sonst nichts", antwortete sie schnell. Etwas zu schnell für Kösters Geschmack, er ließ es aber dabei bewenden.

„Na dann, setzten Sie sich. Wir warten noch auf Herrn Martini. Herr Carstens, haben Sie es auf seinem Handy versucht?"

Carstens zündete sich eine Zigarette an. Als er antwortete, entwich seinem Mund eine dicke Rauchschwade. „Ja, hab ich. Er ist auf dem Weg, in fünf Minuten ist er da." In diesem Moment klopfte es erneut. Martini öffnete die Tür und lugte hinein.

Als erstes begrüßte ich Köster mit Handschlag, danach den Rest der Runde. Ich setzte mich auf den letzten freien Stuhl. Es war ein komisches Gefühl, nach all den Jahren wieder an einer offiziellen Besprechung in einem Polizeirevier teilzunehmen. Alle Anwesenden nickten mir freundlich zu, bis auf eine Person, Ressmann. Der Hauptkommissar des BKA erweckte bei mir den Eindruck, als hielte er mich immer noch für den Hauptverdächtigen. Vielleicht bildete ich mir das ein oder mein Gefühl resultierte aus seiner Augenfarbe. Das hatte ich noch nie in meinem Leben gesehen. Bei Supernatural wäre er mit solch schwarzen Augen als Dämon durchgegangen.

„Guten Tag zusammen", ergriff Köster das Wort. „Ich möchte Ihnen Hauptkommissar Till Ressmann vorstellen. Er ist uns vom BKA beigestellt worden und übernimmt ab sofort die Leitung der Soko. Auch ich berichte an Herrn Ressmann. Ich bitte Sie, ab sofort Herrn Ressmann als Ihre erste Anlaufstation für alle Belange, diesen Fall betreffend, zu betrachten." Er nickte dem BKA-Mann zu und setzte sich dann.

Ressmann erhob sich. „Guten Tag, meine Damen und Herren. Wie Ihr Chef schon einleitend sagte, bitte ich Sie, ab sofort mit allem, was den Fall Engelmacher betrifft, zu mir zu kommen. Egal was es ist, selbst wenn es Ihnen völlig belanglos erscheint. Als nächstes begrüße ich Herrn Martini, der es doch noch geschafft hat, an der Besprechung teilzunehmen." Das hatte gesessen. Ich fragte mich, ob dies die letzte Spitze dieser Art gewesen war. „Herr Martini hat wichtige Hinweise in Düsseldorf recherchiert und einen Brief vom Täter erhalten." Ressmann öffnete eine

Mappe und zog Fotokopien des Briefs hervor. Er reichte den Stapel an Carstens, der ihm am nächsten saß. „Nehmen Sie sich bitte eine Kopie und geben Sie den Stapel dann an Ihre Kollegen weiter." Carstens tat wie ihm geheißen. „Zuerst hätte ich gerne erfahren, was Sie in Düsseldorf ermittelt haben."

Ich begann, die Geschichte zu erzählen. Von Mertens' Haus bis hin zum Gespräch mit Frau Schöpf. „Ich bin davon überzeugt, dass Larusso lebt", lautete mein Fazit.

Ressmann verschränkte die Arme hinter dem Kopf. „Sie schließen also aus der Aussage einer alten Dame und Ihrem Bauchgefühl, dass dieser Larusso noch lebt?"

„Das tue ich, Herr Ressmann. Warum sonst sollte Frau Schöpf ausgerechnet heute Morgen ermordet worden sein? Zufall? Außerdem sagte sie zu mir, dass sie ihn gesehen habe."

„Wie alt schätzen Sie die alte Dame?"

„Ist das relevant?"

„Eventuell."

Marco Bergmann verließ den Raum.

„Ich brauche nicht zu schätzen. Laut des alten Protokolls aus der Larusso-Akte wurde Frau Schöpf 1928 geboren."

Eine Sekunde herrschte Stille im Raum. „Und Sie glauben, dass eine Frau in diesem Alter so gut sehen kann wie Sie und ich?"

„Glauben Sie, sie hat sich das eingebildet, weil sie schlecht gesehen hat?"

Bergmann kam zurück, in der Hand einen Zettel. Als er seinen Platz eingenommen hatte, sagte er: „Darf ich Sie unterbrechen? Das kam gerade frisch rein. Das Ergebnis der Blut- und Fingerabdruckuntersuchung", keiner gab einen Laut von sich. Alle Anwesenden, inklusive mir, starrten Bergmann erwartungsvoll an. „Laut der Analyse vom ... bla bla bla ... können wir ... bla bla bla ... bestätigen, dass der Fingerabdruck sowie die Blutspuren mit der uns vorliegenden Akte übereinstimmen."

Der BKA-Beamte schenkte mir einen vernichtenden Blick. Ich lächelte ihn an. „Also, Larusso lebt", beendete ich die Ausführungen von Bergmann, der mir zunickte.

„Gut, dann haben wir jetzt einen Namen für das Kind", wandte sich Ressmann an alle. „Kommen wir zu dem Brief. Herr Martini, was sagt Ihr Bauchgefühl zur Bedeutung der Zahlenkolonnen?"

„Da muss ich Sie leider enttäuschen, Herr Ressmann. Ich habe nicht die leiseste Ahnung, was ich mit den Zahlen anfangen soll. Ich weiß nicht, was dem Code zugrunde liegen könnte. Ein Buch, eine Zeitschrift, alte Briefe, eine CD, keine Ahnung, sorry!"

„Zum Glück wissen Sie nicht auf alles eine Antwort“, antwortete er mit gebleckten Zähnen.

„Dann würde ich auf Ihrem Stuhl sitzen und nicht Sie“, erwiderte ich hämisch. Die Anspannung zwischen uns steigerte sich.

„Irgendwer sonst einen Vorschlag, was die Zahlen bedeuten könnten?“, fragte Ressmann und erntete allgemeines Kopfschütteln. „Der Brief ist schon unterwegs an das BKA zum Dechiffrieren. Ich möchte, dass jeder von Ihnen sich mit seiner Kopie beschäftigt. Ich will Lösungsansätze. So viele wie möglich. Des Weiteren recherchieren Sie so viel wie möglich über diesen Larusso.“ Er blickte alle der Reihe nach an. „Noch Fragen?“ Wieder Kopfschütteln. „Gut, noch einen Punkt: Ich weiß, Ihnen ist es nicht recht, dass ich die Ermittlungen übernehme. Auf solche Befindlichkeiten kann und werde ich keine Rücksicht nehmen. Finden Sie sich mit der Situation ab und lassen Sie uns professionell zusammenarbeiten. Dann werden wir den Fall schnell und sauber zu einem Ende bringen. Danke.“

Die Runde löste sich auf. Wir verließen nach und nach den Raum. Ressmann blieb bei Köster. Bergmann, der als Letzter ging, schloss die Tür.

„Stefan?“, rief ich. „Ich gehe wieder. Wenn ich irgendwas herausfinde, ruf ich dich an.“

„Alles klar, bis bald!“ Er gab mir die Hand. Ich verabschiedete mich von den anderen und verließ das Präsidium.

11. August, 16:30

Wieder zu Hause angekommen, widmete ich mich dem Brief des Engelmachers. Zum Glück lag kein weiterer Brief in der Post.

Ich las ihn Zeile für Zeile. Dabei fiel mir auf, dass einige Worte komplett in Großbuchstaben geschrieben waren. EINS, RACHE und MEIN GEHEIMNIS VERRATEN. Diese Worte würden eventuell einen Hinweis darauf geben, wie ich die Zahlen am Ende des Schreibens entschlüsseln konnte. Leider löste keines der Worte den berühmten Klick bei mir aus. Ich versuchte es über das Internet. Doch hätte mir klar sein sollen, dass die Suche über Google nicht helfen würde. 6,5 Millionen Treffer. Da brauchte ich gar nicht erst anzufangen.

Eine Eingrenzung war nicht möglich, aus Mangel an Hinweisen. Ich suchte bis tief in die Nacht, las den Brief, suchte wieder und so weiter. Ohne Ergebnis. Um zwei Uhr morgens brach ich die Suche ab.

Donnerstag, 12. August, 09:00

Till Ressmann übernahm Andrea Lamprechts Schreibtisch, solange die Kommissarin im Krankenhaus lag. Carstens war das nicht recht, er konnte ihn aber auch nicht des Büros verweisen.

Der Hauptkommissar las in einer Akte, als sich die Tür öffnete und Marco Bergmann herein kam. „Morgen Herr Ressmann, ich habe da ein paar interessante Dinge herausgefunden, die Martinis Theorie zum Thema Larusso untermauern.“

Ressmann schlug die Akte zu und wandte sich an Bergmann. „Guten Morgen Herr Bergmann, was haben Sie recherchiert?“

„Sieben Tage bevor Larusso seine Eltern und angeblich sich selbst umgebracht hat, ist ein Mann als vermisst gemeldet worden. Ein Farbiger wie Larusso, ein gewisser Charly Masters. Seine Frau erschien bei den Kollegen vom 16. Revier und erstattete eine Vermisstenanzeige. Bis heute ist der Mann nicht aufgetaucht. Es wurde auch nie eine Leiche gefunden.“

„Woher wissen Sie, dass der Mann nie wieder aufgetaucht ist? Hat das seine Frau bestätigt?“

„Ja. Ich habe vor einer halben Stunde mit ihr telefoniert“, erklärte Bergmann.

„Sie gehen also davon aus, dass dieser Masters anstelle von Larusso in dem Haus verbrannt ist? Und was ist mit dem Gebissabdruck? Die Kollegen haben vor zwanzig Jahren Larusso und seine Eltern anhand der Gebisse identifiziert.“ Ressmann warf Carstens einen Seitenblick zu, ihm war die Genugtuung im Gesicht des Oberkommissars nicht entgangen.

„Da habe ich eine Theorie. Zwei Tage nach dem Mord an den Larussos wurde ein Zahnarzt, Doktor med. dent. Fabricius Kaufmann, in seiner Praxis tot aufgefunden“, erklärte Bergmann.

„Wie soll dieser Arzt mit unserem Fall in Verbindung stehen?“ Ressmann zog die Stirn kraus.

„Ich habe in der Akte nachgesehen, wer damals der leitende Beamte war. Zufällig stand dort Oberkommissar Köster.“ Er nickte. „Ja, unser Chef, der heutige Leiter des K11.“

„Was hat Herr Köster Ihnen über den Fall erzählt?“

„Etwas sehr Interessantes. Der Tod des Arztes weckte das Interesse der Kollegen der Abteilung Organisierte Kriminalität. Kaufmann stand im Verdacht, für die Unterwelt zu arbeiten. Also bei Leichen Gebisse verändern und dergleichen. Nach seinem Tod fand man eine ganze Umzugskiste voll mit Krankenunterlagen, für die der Arzt nie eine Rechnung geschrieben oder Leistungen bei der Krankenkasse des Patienten eingereicht hatte. Köster und das OK suchten den Mörder damals im Milieu, wurden aber nicht fündig. Der Mord ist bis heute nicht aufgeklärt." Bergmann wartete einen Moment, damit sich die Worte setzen konnten. „Das Interessante an der Sache ist, Kaufmann wurde erschossen und danach wurden seine Augen herausgeschnitten."

„Das reicht aber noch nicht für eine Verbindung zwischen Larusso und Kaufmann", warf Ressmann ein.

„Ja, da gebe ich Ihnen recht. Aber das Kaliber der Waffe, mit der Kaufmann und die Larussos erschossen wurden, ist identisch. Ich wette, wäre ein Vergleich der Projektile möglich, es würde herauskommen, dass sie aus derselben Waffen stammten."

Till Ressmann lehnte sich in seinem Stuhl zurück und strich das glatte, schwarze Haar nach hinten. „Das klingt plausibel. Leider wurden die Beweise im Fall Larusso vernichtet, weil die Kollegen damals die Akte als gelöst geschlossen haben. Die Kugel, die Kaufmann tötete, gibt es noch, aber leider hilft uns nur ein Projektil in dem Fall nicht weiter. Trotz allem gute Arbeit Herr Bergmann. Wir haben nun einen Namen, aber kein Bild. Weder in irgendeiner Akte noch im Computer. Verdammt und zugenäht!"

„Langsam werden Sie mir sympathisch, Herr Ressmann", ergriff Carstens zum ersten Mal seit zehn Minuten das Wort.

„Wie meinen Sie das?", erwiderte Ressmann brüsk.

„Sie können ja auch fluchen, ich dachte, das machen nur wir *normalen* Bullen."

Das erste Mal seit seiner Ankunft in Frankfurt lächelte Till Ressmann. „Ja, da könnten Sie recht haben. Ich möchte Sie bitten, nicht den bösen Mann vom BKA in mir zu sehen, der Ihnen sagen will, wie Sie zu arbeiten haben. Wir sitzen alle im gleichen Boot. Wenn ich den Fall in den Sand setze, bin ich weg vom Fenster. Da habe ich keine Vorteile einem *normalen* Bullen gegenüber."

Carstens wirkte überrascht: „Ich dachte, Sie werden von Wiesbaden aus beschützt und nur wir bekommen die Prügel."

„Nein, die bekomme ich genauso wie Ihr ... ich meine Sie."

Carstens sah Bergmann an. Als der ihm zunickte sagte er: „Wie wäre es, wenn wir das Sie weglassen? Wenn Sie einverstanden sind?"

„Gerne. Das macht es einfacher."

„Nach der Ansprache gestern Mittag, dachte ich, du sagst nein", erwiderte Bergmann.

„Na ja, ich war etwas unsicher, auch wenn man das nicht gemerkt hat. Ich wollte die Fronten klären."

Carstens blickte Ressmann an: „Kann ich ehrlich sein?"

„Ich bitte darum."

„Gestern hielt ich dich für ein großes Arschloch."

Ressmann verzog keine Miene. „Ich glaube eure Kollegin Lamprecht ist der gleichen Meinung. Wir haben vor ein paar Tagen miteinander telefoniert."

„Ich weiß", entgegnete Carstens. „Sie hat uns davon erzählt."

„Ich bin dabei bestimmt nicht gut weggekommen, oder?"

„Ich bin mir nicht sicher." Carstens zuckte die Schultern.

„Okay, das werde ich merken, wenn ich ihr begegne. Was habt Ihr über den Brief herausgefunden?", fragte Ressmann, um das Thema zu wechseln.

Bergmann übernahm das Wort: „Carola Mauser, die anderen Kollegen und ich haben fieberhaft recherchiert. Bei den Zahlen handelt es sich um eine Ottendorf-Verschlüsselung, auch Buchverschlüsselung oder Buch-Code genannt. Man benötigt eine Referenz, meistens ein Buch, um den Klartext zu erhalten. Die Zahlen sind in Dreierkolonnen aufgeteilt." Er hielt sein Exemplar des Briefes hoch und deutete auf das erste Zahlentrio *1-2-9*. „Die erste Zahl steht für die Seite, die zweite für die Zeile und die dritte für den Buchstaben oder umgekehrt. Kennt man die zugrundeliegende Referenz ist es ganz einfach, ohne das Buch aber unlösbar. Deine Kollegen beim BKA sind derselben Meinung und gehen davon aus, dass Martini den Schlüssel zum Code kennen muss."

Ressmann überlegte angestrengt, dabei rieb er sich die Augen mit beiden Händen und fuhr sich dann über das stoppelige Gesicht. „Kommissarin Lamprecht ist die Ex-Partnerin von Martini. Sie kennen sich auch privat ein wenig. Vielleicht kann sie sich einen Reim auf diesen Brief und die Zahlen machen. Vielleicht kennt sie das Geheimnis?"

„Wäre ein Versuch wert", sinnierte Carstens. „Sie darf schon aufstehen, hat sie mir gestern Abend am Telefon erzählt. Also könnten wir ihr einen Besuch abstatten. Sie freut sich bestimmt."

12. August, 11:30

Andrea Lamprecht zappte durch das Morgenprogramm im Fernsehen, nichts Gescheites. Talkshows, Gerichtssendungen und schlecht gestellte Kriminalserien – angeblich auf Tatsachen beruhend, pah! Langsam wurde ihr klar, warum die Menschen glaubten, bei der Polizei müsse alles immer hoppla hopp gehen. Hier wurden Kriminalfälle in einer dreiviertel Stunde gelöst und zwar immer ohne Wenn und Aber. Realitätsfremder ging es wirklich nicht mehr.

Vor einer halben Stunde hatte Tom sich bei ihr gemeldet und von dem Brief berichtet. Ich stehe vor einem Rätsel, gestand er ihr am Telefon. Ich habe keine Ahnung, wie ich die vielen Zahlen in Worte verwandeln soll.

Eine harte Nuss für den Detektiv und die Polizei. Und in zwei Tagen lief die Frist ab.

Sie hing ihren Gedanken nach, da klopfte es an der Tür. Kurz darauf trat Stefan Carstens ein, gefolgt von Marco Bergmann und einem großen, schwarzhaarigen, gut aussehenden Mann. Das musste Ressmann sein, vermutete sie. Nach dem Telefonat hätte sie alles erwartet, aber nicht so einen Model-Typen. Verdammte Scheiße, schoss es der Kommissarin durch den Kopf, hätte ich gewusst, wie gut du aussiehst, wäre ich am Telefon freundlicher gewesen. Sie fuhr sich zweimal durchs Haar, doch da gab es nicht viel zu retten.

„Hallo die Herren", begrüßte sie ihren Besuch. „Ist das ein Höflichkeitsbesuch oder schafft ihr es nicht ohne mich?"

Carstens grinste: „Beides. Aber sag, wie geht's dir heute?"

„Super, ich könnte Bäume ausreißen. Aber der Arzt lässt mich nicht", ihre Augen wanderten zu Ressmann, der sie seinerseits anblickte.

Carstens bemerkte, dass seine Kollegin an ihm vorbei sah. „Wie unaufmerksam von mir. Das ist Hauptkommissar Till Ressmann. Unser Chef, bis der Engelmacher selbst die Englein singen hört."

„Hallo Herr Ressmann", sie reichte ihm die Hand.

„Till, bitte. Wir haben uns vorhin im Büro darauf geeinigt, uns zu duzen. Ich hoffe, das ist in Ordnung."

„Gerne", antwortete sie viel zu schnell.

„Soweit die Formalitäten. Wir sind dienstlich hier. Till glaubt, dass du den Brief des Engelmachers vielleicht entschlüsseln kannst. Ach ja, ich habe dir gestern gar nicht von dem Brief ..."

Lamprecht unterbrach Carstens: „Ich habe vorhin mit Tom telefoniert, er hat mich informiert. Und warum seid Ihr jetzt hier?"

Carstens erzählte von den Recherchen bis zur Ottendorf-Verschlüsselung. „Martini muss den Schlüssel besitzen. Du kennst Tom am längsten. Dadurch kannst du uns eventuell weiterhelfen. Einen Hinweis aus Toms Leben, alles was dir einfällt."

Die Kommissarin blies die Backen auf. „Gute Theorie, aber ich wüsste nicht, was ich wissen sollte, was er nicht selbst weiß. Komplizierter Satz! Warum fragt Ihr nicht Jimmy? Der ist Toms bester Freund. Ihr müsst ihn nur vorher zum Schweigen verdonnern. Reporter können sehr geschwätzig sein." Sie überlegte. „Lasst mir eine Kopie des Briefs, einen Block und einen Kuli hier. Ich werde mich ein wenig an dem Geheimnis versuchen. Und dir Stefan gebe ich mal die Nummer von Lang. Vielleicht kann der euch helfen."

„Machen wir." Plötzlich stockte er. „Also wenn du damit einverstanden bist, Till. Du bist der Chef."

Ressmann nickte: „Klar, machen wir so."

Lamprecht notierte Carstens Jimmy Langs Nummer. „Dann weiterhin gute Besserung. Wann kommst du eigentlich raus?"

„Mitte nächster Woche."

Ressmann fragte: „Hast du jemanden, der dich abholt?"

Bergmann hustete unterdrückt, Carstens winkte und lief Richtung Tür.

„Nein. Warum?"

„Ich könnte dich abholen, wenn das keiner deiner Kollegen erledigen kann." Er blickte sich zu den beiden Kommissaren um.

Sie antworteten unisono. „Nö, zu viel Arbeit. Schon okay, Till."

„Gut, dann abgemacht."

„Ja gerne. Tschüss und passt auf euch auf." Sie winkte und wartete, bis Ressmann die Tür geschlossen hatte. Dieser Ressmann. Sie seufzte leise: Geiler Arsch, dachte sie, bevor sie sich mit Feuereifer dem Brief widmete. Welches Buch könnte das sein, überlegte sie und tippte dabei rhythmisch mit dem Kugelschreiber gegen ihre Unterlippe.

12. August, 16:00

Die Befragung von Lang hatte keine neuen Erkenntnisse gebracht. Die beiden Kommissare fuhren zurück ins Revier.

Ein ungeduldiger Marco Bergmann erwartete sie schon. „Na endlich, da seid ihr ja. Das BKA hat sich gemeldet. Sie haben das Band mit der Stimmprobe fertig. Es geht heute in die Post. Das heißt per Kurier hierher."

Carstens strahlte: „Endlich geht es voran."

12. August, 18:00

Bergmann betrat das Büro von Carstens und Ressmann. „Schlechte Nachrichten. Der Kurier hat sich gemeldet. Er steht auf der A66 im Stau, eine Vollsperrung. Ich habe bei den Kollegen nachgefragt. Es kann gut drei oder vier Stunden dauern, bis die Autobahn wieder freigegeben wird."

„Scheiße. So lange wollte ich hier nicht mehr sitzen. Du Till?"

Ressmann nickte. „Ich bleibe und warte auf den Kurier. Ihr könnt Feierabend machen."

Freitag, 13. August, 12:45

Ich hatte den Donnerstag mit Telefonieren und Lesen verbracht. Telefoniert hatte ich mit Jimmy, Stefan und Andrea. Alle besaßen eine Kopie des Briefs, aber keiner hatte eine Lösung. Ich selbst musste mich vorerst auch geschlagen geben.

Jetzt, um kurz vor eins, interessierte mich der Brief nicht mehr. Zumindest für die nächsten paar Stunden. Daniela würde wahrscheinlich gleich klingeln. Ich kochte für uns beide. Als Vorspeise eine Tomatensuppe, als Hauptgang eine selbst gemachte Pizza und als Nachtisch eine, ebenfalls selbst zubereitete, Mousse au Chocolat. Ich hoffte, dass sie alles mögen würde. Die Mousse war fertig, ebenso die Suppe. Die Pizza brauchte noch fünfzehn Minuten.

Es klingelte. Mein Herzschlag beschleunigte sich. Das typische Gefühl vor dem ersten Rendezvous. Wie in der Nacht als der Engelmacher Daniela überfallen hatte, nahm ich den Hörer der Gegensprechanlage in die Hand und fragte: „Wer ist da?"

„Ich!" Sie kicherte, diesmal wusste ich sofort, wer vor der Haustür stand.

„Ich mach auf."

Eine Minute später stand sie vor der Tür. Sie lächelte mich an, etwas schüchtern und erwartungsvoll zugleich. Wir begrüßten uns mit einem vorsichtigen Kuss auf die Wange. Ich roch ihr Parfüm, ein betörender Duft. Es kam mir vor, als wäre meine Nase noch nie von einem besseren Duft verwöhnt worden. Ihre weichen Lippen berührten meine Haut und ein leichter, wohliger Schauer lief mir den Rücken hinunter. Als ich wieder in ihre Augen blickte, musste ich mich mit Gewalt von ihnen losreißen, um sie nicht wie ein Vollidiot anzustarren.

Sie durchbrach die Stille als erste. „Riecht gut. Hast du gekocht?"

Ich nickte. „Ich hoffe, du magst es."

„Bestimmt. Wenn's so gut schmeckt wie es riecht." Sie lachte mich an. „Kann ich dir helfen? Tisch decken oder so?" Sie blickte an mir vorbei. „Oh, ist ja schon gedeckt. Kerzen. Ein Romantiker?"

Für einen kurzen Moment durchflutete mein Gesicht eine unangenehme Wärme, die jedoch gleich wieder abebbte. „Vielleicht."

Mit einem Lächeln, welches ich nicht genau deuten konnte, ließ sie sich auf einem der Stühle am Esstisch nieder. „Hast du einen Stammplatz?“

„Nein, setz dich, wo du willst!“ Nervosität stieg in mir auf. Hoffentlich entsprach das Essen ihren Vorstellungen. „Als erstes empfiehlt der Koch heute Tomatencremesuppe mit etwas Crème fraîche.“

„Gerne, das nehme ich.“

„Dazu einen Rosé.“ Ich nahm das rot-weiß gestreifte Geschirrhandtuch über den Arm und hielt die Weinflasche so, dass sie das Etikett lesen konnte.

„Oh ja, das ist genau der Tropfen, den ich am liebsten zum Essen trinke.“

Diesmal lachten wir beide. Unsere Blicke trafen sich erneut und wieder musste ich mich zwingen, ihre Augen freizugeben. Ich ging zur Küchenzeile hinüber und füllte die Suppenteller mit der roten Flüssigkeit, stellte sie auf das Tablett und servierte sie wie ein gelernter Kellner. Als ich ihren Teller hinstellte, streifte meine Hand ihr Haar. Es fühlte sich glatt und seidig an. Sie musste es kurz zuvor gewaschen haben. Es duftete wie eine Sommerwiese.

Ich setzte mich auf meinen Platz ihr gegenüber. Wir unterhielten uns angeregt über dieses und jenes und über die Ereignisse der letzten Wochen. Als die Sprache auf den Abend kam, an dem sie so überstürzt verschwunden war, entstand eine peinliche Stille. „Es tut mir leid ... dass ich auch nur ansatzweise denken konnte, du seist ...“ Den Rest des Satzes schluckte sie mit dem letzten Löffel Suppe hinunter.

Ich legte meine linke Hand auf ihre. „Schon in Ordnung. Lass uns nicht mehr darüber reden. Es ist vorbei und vergessen.“

„Danke.“

„Schon okay.“

Sie lächelte. Ich blickte sie erneut lange an, bis sie auf einmal bemerkte. „Es riecht etwas streng hier, findest du nicht auch?“

Und da nahm ich es auch wahr. Die Pizza! Ich sprang auf, hechtete zum Backofen und warf dabei meinen Teller auf den Boden, der in tausend Teile zersprang. Für eine Sekunde stand ich da, Teller auflesen oder Pizza aus dem Ofen holen? Pizza rausholen, entschied ich. Ich schaltete den Ofen aus und riss die Tür auf. Eine Dampfwolke quoll hervor, aber die Pizza schien genießbar zu sein. Nachdem ich sie heraus bugsiert und abgestellt hatte, griff ich Schaufel und Besen, um die Überreste meines Tellers aufzufegen.

Daniela kniete schon da, sammelte die großen Teile auf und stapelte sie ineinander. Ich ging neben ihr runter auf das Laminat. „Mist. Ich bin so ungeschickt."

Sie sah mich an. „Find ich süß. Kein Macho, der meint, dass er alles kann."

Zum dritten Mal sahen wir uns tief in die Augen, diesmal konnte ich mich ihrem Blick nicht entziehen. Ich versuchte, in ihren Augen zu lesen, ob sie das Gleiche sagten, was meine versuchten ihr mitzuteilen. Ich konnte die Antwort nur vermuten. Langsam beugte sie sich zu mir herüber und küsste mich auf den Mund. Ihre Lippen fühlten sich weich und angenehm feucht an, sie forderten und ich gab dieser Forderung nach. Ich ließ Kehrblech und Besen fallen und nahm Daniela in die Arme. Wir pressten unsere Körper aneinander.

Nach mehreren Minuten ließen wir, leicht außer Atem, voneinander ab. Wir knieten immer noch auf dem Boden. Gleichzeitig blickten wir nach unten auf das Laminat und stellten fest, dass wir uns gegenseitig in die Reste meiner Suppe hineingezogen hatten. Unsere Hosen wiesen an den Knien große, rote Flecken auf. Gleichzeitig begannen wir schallend zu lachen.

„Geh am besten gleich ins Bad und wasch deine Flecken raus", sagte ich. „Du kannst eine Jogginghose von mir haben. Die musst du zwar fünf Mal umschlagen, ist aber besser als dieses rotgescheckte Model."

Mit einem vielsagenden Blick sagte sie: „Warum glaubst du, dass ich überhaupt eine Hose brauche?"

Ich schluckte schwer, sagte aber nichts. Sie bemerkte meine Unsicherheit. „Das finde ich auch süß!" Sie beugte sich zu mir herab und küsste mich leidenschaftlich. „Lauf nicht weg, ich bin nur kurz im Bad." Als sie an der Badezimmertür stand, drehte sie sich um: „Leg doch bitte ein bisschen Musik auf. Du hast so lange Zeit, bis ich zurück bin." Dann schloss sie die Tür hinter sich.

Ich blickte ihr nach und wusste nicht, wie mir geschah. Damit hatte ich absolut nicht gerechnet, oder doch? Schon an dem Abend auf dem Mainfest hatte sie mir gefallen. Aber nicht so wie die anderen vor ihr. Dieses Gefühl der Verbundenheit, auch wenn ich es mir an diesem Abend nicht hatte eingestehen wollen, es schlummerte irgendwo tief in mir. Und heute Mittag war es erwacht, unbändig und gierig nach mehr.

Meine CDs standen in einem blauen Schrank neben der Stereoanlage. Ich öffnete die Tür und begann zu suchen. Apocalyptica, Aerosmith, Bonfire, Böhse Onkelz, nee das war alles nix für einen romantischen Nachmittag. Meine Finger streiften über die Rücken der CD-Hüllen. Als ich am Ende anlangte, begann ich noch einmal von vorn.

Plötzlich bohrte sich ein Titel in meine Augen. Er erinnerte mich an etwas. Ja, genau! Böhse Onkelz, EINS.

Der Titel der CD lautete EINS!

13. August, 13:30

Ich sprang auf und zog meine Kopie des Engelmacher-Briefes hervor. Ja, das erste komplett groß geschriebene Wort lautete EINS. Ich nahm die CD in die Hand und drehte sie um, ging die einzelnen Titel auf der Rückseite des Covers durch, aber nichts von Rache oder Geheimnissen. Vielleicht waren die anderen Worte auch CD-Titel?! Ich studierte noch einmal die Namen aller Alben. Wieder nichts. Vielleicht in einer anderen Sprache? Englisch!

KISS, Revenge – Rache. Ich nahm auch diese CD aus dem Schrank. Welchen Titel meinte der Engelmacher mit MEIN GEHEIMNIS VERRATEN?

Ich dachte über das Rätsel nach. Da legte sich eine Hand von hinten auf meine Schulter und ich zuckte zusammen.

„Habe ich dich erschreckt?“ Danielas Stimme hauchte in mein Ohr.

Ich drehte mich zu ihr um. „Nein, hast du nicht.“

Sie blickte auf die CDs in meiner Hand. „Nicht gerade die romantische Musik, die sich ein Mädchen wünscht.“ Sie verzog die Lippen zu einem Schmollmund.

„Nein, die wollte ich nicht auflegen. Es geht um diesen Brief. Ich glaube, ich habe die Lösung des Rätsels.“

Sie nahm mir den Brief aus der Hand und las ihn durch. „Das ist ja grauenhaft. Er will wieder töten?“

„Diesmal zum letzten Mal und ich muss ihn aufhalten.“

Alles was Daniela noch vor fünf Minuten mit mir anstellen wollte, schien vergessen. Sie wirkte jetzt blass und ängstlich. „Halt mich bitte fest!“ Ich nahm sie in den Arm. Sie schmiegte sich an meine Brust. „Ich habe über den Vorfall im Wald bisher mit niemandem gesprochen. Nur kurz mit den Kommissaren, als ich dachte, dass du ...“

„Schon gut. Es war schlimm, das glaube ich dir. Solch eine Erfahrung wünscht man niemandem.“

Wir verharrten mehrere Minuten in dieser Stellung. Ich wollte sie einfach nur beschützen, sie für immer festhalten. Plötzlich richtete sie sich auf und blickte mir fest in die Augen. „Was kann ich machen, um dir zu helfen? Ich will, dass der Mistkerl ins Kittchen wandert.“

„Du kannst mir helfen, diese Zahlen zu entschlüsseln. So können wir ihn vielleicht stoppen!“

„Fangen wir an!“ Sie beugte sich zu mir herüber, küsste mich und sagte: „Aufgeschoben ist nicht aufgehoben.“ Sie untermauerte ihre Worte mit einem lasziven Lächeln, welches ich ihr nie zugetraut hätte. Ja, ja, stille Wasser sind tief.

Ich erwiderte ihren Kuss. „Fangen wir an. Sieh hier! Die großgeschriebenen Worte scheinen CD-Titel zu sein. Zum Beispiel EINS“, ich hielt ihr die CD der Onkelz hin. „RACHE, die KISS-CD Revenge. Aber die hier?“

Ihre Pupillen wanderten schnell hin und her, während sie den Inhalt des Schranks zu scannen schienen. Dann griff sie zielstrebig nach einer Hülle. „Die ist es.“

Betray my secrets, verrate meine Geheimnisse. So hieß die Band und die CD. Ich küsste sie wieder. „Du bist genial. Jetzt müssen wir nur wissen, wie wir die Zahlen übersetzen müssen.“

Daniela dachte nach, dann nahm sie das Booklet aus der ersten Hülle. „Versuchen wir es mit Worten.“

„Mit Worten, wie meinst du das?“

„Ganz einfach, die ersten Zahlen 1-2-9. Erstes Lied, zweite Zeile, neuntes Wort .... oh, stimmt nicht, die zweite Zeile hat nur sieben Worte. Dann anders, erstes Lied, zweites Wort, neunte Zeile“, sie zählte, „Da, ‚hast‘ lautet das Wort.“

„Gute Idee, lass es uns versuchen ... Stimmt auch nicht, hier die vierte Zahlenkolonne, 1-7-18. In der achtzehnten Zeile gibt es nur fünf Worte.“

„Mist.“ Daniela zog die Mundwinkel nach unten. „Wie dann?“

„Buchstaben! Erstes Lied, zweite Zeile, neunter Buchstabe oder neuntes Zeichen. Wir müssen auch prüfen, ob er die Leerzeichen mitgezählt hat.“

„Gute Idee.“

Diesmal wurden unsere Bemühungen von Erfolg gekrönt. Am Ende der ersten Zahlenkolonne kam ein Wort heraus: sechshundertachtzig. „Was will er uns damit sagen?“

„Lass uns weiter machen. Zum Schluss denken wir über die endgültige Lösung nach.“

Das zweite Wort hieß ‚quo‘. „Latein?“

„Ja, Latein“, bestätigte ich.

Bei der dritten Zahlenkolonne kam nur Buchstabensalat heraus. „T, b, n, t, das gibt keinen Sinn und außerdem gibt es in dem ersten Song keine dreiundzwanzigste Zeile, hier 1-23-1.“

Daniela nahm den Brief zur Hand. „Könnte es sein, dass wir etwas übersehen haben? Einen Titel oder Hinweis?“

„Eigentlich nicht. Das sind alle großgeschriebenen Worte.“

„Aber der letzte Satz, ‚Lies und du wirst verstehen’. Was will er damit sagen? Haben wir nicht genau genug gelesen?“

„Ich habe den Brief in den letzten beiden Tagen mindestens hundert Mal gelesen. Mir fällt nichts mehr auf. Dir vielleicht?“ Meine Augen ruhten erwartungsvoll auf Daniela.

Sie las den Brief erneut, dabei fuhr sie jede Zeile mit dem Finger ab. Beim zweiten Mal stockte sie mitten im dritten Absatz. „Sag mal Tom, wie wird eine Zahl mit einem Punkt dahinter gelesen?“

„Wie meinst du das?“

„Er schreibt: ‚Wenn ich am Samstag ins Bett gehe, werden 5. Engel nicht mehr unter uns weilen.’ Doch eine 5 mit einem Punkt dahinter wird als *fünfte* gelesen. Fünfte Engel. Aber das ist nicht korrekt. ‚Wenn ich am Samstag ins Bett gehe, werden fünfte Engel nicht mehr unter uns weilen.’ Verstehst du? Der fünfte Engel!“

„Ja klar, der Punkt ist zu viel. Dies muss die fehlende CD sein.“ Ich schlug mir mit der flachen Hand gegen die Stirn. „Das ist eine meiner Lieblings-CDs. Fifth Angel heißt die Gruppe.“ Ein Griff und ich hielt sie in den Händen.

Mit den vier richtigen CDs entschlüsselten wir die restlichen Zahlen im Handumdrehen.

„So!“, meine Hand umschloss den Zettel mit der Lösung. „Also ‚sechshundertachtzig – quo – vadis – domine’. Was sollen wir damit anfangen? Und warum ist ein Leerzeichen in der Mitte von domine? Sollen wir Quo Vadis mit Peter Ustinov ansehen oder ist das alles nur wieder ein neues Rätsel?“

„Keine Ahnung.“ Daniela zuckte die Schultern.

„Ich rufe jetzt Stefan an und teile ihm unsere Ergebnisse mit. Der wird sich bestimmt freuen.“

Und ich sollte recht behalten.

„Super Tom, ich habe schon nicht mehr an einen Erfolg geglaubt. Aber welcher Ort soll das sein?“

„Wenn ich das wüsste, müsstest du jetzt nicht fragen.“

Ressmann schaltete sich in das Gespräch ein. „Glückwunsch, Martini. Wie sind Sie darauf gekommen?“

„Durch Zufall, wie so oft. Ich suchte eine CD in meinem Schrank, da stieß ich auf das erste Album, welches mich sozusagen ansprang.“

„Herr Martini?“ Ressmann klang nachdenklich. „Sagen Sie mal, besitzen Sie all die CDs, die zur Lösung des Rätsels vonnöten waren?“

„Ja.“

„Das macht Sie nicht nachdenklich?“

„Jetzt, da Sie es erwähnen.“

„Wissen Sie, was ich glaube?“

„Nicht wirklich, aber Sie werden es mir bestimmt gleich sagen.“

„Der Engelmacher muss wissen, was in Ihrem CD-Schrank steht. Hätten Sie das Rätsel gelöst, wenn Sie nicht zufällig über die erste CD gestolpert wären?“

„Nein.“

„Was sagt Ihnen das?“

„Er war in meiner Wohnung. Wahrscheinlich als ich mich in Düsseldorf aufgehalten habe.“

„Alles deutet darauf hin.“ Ressmann legte eine Pause ein. Ich hörte, wie Papier umgeblättert wurde. „In dem Bericht der Spurensicherung steht, dass die Wohnung von Michael Benz nicht gewaltsam geöffnet wurde. Das heißt, er verfügt über ein ausgeprägtes Talent, unbemerkt und ohne Spuren in Wohnungen einzudringen. Ich rate Ihnen zur Vorsicht. Verbarrikadieren Sie die Tür oder so.“

„Ich denke drüber nach. Sollte ich mehr herausfinden, melde ich mich wieder bei Ihnen.“

„In Ordnung.“ Ressmann legte auf.

„Was ist los?“ Daniela blickte mich erwartungsvoll an.

Ich schilderte ihr den Teil des Gesprächs, der ihr entgangen war.

„Oh Scheiße. Glaubst du, er kommt wieder?“

„Ich glaube nicht. Wenn er das gewollt hätte, wäre ich wahrscheinlich schon tot. Nichtsdestotrotz lege ich den Riegel vor.“ Vorsicht oder Paranoia? Ich wusste es nicht.

„Machen wir weiter?“, fragte Daniela.

„Mit was?“, fragte ich mit einem zweideutigen Unterton.

Sie grinste hintergründig. „Mit dem Brief du Dummerchen.“

„Hey, das Dummerchen nimmst du zurück.“

„Warum?“ Dabei stand sie auf und lief vor mir davon, direkt in mein Schlafzimmer.

Ich folgte ihr. „Hier gibt es keinen Ausgang und schreien hört dich hier auch keiner.“

„Wer sagt denn, dass ich weglaufen will?“ Sie schlang die Arme um meinen Hals und zog mich aufs Bett. „Und vielleicht will ich ja, dass du mich zum Schreien bringst!“

Die meisten Serienkiller sehen aus wie Sie und ich.
Der einzige Unterschied ist vielleicht,
dass sie interessanter sind als gewöhnliche Menschen.

Robert K. Ressler

Kapitel 6

Samstag, 14. August, 11:15

Die Sonne fiel durch einen Spalt im Rollladen und kitzelte mich in der Nase. Ich öffnete vorsichtig die Augen, presste sie aber sofort wieder zu. Sie brannten von der stechenden Helligkeit.

Die letzte Nacht erschien mir wie ein Traum. So viel Verlangen, Hingabe und Leidenschaft wie in den vergangenen Stunden hatte ich seit Jahren nicht erlebt. Ich drehte meinen Kopf nach links und öffnete die Augen erneut, dort lag Daniela. Sie schlief friedlich. Wenn ich mir ihr unschuldiges Gesicht so ansah, drängte sich mir das Gefühl auf, die Nacht mit einer völlig anderen Frau verbracht zu haben.

Sie blinzelte, dann sah sie mich liebevoll an. „Na, starker Mann. Ausgeschlafen?"

„Ja. Und du?" Ich strich ihr mit der Hand über die Stirn.

„Ich auch. Dein Blick hat mich geweckt. Ich habe ihn auf meiner Haut gespürt." Sie gähnte. „Hast du auch so einen tierischen Hunger wie ich?"

„Ja, absolut. Bleib liegen, ich kümmere mich ums Frühstück. Du weißt eh nicht, wo das Geschirr und der andere Kram steht."

„Du bist süß, danke."

Ich küsste sie auf die Nase und stand auf. In der Küche angelangt kontrollierte ich als erstes, ob genug Aufbackbrötchen im Eisfach lagen. Sie reichten.

Zwanzig Minuten später saßen wir am Esstisch und fielen wie ein ausgehungertes Rudel Wölfe über die Brötchen her. Daniela trug eines meiner Hemden, das blonde Haar offen über den Schultern. „Was hast du heute vor?"

„Ich will herausfinden, wo der Engelmacher heute Abend zuschlagen will. Dafür werde ich den ganzen Tag recherchieren müssen. Morgen ist hoffentlich alles vorbei. Wenn er in seinem Brief nicht gelogen hat, will er heute sein Werk vollenden und das letzte Mal zuschlagen." Meine Hand, die eine Brötchenhälfte gerade zu meinem Mund transportieren wollte, stoppte mitten in der Bewegung. Ich blickte Daniela an. In diesem Moment musste ich an die anderen Opfer des Engelmachers denken. „Scheiße."

„Was ist? Stimmt etwas nicht?"

„Ich hätte nicht mit dir schlafen dürfen."

Ihr Blick verschleierte sich. Ein Hauch von Kränkung und Angst huschte über ihre Züge. „Warum?", fragte sie leise.

„Weil ich auch mit den ersten drei Opfern dieses Bastards geschlafen habe. Alle sind tot, inklusive meiner Ex-Freundin. Er hat sie alle umgebracht, alle! Wenn er dir was antut, könnte ich mir das nie verzeihen."

Sie stand auf, kam zu mir herüber und setzte sich auf meinen Schoß. Ihre Finger glitten sanft über mein Gesicht. „Hab keine Angst, er wird mir nichts tun. Er bekommt mich gar nicht. Ich bin heute Abend mit Jimmy verabredet, wenn dich das nicht stört?" Ich schüttelte den Kopf. „Solange du auf der Jagd bist, bin ich bei ihm in Sicherheit. Er passt auf mich auf."

Ich nickte. „Du hast recht. Jimmy würde ich mein Leben anvertrauen. Bei ihm bist du sicher." Meine Hände berührten ihr Gesicht, dann berührten meine Lippen die ihren, danach berührten sich unsere Körper.

14. August, 12:07

Andrea Lamprecht lag auf ihrem Bett und las die Tageszeitung. Wie gewöhnlich stand nichts Neues oder Überraschendes darin. Die Politiker wollten mal wieder die Steuern erhöhen und im selben Zug die Diäten „anpassen".

Die Kommissarin konnte sich mittlerweile wieder bewegen ohne das Gefühl, ein Messer im Unterleib stecken zu haben. Doktor Schneider war mit ihren Fortschritten zufrieden. Einer Entlassung in der nächsten Woche stand nichts im Wege.

Die Tür ihres Zimmers wurde geöffnet und Carola Mauser kam herein. Die beiden Frauen begrüßten sich freundschaftlich. „Ich bin so froh, dass es dir wieder gut geht."

„Danke, ich kann wieder schmerzfrei lachen. Es ist schön, dass du mich besuchst. Wie läuft es mit dem Fall?"

„Gut", antwortete Mauser einsilbig.

„Mehr nicht? Nur gut?", bohrte Lamprecht nach.

„Ja."

„Was ist los, Carola? Köster hat bei seinem Besuch die Woche angedeutet, dir ginge es nicht gut." Sie blickte ihre Kollegin kritisch an. „Raus mit der Sprache!"

„Ich hab Scheiße gebaut." Sie brach augenblicklich in Tränen aus.

Lamprecht streckte den Arm nach Mauser aus. „Hey, Carola. Was ist los?"

Mauser zog die Nase hoch, Tränen rannen ihr übers Gesicht. „Und es tut so weh." Mit dem letzten Wort verbarg sie ihr Gesicht an Lamprechts Schulter und weinte hemmungslos.

14. August, 15:24

Gegen halb vier verabschiedete sich Daniela, nicht ohne zu betonen, dass sie den Tag lieber mit mir verbringen würde. Sie sprach mir aus der Seele, doch es ging nicht anders. Ich musste das Rätsel um die Botschaft des Engelmachers lösen. Wenn es mir nicht gelang, starb wieder eine junge Frau und der Täter tauchte vielleicht für immer unter. Oder so lange, bis der Drang zu töten erneut in ihm erwachte.

Ich schaltete den PC ein und nahm die Suche über Google auf.

Doch wonach sollte ich genau suchen? 680 quo vadis domine, toll. Ich suchte zunächst nach der Zahl, dann grenzte ich die Suchparameter ein, indem ich einzelne Worte aus quo vadis domine hinzunahm und wieder wegließ. Nichts, das Ergebnis entsprach null Komma null.

Nach mehr als einer Stunde brach ich erst einmal ab. Der Abend rückte immer näher. Um kurz nach fünf rief ich Stefan an. „Wie sieht es bei euch aus?"

„Nichts Handfestes. In zwanzig Minuten hat Ressmann eine Krisensitzung einberufen. Du solltest auch kommen. Ich weiß, dass er offiziell dagegen ist, aber ich glaube, Köster kann das regeln."

„Ich werde da sein", sagte ich und legte auf.

Vom Auto aus rief ich Jimmy an. „Ist Daniela bei dir?"

„Ja, ist sie. Sag mal alter Freund, kann es sein, dass sie hier mit einem verklärten Lächeln eingetroffen ist? Läuft da was zwischen euch?"

Eine kurze Pause entstand: „Ja. Wir haben die letzte Nacht miteinander verbracht. Ich hoffe, du bist nicht sauer."

„Nein, wieso denn? Freut mich. Glückwunsch, Mann. Genau so habe ich mir das gedacht, ihr beide zusammen. Warum sollte ich sauer sein? Du hast meine Erwartungen erfüllt", er lachte.

„Deine Erwartungen?", fragte ich irritiert.

„Ja, meine Erwartungen. Ich wusste sofort, dass sie dir gefallen würde. Deswegen habe ich euch zusammengebracht. Du bist mein bester Freund, ich freu mich wirklich."

„Ach, so meinst du das. Ist sie in der Nähe?"

„Nein, sonst könnte ich nicht so offen reden. Sie ist für kleine Mädchen."

„Richte ihr einen Gruß aus und sag ihr, dass ich mich auf morgen freue."

„Mach ich."

„Jimmy?"

„Ja?"

„Pass gut auf sie auf, lass sie nirgends alleine hingehen. Der Kerl könnte es auf sie abgesehen haben." Ich dachte kurz nach. „Ich liebe sie wirklich. Das war nicht nur für eine Nacht. Da ist mehr, viel mehr."

„Ich werde sie hüten wie meinen Augapfel."

„Danke! Ich hole sie morgen ab, wenn hoffentlich alles vorüber ist."

„Bis morgen."

Ich legte auf. Meine Gedanken drifteten ab, zur vergangenen Nacht.

14. August, 17:45

Polizeirevier Frankfurt, K11, Morddezernat.

Als ich den Raum betrat, wandten sich mir alle Köpfe zu. Während Ressmann mich fixierte, nickte Stefan mir aufmunternd zu, genau wie der Rest der Soko. Köster saß diesmal am Fenster, er rauchte wie üblich seine Pfeife. Ressmann saß hinter dem Schreibtisch des K11-Leiters.

„Hallo Herr Martini. Kommissar Carstens hat mich in Kenntnis gesetzt, dass er Sie zu unserer Krisensitzung eingeladen hat. Herr Köster hat sich für Sie eingesetzt, damit Sie hier teilnehmen dürfen. Trotzdem läuft dies inoffiziell, aber ich bin über jede Hilfe dankbar." Er deutete auf einen leeren Stuhl neben Stefan. „Setzen Sie sich!"

Stefan beugte sich zu mir rüber und flüsterte: „Köster musste ihn nicht so lange bearbeiten, wie ich vermutet hätte."

„Meine Herren, was haben wir?" Ressmanns Frage war an alle gerichtet.

Bergmann meldete sich zu Wort. „Die Worte lassen eine Menge Schlüsse zu. Leider jedoch nichts, was uns in unserem Fall weiterbringen würde. Es gibt keinen Verweis auf einen Platz oder ein Gebäude in und um Frankfurt. Auf Deutsch, wir stehen genauso dumm da wie vorher."

„Das ist nicht viel Marco."

„Ich weiß."

„Martini, sind Sie sicher, dass Sie den Text richtig übersetzt haben?", fragte Ressmann

„Eigentlich schon, aber ich habe die CDs, die zur Entschlüsselung nötig sind, mitgebracht."

Bergmann nahm mir die CDs ab und überprüfte den Lösungstext. Plötzlich sah er auf. „Herr Martini, wie kommen Sie bei der letzten Zahlenkolonne auf domine? Domine sind sechs Buchstaben, die Reihe besteht aber aus sieben Zahlengruppen."

„Das ist richtig. An der vierten Stelle steht nur ein Leerzeichen. Bisher macht das keinen Sinn für mich. Ich habe es deshalb ignoriert."

„Vielleicht keine so gute Idee. Das letzte Wort heißt nicht domine sondern dom ine."

„Oh verdammt!", entfuhr es mir. „Dom ine ... DOM!", sagte ich jetzt lauter. „Er meint einen Dom."

„Nur welchen?"

„In Frankfurt gibt es nur einen."

„Und in Mainz gibt es auch einen, außerdem hat Larusso in Mainz studiert. Er hat eine Verbindung zu der Stadt."

Ich rieb mein Kinn. „Prüfen wir es!"

Ressmann mischte sich ein. „An die Arbeit meine Herren, die Zeit läuft gegen uns!"

14. August, irgendwann an diesem Samstag

„Na, mein kleiner Engel, geht es dir gut?" Er streichelte ihr fast liebevoll über die rosigen Wangen. Das blonde, seidige Haar lag auf ihren Schultern. Die Augen der jungen Frau weiteten sich vor Angst und Entsetzen. „Oh, entschuldige! Du kannst ja nicht antworten. Ich musste dir den Mund zukleben." In seinem Lächeln lag keine Freude. „Weißt du, meine Nachbarn sind sehr lärmempfindlich. Sie mögen es nicht, wenn im Haus zu laut geschrien wird. Leider kann ich dir das Klebeband nicht ersparen. Wir wollen doch keinen schlechten Eindruck hinterlassen."

Seine Hand setzte an der Schläfe an, um von Neuem an der Wange der Frau entlang zu wandern. Ihr verzweifelter Blick gefiel ihm.

So verzweifelt war er damals auch gewesen. Doch seine Mutter hatte es nicht gekümmert, sodass er den Entschluss fasste, sie und seinen Vater zu töten. Sich selbst hatte er symbolisch umgebracht. Josef Larusso und alles, für was er gestanden hatte, waren an diesem Junimittag gestorben. Seine neue Persönlichkeit war zum Leben erwacht.

Alles war für eine lange Zeit bestens gelaufen, denn keine Frau, die ihm etwas bedeutete, hatte seinen Weg gekreuzt. Glück und Zufriedenheit erfüllten sein Leben. Dann, nach über zwanzig Jahren, war ihm erneut das gleiche Schicksal widerfahren. Wieder diese Enttäuschung, die gleiche Enttäuschung wie bei seiner Mutter.

Doch dieses Mal hatte er nicht sofort getötet. Es war nicht diese eine Nacht allein gewesen. Nein, diese abgrundtiefe Enttäuschung. mit der er nie gerechnet hatte, zwang ihn erneut zum Töten und seitdem gab es für ihn kein Halten mehr. Er schlug wieder zu, aber zerstörerischer, grausamer und unbarmherziger als beim ersten Mal.

Heute würde er sein Werk vollenden. „Ja mein Kleines, heute wirst du dein Leben zu meinen Füßen aushauchen. Du gesellst dich zu deinen Artgenossinnen. Wenn ich mit dir fertig bin, kann jeder deine wahre Gestalt erkennen, für immer und ewig."

Sie lag auf seinem Bett. An der Stirnseite des Betts lag ein Läufer. Der Trick erfreute sich keiner Originalität, aber er funktionierte in der Regel. Mit Leichtigkeit hievte er ihren Körper in die Luft und legte ihn auf den Teppich. Reicht gerade so, dachte er, nichts von ihr wird herausgucken. Dann rollte er den echten Perser zusammen.

Fort ist sie! Er frohlockte. Jetzt war es an der Zeit, ein Telefonat zu führen. Fünf Minuten später war es erledigt. Die Vorbereitungen für den Ernstfall getroffen. Er ging zurück ins Schlafzimmer. Als wäre es nur ein Teppich, legte er sich die Rolle über die linke Schulter. An der Wohnungstür schnappte er sich den kleinen Koffer mit seinen Utensilien und verließ die Wohnung.

14. August, 18:22

Die Suche war in vollem Gange. Alle Mitglieder der Soko inklusive Ressmann und Köster saßen vor ihren PCs, um nach dem Dom zu suchen, den der Mistkerl heute Abend als Schauplatz für sein großes Finale ausgesucht hatte.

Das größte Problem stellte die Uhrzeit dar. Keiner wusste, wann er zuschlagen würde. Aus dem Brief ging dies nicht hervor. „Sie können uns auch helfen", hatte Ressmann gesagt, nachdem er die Besprechung beendet hatte. „Da drüben steht ein PC, an dem sitzt niemand, nehmen Sie den." An diesem PC saß ich jetzt und es wurde immer später. Das Gefühl, die Zeit laufe einem weg und man stehe dieser Tatsache machtlos gegenüber, war furchtbar.

Plötzlich sprang Marco Bergmann auf. „Ich hab es! Der Frankfurter Dom entstand im Jahr 680 nach Christi. Zitat ... *gründet er auf Resten einer kleinen merowingischen Kapelle, die vor 680 entstanden sein muss* ... Zitat Ende. Dom und 680, das ist es."

Ressmann blickte kurz auf den Bildschirm von Bergmann, dann gab er knappe präzise Anweisungen. Er bestellte ein SEK zum Dom, dazu die komplette Soko sowie mehrere Beamte der anderen K-Abteilungen. Alle sollten ohne großes Aufsehen zu erregen Stellung beziehen.

Als Letztes kam er zu mir. „Danke Herr Martini, Sie haben uns sehr geholfen, doch hier trennen sich unsere Wege. Ich kann keine Verantwortung für einen Zivilisten übernehmen."

„Moment mal“, protestierte ich. „Ich war von Anfang an mit im Boot und jetzt, da es dem Ende entgegen geht, soll ich außen vor bleiben? Nee, so nicht Herr Ressmann!“

„Was wollen Sie machen?“, fragte er in abgeklärtem Tonfall mit hochgezogenen Augenbrauen. „Wenn Sie uns in die Quere kommen, lasse ich Sie wegen Behinderung einer Polizeiaktion festnehmen. Ist das klar?“

Köster öffnete die Tür seines Büros und winkte uns. „Können Sie beide bitte mal kurz zu mir kommen?“

Wir blickten den K11-Leiter verwirrt an. Ressmann fand als erster seine Sprache wieder. „Wir müssen los, Herr Köster. Und was wollen Sie von Martini?“

„Kommen Sie schon und fragen Sie nicht lang!“ Sin Ton duldete keinen Widerspruch, selbst Ressmann schwieg.

Im Büro angelangt schloss ich die Tür hinter uns. „Was gibt es so Geheimnisvolles, Herr Köster?“

Köster zog an seiner Pfeife, dann fixierten mich seine grauen Augen. „Herr Martini ist bei dem Einsatz dabei, Herr Ressmann.“ Bevor dieser protestieren konnte, brachte Köster ihn mit einer Handbewegung zum Schweigen. „Ich übernehme die Verantwortung dafür. Herr Martini hat entscheidend zur Aufklärung des Falls beigetragen. Davon abgesehen war er der beste Mann, der je für mich gearbeitet hat. Ich will ihn dabei haben. Ja, ich weiß, Sie führen die Ermittlungen, Herr Hauptkommissar. Sie treffen die Entscheidungen. Doch ich glaube, Herr Martini muss mit von der Partie sein.“

„Warum?“, fragten Ressmann und ich wie aus einem Mund.

Köster öffnete eine seiner Schubladen und förderte einen Kassettenrekorder zum Vorschein. „Mir ist erst jetzt eingefallen, dass Herr Martini das entzerrte Tonband noch nicht gehört hat. Seit gestern liegt es in meiner Schublade, nachdem keiner die Stimme erkannt hatte und wir uns alle auf den Brief konzentriert haben. Das war vielleicht ein Fehler.“

„Meinen Sie das Band vom ersten Anruf des Engelmachers?“ Köster nickte. „Warum ein Fehler? Denken Sie, ich erkenne die Stimme?“

„Kommissar Carstens hat heute Morgen das Band noch einmal angehört. Danach machte er eine komische Bemerkung. Aber durch die ganze Hektik habe ich das völlig vergessen. Die Stimme ist nicht sehr deutlich, aber hören Sie bitte selbst. Und sagen Sie mir, was Sie denken.“

Köster drückte die Playtaste. Am Anfang hörte ich statisches Rauschen, dann Michaels Stimme. „Benz.“

Als der Engelmacher zu reden begann, gefror mir das Blut in den Adern.

Mein Gott, was hatte ich nur getan!

14. August, 19:01

Nachdem ich das Band bis zum Ende gehört hatte, bestand für mich kein Zweifel mehr daran, wer sich hinter der Identität des Engelmachers verbarg. Panik stieg in mir auf und ich fragte mich mindestens hundert Mal, wie ich all die Zeichen hatte übersehen können. Als ich meine innere Ruhe wiedergefunden hatte, teilte ich Ressmann und Köster meine Gedanken mit. Ressmann leitete das SEK zur Wohnung des vermeintlichen Engelmachers um.

Wir, das SEK und die verstärkte Soko, trafen eine halbe Stunde später vor dem Haus des Engelmachers ein. Danach ging alles sehr schnell. Ressmann versuchte, per Telefon Kontakt mit dem Verdächtigen zu bekommen, aber keiner nahm den Anruf entgegen. Daraufhin stürmte das SEK die Wohnung. Zehn Minuten später stand fest, der Vogel war ausgeflogen.

Ressmann ließ alle einsteigen und die Kolonne setzte sich, wie ursprünglich geplant, Richtung Dom in Bewegung.

Ich dachte über den Mann nach, der in den letzten Wochen so grausam gemordet hatte. Es wollte nicht in meinen Kopf. Ich konnte nicht akzeptieren, wessen Stimme ich da vorhin gehört hatte. Glauben würde ich es erst, wenn ich ihm Auge in Auge gegenüberstand.

SEK und Soko bezogen unauffällig Stellung am Dom. Alle Straßen der Umgebung wurden abgesperrt. Die Beamten postierten sich in der Bendergasse, Saalgasse, Weckmarkt, Domstraße, Domplatz, Fahrgasse sowie am Zugang zum Römerberg. Um 20.30 Uhr konnte niemand mehr unbemerkt den Dom betreten.

Jetzt saß ich, zusammen mit Stefan und Ressmann, gegenüber dem Haupteingang in einem Antiquitätenladen. Ressmann fragte den Status jeder Straßensperre ab. Alles war ruhig.

Da kam der Besitzer des Antiquitätengeschäfts an das Fenster, hinter dem wir saßen. „Entschuldigen Sie bitte. Ich will jetzt den Laden abschließen."

Ressmann sah den Mann an, er holte Luft und ich glaubte zu spüren, dass er gleich explodieren würde. Doch Stefan legte ihm die Hand auf die Schulter und sagte: „Herr Lutz, lassen Sie den Schlüssel von innen stecken, wir schließen ab, wenn wir gehen."

Lutz blickte Stefan mit aufgerissenen Augen an. „Wie bitte? Das ist mein Laden. Ich glaube nicht ..." Weiter kam er nicht.

Ressmann hielt ihm seinen Ausweis vor die Nase. „Ich bin vom BKA. Was glauben Sie, was ich unternehmen kann, damit Sie uns für diese Observierung Ihren Laden überlassen?" Er atmete tief durch. „Außerdem wollen wir einen Serienmörder fassen, der vier junge Frauen, fünf Polizisten, einen Journalisten, einen Privatdetektiv und eine ältere Dame auf dem Gewissen hat. Aber vielleicht fehlt ihm noch der Besitzer eines Antiquitätengeschäfts in seiner Sammlung."

Herrn Lutz' Gesicht wechselte die Farbe, von leicht rötlich zu kalkweiß. „In Ordnung, schließen Sie einfach ab und werfen Sie den Schlüssel in den Briefkasten." Er räumte unverzüglich und geschlagen das Feld.

Die nächste Stunde passierte nichts. Stefan rauchte bestimmt die fünfzehnte Zigarette, da klingelte mein Handy. Keine Rufnummer. Ich nahm den Ruf entgegen. „Martini."

Eine vertraute Stimme bohrte sich in mein Ohr. Ich wollte mich irren, aber mein Verstand beharrte darauf, dass ich diese Stimme kannte. „Hallo Tom. Mich hättest du hier nicht erwartet, oder?"

„Nein, wirklich nicht. Ist ..." Meine Stimme versagte. „Ist sie bei dir?" Alle Beamten standen um mich herum. Hätte ich es nicht besser gewusst, hätte ich gewettet, dass sie alle den Atem anhielten.

„Ja, sie ist hier. Sie wartet auf dich, genau wie ich. Du sollst dabei sein. Ich möchte, dass wir das Ende zusammen erleben."

„Lass sie in Ruhe, bitte!"

„Das kann ich nicht. Komm rüber zu mir in den Dom. Ich warte auf dich. Ich weiß, dass ihr hier seid, du und deine kleinen Polizistenfreunde. Ich kann euch spüren. Aber komm allein!" Er legte einfach auf.

Ressmann sah mich an. „Ich kann Sie nicht zwingen."

Ich schüttelte energisch den Kopf. „Sparen Sie sich das. Ich muss gehen. Er hat Daniela." In meinen Augen stand wilde Entschlossenheit.

Ressmann nickte. Dann winkte er zwei Techniker heran. „Verkabelt ihn!"

14. August, 21:34

Die Luft strich angenehm kühl über mein Gesicht, aber den Schweiß auf meiner Haut vermochte sie nicht zu trocknen. Meine Nackenhaare standen kerzengerade nach oben und das Gefühl in der Magengrube brachte mich fast um. Ich wollte nicht hier sein. Überall, nur nicht hier.

Ich betrat das Hauptschiff des Doms, die Tür stand unverständlicherweise offen. Meine Schritte hallten in der hohen Konstruktion des Gotteshauses wider. Ich blickte zum Altar und da stand er. Er erwartete mich. Ich schritt langsam, die Zeit bis zu unserem endgültigen Zusammentreffen hinauszögernd. Vielleicht fiel mir noch etwas ein, wie ich die Situation retten konnte. Doch da war nur Leere in meinem Gehirn. Da war nichts mehr, kein guter und auch kein schlechter Gedanke. Ich sah nur Daniela vor mir, obgleich ich sie noch nicht erkennen konnte. Mir wurde kalt und seine gefühllosen, tückischen Augen schienen mich zu durchbohren. Der Schock saß tief. Der Schock darüber, dass Jimmy Lang, mein bester Freund, der Engelmacher war.

Als uns noch drei Meter trennten, zog er eine Automatik aus der Tasche und richtete sie auf mich. „Das ist nah genug."

Meine Augen wanderten zu Daniela. Sie lag auf dem Altar, an Händen und Beinen gefesselt. Sie drehte den Kopf in meine Richtung, und ich sah ihre verweinten Augen. Ich bewegte mich automatisch auf sie zu.

„Na, na, na! Bleib da stehen, nicht weiter!"

Ich blickte ihn an. „Verdammt, lass sie gehen, Jimmy!"

Jimmy blickte mich mitleidslos an. „Sie gehen lassen, warum?" Seine Stimme war fast nicht zu hören, nur ein leises Flüstern. Aber in diesem Moment klang es bedrohlicher als jedes laut gesprochene Wort.

„Weil sie dir nichts getan hat, ebenso wenig wie die anderen. Verdammt, wir sind Freunde oder hast du mir das alles die ganze Zeit nur vorgespielt? Kann man Freundschaft so lange vorheucheln?"

Er bedachte mich mit einem verächtlichen Blick. „Freundschaft?" Er spie mir das Wort entgegen, als würde es ihn anwidern.

„Du warst immer für mich da, wenn ich dich gebraucht habe. Das ist Freundschaft. Oder war das alles nur Show?" Meine Augen begannen zu brennen und wurden feucht. Es stimmte mich traurig und wütend, dass mein bester Freund nur mit mir gespielt hatte. Und das über Jahre.

„Am Anfang nicht. Aber vergiss einfach das Wort Freundschaft, das ist aus und vorbei, Schluss. Aus. Ende!", entgegnete Jimmy.

Seine Worte trafen mich hart. „Warum tust du das, Jimmy? Die vielen Morde, die Frauen, Benz, Mertens ..."

„Mertens!" Mehr als nur Verachtung lag in seiner Stimme. „Trotz all meiner Bemühungen seid ihr über meine alte Identität gestolpert. Ich war leider nicht gründlich genug im Haus des alten Mertens. Der Unwürdige kam mir auf die Schliche. Er war der Schatten, der hinter mir her spionierte, aber erst die Sache mit Daniela brachte mich darauf, was sein Bestreben war. Er wollte mich an der Vollendung meines Werks hindern. Er verfolgte Daniela im Wald, um ihr zu raten, nicht zu mir zu fahren, doch sie ist vor ihm weggelaufen. Dann auf dem Mainfest wollte er wieder mit ihr sprechen. Diesmal hieltest du ihn davon ab, denn er konnte dich, mein lieber Tom, nicht genau einordnen, weil du mit allen Opfern ein sexuelles Verhältnis hattest. Und dann im Pressezentrum der Polizei. Mertens hat nicht dich, sondern mich beobachtet. Er erschien erst nach mir auf der Pressekonferenz."

„Woher weißt du das alles?"

Seine Lippen verzogen sich zu einem bösen Lachen. „Ich hatte viel Zeit, mich mit Mertens zu unterhalten, bevor ich ihn auf den Weg zu seiner Tochter brachte. Zwischen dem Anruf von Mertens und deinem Erscheinen am Goetheturm verging mindestens eine Stunde. Genug Zeit, um Mertens zu läutern, ihm seine Sünden aus dem Gesicht zu schneiden." Ein irrer Glanz trat in seine Augen, als würde er alles vor sich sehen. Er wirkte, als habe er Spaß, Spaß bei der Vorstellung, was er mit Mertens angestellt hatte.

„Du hast ihn gefoltert."

„Ein bisschen", er schien die Erinnerung an Mertens Todeskampf zu genießen. „Er wollte reden. Wollte sich mir mitteilen, beichten. Ich habe ihm dies nur erleichtert."

„Oh Gott, Jimmy! Warum du Benz getötet hast, brauche ich nicht zu fragen." Ich stockte, schlug mir mit der flachen Hand gegen die Stirn. „Ich Idiot! Bevor ich nach Düsseldorf gefahren bin, habe ich dir seinen Schlüssel anvertraut, damit du während meiner Abwesenheit ein Auge auf ihn werfen kannst. Und du besitzt einen Schlüssel zu meiner Wohnung. Daher das Rätsel mit den CDs. Ich hatte dich nie in Verdacht, weder nach Michaels Tod noch nach dem Brief. Dann Frau Schöpf und dass der Täter uns immer einen Schritt voraus war – wir haben so oft telefoniert ..." Nach einer Sekunde der Besinnung dämmerte mir ein weiterer Zusammenhang, den Andrea, ihre Kollegen und ich uns nach Benz' Tod nicht hatten erklären können. „Du kanntest Müller und Meier."

„Richtig!", antwortete er lauernd.

„Deshalb haben wir keine Kampfspuren in dem Überwachungsfahrzeug vor Benz' Wohnung gefunden. Sie vertrauten dir, völlig unvoreingenommen. Trotz all dem hast du nie auf meiner Liste der Verdächtigen gestanden. Wie konnte ich nur?!"

„Ziemlich blind von dir." Er strahlte wieder diese unbeschreibliche Kälte aus wie ein Glas voller Eiswürfel. „Benz war ein Frevler. Er hat lange gelitten. Mir war nie bewusst, dass man einen Menschen so lange bei Bewusstsein halten kann trotz unerträglicher Schmerzen." Der Ausdruck auf seinem Gesicht war unbeschreiblich, satanisch.

Wut stieg in mir auf. Diesen Mensch konnte ich nicht mehr als mir verwandte Seele bezeichnen, wenn er überhaupt ein Mensch war. „Lass Daniela frei! Nimm mich an ihrer Stelle."

„Edel, edel!", höhnte er. „Aber das kann ich nicht. Ich muss meine Aufgabe beenden. Sie ist die Letzte, dann bekommt meine Seele Ruhe. Eigentlich hatte ich eine andere Frau für das Finale vorgesehen." Es schien, als blicke er in die Vergangenheit. Dann fuhr er mit lauter, aggressiver Stimme fort: „Doch dieser Mertens hat es mir zerstört.“ Er schrie die nächsten Worte. „*Dieser Frevler, Blasphemie*!“ Die Worte hallten geraume Zeit in dem großen Mittelschiff des Doms wider, bis sie leise verklangen.

Er ist völlig verrückt geworden, dachte ich. „Jimmy warum all die Morde? Und warum sollte ich dein Sündenbock sein?“

Er ignorierte meine Frage, als habe er sie gar nicht gehört und lachte still vor sich hin. „Ihr habt meine Akte gelesen.“ Ich nickte. „Anscheinend seid ihr nicht so clever, wie ich dachte. Es war die richtige Entscheidung euch einen Knochen hinzuwerfen, indem ich nur meine Bilder aus den Akten entfernte. Trotzdem kamst du nicht auf mich.“ In diesem Moment hätte ich ihm sein Grinsen am liebsten aus dem Gesicht geschnitten. „Ist dir eigentlich nichts aufgefallen bei deinen Nachforschungen?“

„Was meinst du?“

„Die Namen, meine Namen!“

„... ich verstehe nicht?“

„Hör mal zu: Josef Larusso, Jürgen Lichtenstein, Jimmy Lang? Na, klingelt es?“

„Ja! Die Initialen JL.“

„Hat lange gedauert. Ich habe dich für intelligenter gehalten“, ein verächtlicher Zug erschien um seine Mundwinkel. „Weißt du, wie es ist, von einem Menschen, den man über alles liebt, verhöhnt zu werden? Meine Mutter hat mich verhöhnt.“ Er spuckte mir den Satz entgegen, als wäre er etwas Giftiges, was er loswerden musste.

„Und deshalb mussten sie und dein Vater sterben?“

„Es war ihre Schuld. Mit ihr hatte ich die fast beste Nacht meines Lebens. Es gab nur eine, die schöner war. Ich liebte sie, nicht wie ein Sohn, sondern wie ein Mann eine Frau. Sie erwiderte meine Liebe, aber nur ein einziges Mal. Danach peinigte sie ihr schlechtes Gewissen und sie beichtete es meinem Vater. Das war am 9. Juni 1986. Einen Tag später sprach ich mit ihr. Ich flehte sie an, aber sie lachte über mich. Mein Vater wurde feindselig, meine Mutter verhöhnte mich.“

„Deshalb hast du dich ihrer entledigt und deinen eigenen Tod vorgetäuscht? Und Doktor Kaufmann hat die Drecksarbeit für dich erledigt. Erst hat er so einem armen Teufel dein Gebiss verpasst und zum Dank hast du ihn ermordet“, warf ich ein.

Jimmy bedachte mich mit einem nachdenklichen Augenaufschlag. Die Waffe in seiner Hand sank um ein paar Zentimeter gen Boden. „Kaufmann war gut in seinem Job, aber ein Schwein. Weißt du, für wen der gearbeitet hat? Mein Doppelgänger war ein Auserwählter. Nachdem ich ihn das erste Mal getroffen hatte, wusste ich, nur er durfte meinen Platz einnehmen und kein anderer. Er tat es freiwillig. Ich weiß, du glaubst mir nicht, aber so war es. Am 15. Juni war es soweit, mein großer Tag. Aus Josef Larusso wurde Jimmy Lang."

Ich nickte. Für einige Sekunden herrschte fast völlige Ruhe in dem spätgotischen Hauptschiff des Doms, nur unterbrochen von dem schweren Atmen und Wimmern Danielas. „Warum hast du so viele Jahre Ruhe gehalten? So viel Zeit ist seit dem Tod deiner Eltern vergangen. Jetzt fängst du an, Frauen zu töten. Warum?"

„Du warst der Auslöser, Sophie der Anstoß!" Er ließ die Worte einen Moment wirken, bevor er weitersprach. „Kannst du dich an die Zeit erinnern, als du mehr in deinem Auto vor fremden Wohnungen geschlafen hast, als zu Hause bei deiner Freundin? Du hast sie sehr vernachlässigt in dieser Zeit. Es geschah ein paar Wochen, bevor Sophie sich von dir getrennt hat. Du warst, wie so oft, nicht zu Hause. Und ich ging an diesem Abend mit Sophie essen. Nach dem Essen bat sie mich mit in eure Wohnung. Sie beklagte sich bei mir, dass du so selten zu Hause wärst. Wir redeten die halbe Nacht. Spätestens zu diesem Zeitpunkt war mir klar, ich wollte das, was du hattest, was du aber mit Füßen getreten hast. Eine Beziehung mit dieser Frau, die das Ebenbild meiner ersten großen Liebe war. Und dann diese Nacht."

Meine Augen verengten sich zu Schlitzen. „Was meinst du mit *diese Nacht*?"

„Kannst du es dir nicht denken?" Er genoss jede Sekunde in vollen Zügen, bis zu dem Moment, in dem mir dämmerte, was er mir sagen wollte.

„Ihr habt miteinander geschlafen." Die Worte verließen nur zögerlich meine Lippen.

„Ja! Sie hat mit mir geschlafen. Es war das Leidenschaftlichste, was ich je erleben durfte. Es war besser als mit meiner Mutter. Ich war in diesem Moment ein ganzer Mann. Aber ich war für sie nur Mittel zum Zweck. Sie suchte einen Grund, um vor sich selbst eine Trennung von dir zu rechtfertigen. Denn nach eurer Trennung war ich Luft für sie, diese kleine Schlampe. Ich hatte keine Chance bei ihr. Aber der Auslöser für meine Taten warst du!" Ich blickte ihn fragend an. „Kannst du dich an den Abend in der Bar erinnern, als wir Sara Mertens kennenlernten?" Ich nickte. „Sie war für mich bestimmt, *nicht für dich!*" Er fuhr sich mit der Hand über das Gesicht. Es erschien mir wie ein Kampf mit bösen Geistern. Er wirkte verzweifelt, verstört und völlig verrückt. „Nach diesem Abend, *dieser weiteren Enttäuschung*, erst Sophie, dann du, da offenbarte sich mir mein Weg, eine höhere Aufgabe abseits aller Trivialität. Da Ihr euch beide gegen mich verbündet hattet, musste ich euch aus dem Weg räumen. Du solltest hinter Gittern sitzen und Sophie *sollte jetzt hier liegen!*" Er schrie die letzten Worte voller Hass. Sein Blick glitt in weite Ferne. Die Waffe sank noch ein paar Zentimeter in Richtung des Marmorbodens. „Ich musste mich von diesen Frauen befreien, sie für immer von der Erde verbannen und du musstest sie testen, du mein Werkzeug. Eines war von Anfang an klar, Sophie sollte zum Schluss sterben, hier, einer der Menschen, die mich am meisten enttäuscht hatten. Aber nachdem Mertens Daniela gerettet hatte, musste ich einen anderen Engel zum Himmel schicken. Dadurch sind die Hauptdarsteller des Finales jetzt Tom und Daniela. Das ist fast noch besser als meine ursprüngliche Vision." Er breitete die Arme aus wie ein Showmaster, der dem Publikum den Gewinner des Abends präsentierte. Die Waffe hielt er jetzt locker in meine Richtung, unkonzentriert, mehr auf seinen Monolog fixiert.

„Jetzt wird mir einiges klar. Der Test bestand in den Nächten mit mir. Wenn sie sich auf mich eingelassen haben, mussten sie sterben. Sie passten in dein Klischee. Als netten Nebeneffekt hast du der Polizei einen Verdächtigen geliefert."

„Ganz genau. Aber die Frauen erfüllten kein Klischee. Du hast ihre wahre Natur zutage gefördert. Das Böse in ihnen."

„Scheiße, das Böse? Daniela ist nicht böse! Außerdem, warum wolltest du Daniela töten? Sie hatte zum damaligen Zeitpunkt nicht mit mir geschlafen."

„Es war mir von Anfang an klar, dass Daniela mit dir schlafen würde. Das wusste ich nach eurer ersten Begegnung in meiner Wohnung. Ich sah es in euer beider Augen. Also konnte ich sie auch vorher töten."

Ich versuchte seine Hochstimmung, in die er sich ereifert hatte, auszunutzen. „Kannst du dich an den Abend im Chicagos erinnern? Als wir Daniela von unserem Kennenlernen erzählten, die Nacht in der Disco? Weißt du, was du damals zum Thema Waffen gesagt hast?" Jimmy schüttelte den Kopf. „Du sagtest, du kannst es nicht leiden, wenn man Unbewaffnete mit einer Waffe bedroht. Was ist mit dieser Einstellung passiert?"

„Soll ich darauf jetzt anspringen? Glaubst du das Gewäsch interessiert mich noch? Das ist mir scheiß egal!"

„Warum eigentlich die Schlangen in den Mündern der Frauen und die Engelsflügel? Das versteh ich überhaupt nicht!"

Er sah mich verwirrt an: „Das verstehst du nicht? Wirklich nicht?" Er wirkte wahrhaft überrascht. „Du kennst doch das Lied *Keine ist*. Es war meine Offenbarung und ein Wegweiser."

„Was hat dieses Lied ...?" Mit einem Mal wurde alles klar, die Engelsflügel, die abgeschnittenen Zungen, die Schlangen in den Mündern, alles. „*Ich bin gefangen von Tönen, die schön klangen, doch die Engel, die sie sangen, verwandelten sich in Schlangen.* Diese Zeilen waren dein Antrieb, der Grund für die Art der Morde? Dieses Lied?" Ich konnte es nicht glauben.

„Ja, Sophie ließ es in der einen Nacht immer und immer wieder laufen. Wir liebten uns zu der Musik. Aber als es vorbei war, empfand ich es als Qual. Immer wenn ich es hörte, krampfte sich mein Inneres zusammen, so sehr, dass ich mich fast übergeben musste. Doch dann wurde es zu einer Offenbarung, ein flammendes Schwert, geformt aus Worten. Ich verstand den tieferen Sinn. Diese Engel, die blonden Frauen sangen mir Lieder, Lieder von Glück, Liebe und Leidenschaft. Aber nach nur einer Nacht verwandelten sich die Melodien, die sie sangen, in Schlangen. Schlangen, die ihre giftigen Fangzähne in mein Herz schlugen und alles in mir töteten, alles wofür es sich zu leben lohnte." Für ein paar Sekunden verschwanden Wut und Hass aus seinem Blick. Als sich sein Mund jetzt öffnete, entließ er weichere, sanftere Worte. Worte, die ich von früher kannte, leise, so dass ich sie fast nicht verstand: „Sie töteten alles. Verstehst du nun, warum ich so handeln musste?" Seine Augen schienen mich um Verzeihung zu bitten. Ich fühlte mich wieder mit ihm verbunden, wie mit dem Freund, den ich damals kennengelernt hatte. Ich empfand Mitleid für ihn, doch dann blickte ich in die Augen von Daniela. Ihr Blick riss mich zurück in die Gegenwart, zurück zu der drohenden Gefahr für die Frau, die ich liebte. Dieser Liebe wurde ich mir jetzt erst richtig bewusst. Ich musste Jimmy davon überzeugen, die Waffe fallenzulassen.

„Jimmy, gib mir bitte die Waffe. Ich werde dir den besten Anwalt der Stadt besorgen, das verspreche ich dir." Meine linke Hand streckte sich ihm entgegen, dabei bewegte ich mich zwei Schritte auf ihn zu.

Die Automatik schnellte mit einem Mal wieder in die Höhe. Diesmal zielte sie direkt auf meinen Kopf. „Versuch nicht, mich zu überrumpeln, das schaffst du nicht! Ich bin kein Trottel. Bleib da stehen! Du sollst mit ansehen, wie sie stirbt."

Ein erstickter Schrei drang unter dem Knebel hervor. Daniela gingen die Nerven durch. Jimmy blickte zu ihr. „Ja, wimmer nur, das hilft dir auch nichts mehr."

Diese Unaufmerksamkeit nutzte ich. Meine ausgestreckte Hand schnellte nach vorne und ergriff die Waffe. Dabei duckte ich mich, um aus der Schusslinie zu gelangen. Ich riss seine Hand nach oben, als sich ein Schuss löste. Die verirrte Kugel traf die Decke des Doms.

Jimmy fuhr herum und schlug mit der linken Faust in Richtung meines Gesichts. Ich wich ihm aus, kam dabei ins Schwanken und fiel. Zusammen mit der Waffe, die ich mit meiner Hand noch umklammerte, riss ich Jimmy mit zu Boden.

Ich wurde von mehr als zwei Zentnern Masse begraben.

14. August, 22:05

„Versuch nicht, mich zu überrumpeln, das schaffst du nicht! Ich bin kein Trottel. Bleib da stehen. Du sollst mit ansehen wie sie stirbt", ein Wimmern war zu hören. „Ja, wimmer nur, das hilft dir auch nichts mehr." Dann krachte ein Schuss.

Ressmann und seine Kollegen hatten genug gehört. Er blickte Carstens an. „Es reicht!" Er griff nach dem Funkgerät. „Achtung, Zugriff! Ich wiederhole, Zugriff!"

14. August, 22:10

Aus allen Richtungen hallten Schritte. Durch sämtliche Eingänge drängten Männer des SEK in das Hauptschiff des Doms. Jimmy lag nicht mehr auf mir, wir rangen miteinander. Mehr als einmal drückte ich die Pistole zurück, um ihn nicht in Schussposition gelangen zu lassen.

Ressmann und Carstens folgten dem SEK. Carstens rannte, ohne auf irgendjemanden zu achten, direkt zum Altar. Er zog ein Messer aus der Tasche und durchschnitt die Fesseln von Daniela Birkhus. Die Krankenschwester ließ sich von dem steinernen Altar gleiten, direkt in die Arme des Kommissars.

Carstens musste kräftig zulangen, da der jungen Frau die Beine wegsackten.

Daniela Birkhus ging einen Schritt auf die beiden Männer zu. Carstens hielt sie zurück. „Das ist zu gefährlich, bleiben Sie hier Frau Birkhus."

Ihr Körper straffte sich und sie drängte vorwärts. Carstens versuchte erneut, sie zurückzuhalten. „Hört auf! Hört endlich auf!", schrie Birkhus so laut sie konnte.

Nach diesen Worten breitete sich Stille in der großen Kirche aus. Alle verstummten. Die beiden ringenden Männer stellten die einzige Geräuschkulisse dar.

Ressmann sprach mit dem SEK-Leiter. „Können Sie diesem Lang keinen Fangschuss verpassen?“

„Wenn ich das befehle, haben wir zwei Tote. Die beiden bewegen sich zu schnell und befinden sich zu nah beieinander.“

In diesem Moment löste sich ein Schuss und gleich darauf ein zweiter.

14. August, 22:15

Die folgenden Ereignisse geschahen alle gleichzeitig. Carstens sah, dass sich weder Lang noch Martini bewegte. Im gleichen Moment sackte Birkhus in seinen Armen ein zweites Mal zusammen. Da er nicht damit gerechnet hatte, entglitt sie seinen Händen und landete auf dem Marmorfußboden.

Carstens bückte sich zu ihr hinab, und ihm fiel der schnell wachsende Blutfleck auf ihrer weißen Bluse auf.

Ressmann näherte sich mit vorgehaltener Waffe den beiden Männern am Boden. Die Pistole lag herrenlos neben Lang. Ressmann kickte sie mit dem Fuß zwischen eine der Sitzreihen. Er beugte sich hinunter und rüttelte Martini an der Schulter.

Ich schlug die Augen auf. „Ressmann?“

„Sind Sie verletzt?“

„Nein, aber was ist mit Jimmy?“ Plötzlich fiel mir das viele Blut auf und dann sah ich es. In Jimmys Kinn klaffte ein kleines Loch, nur unwesentlich größer als eine Pistolenkugel. Beim weiteren Begutachten der Wunde bemerkte ich, dass es auch eine Austrittsöffnung gab. Jimmys Wange direkt vor dem linken Ohr war völlig zerfetzt. Blutverschmierte Zähne und Knochen lugten rings um das Loch aus seiner Wange heraus. Das Projektil schien schräg auf sein Kinn aufgetroffen zu sein und war durch die Wange ausgetreten. Dann hörte ich das leise Stöhnen. Jimmy lebte noch. Ressmann schüttelte mich wieder an der Schulter: „Meine Leute kümmern sich um ihn, Ihre Arbeit ist getan. Hoch mit Ihnen. Ich glaube, Sie sollten schleunigst zu Stefan gehen.“ Sein Gesicht wirkte ernst.

Ich erspähte Stefan. Er kniete am Boden neben Daniela.

14. August, 22:20

„Ich rufe einen Arzt.“ Stefan erhob sich blitzartig und entfernte sich ein paar Schritte.

Ich kniete neben Daniela, ihren Kopf in meinem Schoss. Eine Kugel hatte sie getroffen, Bauchschuss. Ich wusste, sie würde sterben, wenn sich nicht umgehend ein Arzt um sie kümmerte. Die Blutlache breitete sich langsam auf dem Boden aus. Der rote Lebenssaft wirkte, als wolle er vor dem sterbenden Leib flüchten.

Daniela blickte mich aus matten Augen an. Ihre Lippen waren blutleer und zitterten leicht. Mit ihrer linken Hand umklammerte sie die meine. Gelegentlich presste sie meine Finger zusammen, wahrscheinlich wenn sie eine Welle des Schmerzes durchlief.

„Tom“, ihre Stimme klang brüchig. Ich beugte mich zu ihr hinunter. „Tom ... es ... es tut so weh. Es tut so weh ... so weh.“

Hoffentlich steckte die Kugel nicht in der Lunge, dadurch schrumpfte ihre Lebenserwartung rapide. „Der Arzt ist gleich da.“

Sie hustete, erste Blutstropfen färbten ihre Lippen. „Ich ... Ich glaube ... der Arzt kommt zu spät. Ich ... bin ... Krankenschwester, ich ... habe in der Notaufnahme gearbeitet, ich ... weiß wie ein ... Lungenschuss aussieht.“ Sie hustete wieder. „Vergiss ... mich ... bitte ... nicht, ... versprich mir ... das.“

Ich biss mir auf die Unterlippe, bis es wehtat. „Ich werde dich nie vergessen, weil du bei mir sein wirst.“ Meine Stimme versagte mir den Dienst.

„Du ... bist ... so ... lieb ... Aber ich ... werde nicht ... bei dir ... sein. Außer ... in deinen Gedanken“, ein Hustenanfall schüttelte sie, Tränen liefen über ihre Wangen. Sie wollte reden, doch es kam noch mehr Blut aus ihrem Mund.

„Daniela, Daniela“, schrie ich voller Panik. Ich hielt sie fest. Krämpfe schüttelten sie. Husten, Blut. Ihre Augen rollten in den Höhlen, Blut quoll aus ihrer Nase. Sie drückte meine Hand so fest, dass ich sie fast weggezogen hätte. Dann, plötzlich, erschlaffte ihr Körper. Ihre Augen sahen mich blicklos an, ihr Fokus schien in die Unendlichkeit gerichtet. Ich drückte Danielas leblosen Körper an meine Brust und begann langsam vor und zurück zu wippen. Tränen brannten in meinen Augen und bahnten sich ihren Weg. Ich weinte hemmungslos, ohne auf die um mich stehenden Beamten zu achten.

Warum sie?

14. August, 23:00

Kühle Luft strich durch die Häuserschluchten und vertrieb die Hitze der letzten Tage und Wochen. Ich blickte zur Spitze des Doms hinauf, die verhüllt unter einer Bauplane lag.

Der Wind trocknete die Tränen in meinem Gesicht, den Schmerz aus meinem Herzen konnte er nicht mit sich hinfort tragen. Daniela, die erste Frau seit der Trennung von Sophie, für die ich wirkliche Gefühle entwickelt hatte, lag tot vor dem Altar des Frankfurter Doms. Was für eine Ironie. Vielleicht hätte ich sie irgendwann vor den Altar einer Kirche geführt? Wer weiß?

Die Notärzte trugen ihre Leiche an mir vorbei. Sie sicherten die Bahre auf den Schienen des Rettungswagens. Dann schlossen sie die Türen und fuhren langsam davon.

Warum sie?

Eine zweite Bahre folgte, Jimmy lag auf ihr.

Er lebte! Warum er?

Wut flammte in mir auf. Warum hatte er überlebt und nicht Daniela? Das war nicht gerecht. Wieder brannten meine Augen, weil sich Tränen in ihnen sammelten. Diesmal nicht aus Trauer, sondern aus grenzenlosem Hass. Ich trat an die Liege, die auf den Schienen des zweiten Rettungswagens lag, um hinein geschoben zu werden. Ich gebot den beiden Sanitätern mit einer herrischen Handbewegung Einhalt. Im Moment war mir alles egal. „Wir müssen sofort los, er hat eine Menge Blut verloren", protestierte einer der beiden und versuchte mich mit enormer Kraft wegzuschieben, aber ich blieb beharrlich stehen.

„Nur eine Sekunde!" Mein Ton duldete keinen Widerspruch. Aus dem Augenwinkel sah ich, dass der zweite Sanitäter Blickkontakt mit einem der uniformierten Beamten aufnahm. Dieser setzte sich sogleich in Bewegung. An Jimmy gewandt sagte ich: „Ich hoffe, du wirst das nicht überleben. Wenn doch, komm mir niemals wieder unter die Augen. Ansonsten garantiere ich für nichts. Merk dir das gut!"

Der Beamte legte seine Hand auf meine Schulter, es war Elmie. „Komm Tom, es ist gut. Der ist gezeichnet fürs Leben, sollte er es überleben."

In dem Moment hob Jimmy die Hand und winkte mir zu. Er sagte etwas, aber ich verstand es nicht. Er winkte wieder, und ich beugte mich zu ihm hinab, aber es reichte nicht. Ich hielt mein Ohr direkt über seinen Mund. Erst war es nur ein Gurgeln, dann hörte ich: „Wir sehen uns wieder, das ist nicht das Ende." Mit dem letzten Wort spuckte er mir einen seiner losen blutigen Zähne ins Gesicht. Er blieb an meiner Wange kleben, um gleich darauf auf den Boden zu fallen. Bevor ich angemessen reagieren konnte, zog Elmie mich von der Trage weg. Die Sanitäter schoben Jimmy eilig in den Wagen und fuhren mit Blaulicht und überhöhter Geschwindigkeit davon. Elmie sah mich an: „Kann ich dich loslassen?“

Ich nickte. „Ja.“

Er klopfte mir beruhigend auf die Schulter. Dann ging ich ein paar Schritte weg von ihm, um mein Gefühlschaos unter Kontrolle zu bekommen.

Ich vergrub die Hände tief in den Taschen meiner Jeans, da legte sich wieder eine Hand auf meine Schulter. Stefan trat aus dem Schatten des Kirchenportals, seine Augen spiegelten Mitgefühl und Besorgnis.

„Kann ich was für dich tun? Irgendwas, ganz egal. Wir könnten uns auch einfach sinnlos betrinken, wenn du willst.“ Er vorzog seinen Mund und unter normalen Umständen hätte ich den Versuch eines Grinsens dahinter vermutet.

„Du hast bestimmt alle Hände voll zu tun. Lass gut sein! Ein anderes Mal.“

„Habe ich nicht. Ressmann hat mich geschickt. Er klärt alles. Im Moment holt er sich eine Zigarre bei seinem Chef ab. Er sagte, ich soll mich um dich kümmern. Allerdings hätte ich das auch ohne seine Anweisung gemacht.“ Er drückte meinen Oberarm. „Ich bin für dich da, egal wann. Wenn du jemanden zum Reden brauchst.“

„Danke, wirklich nett von dir. Ressmann scheint nicht so ein Idiot zu sein, wie du dachtest.“ Stefan nickte nur. „Ich muss mal telefonieren, danach nehme ich dein Angebot mit dem Volllaufen lassen doch an.“

Ich zog mein Handy aus der Tasche und wählte. Kurz darauf meldete sich eine vertraute Stimme. „Hallo Mom, ich hab den Mörder von Katja.“

Schweigen. „Wer?“

Meine Antwort würde ihr nicht gefallen. „Jimmy.“

„Wie bitte?“

„Ja.“

„Das glaub ich nicht.“ Sie schluckte schwer. „Oh Gott, Junge! Wie geht‘s dir?“ Sie klang besorgt.

Meine Lippen begannen leicht zu zittern. „Weißt du, wie es sich anfühlt, wenn man in einer Nacht den besten Freund und die Frau, die man liebt, verliert?“

„Nein Tom, das kann ich mir nicht vorstellen ... Kommst du klar?“

„Geht schon.“ Ich musste tief durchatmen um die Tränen, die in meinen Augen brannten, zu unterdrücken. „Ich komme die Tage bei dir vorbei und erzähl dir die ganze Geschichte.“ Ich zog die Nase leise hoch.

„Na gut. Aber melde dich zwischendurch mal, einfach nur anrufen. Ich will wissen, wie es dir geht.“

„Mach ich, versprochen, ciao Mom!“ Ich klickte das Gespräch weg. Dann wischte ich mir zum x-ten Mal die Augen trocken und stellte mich zu Stefan. „Können wir das mit dem Saufen eine Stunde verschieben? Ich müsste mal frische Klamotten anziehen.“ Ich deutete auf die zahlreichen Blutflecke. Das Blut meines besten Freundes und meiner toten Freundin.

„Kein Problem. Ich hol dich in einer Stunde zu Hause ab, einverstanden?“

„Okay.“

„Kannst du überhaupt fahren, nach all dem?“

Ich nickte und trottete langsam zu meinem Auto. Mir fehlte jeder Elan. Bevor ich den Motor anließ, suchte ich eine bestimmte CD. Ich durchsuchte den Stapel im Handschuhfach.

Als Kevin, der Sänger der Böhsen Onkelz loslegte, fuhr ich bereits auf der Berliner Straße und sang lauthals mit.

wir waren mehr als Freunde
wir warn wie Brüder

Bilder von früher zogen an mir vorbei, Jimmy und ich. Irgendwie verstand ich das alles immer noch nicht und es würde bestimmt Wochen, wenn nicht Monate, dauern, bis ich alles in seiner ganzen Tragweite kapiert hatte.

nur die Besten sterben jung
nur die Besten sterben jung

Ja, Daniela starb viel zu jung. Tränen rannen wieder über meine Wangen.

die Zeit heilt Wunden
doch vergessen kann ich nicht
die Zeit heilt Wunden
doch ich denke oft an dich

Daniela ... Würde ich je darüber hinweg kommen?

ganz egal wo du auch bist
du weißt so gut wie ich
irgendwann sehn wir uns wieder ...

Epilog

Ein paar Wochen später im September 2010

Der Fall Engelmacher lag bei den Akten. Die Bilanz war niederschmetternd.

Fünf junge, unschuldige Frauen grausam getötet, fünf Polizisten ermordet, ein Journalist grausam zu Tode gefoltert, ein Detektiv ebenfalls zu Tode gefoltert, eine alte Dame erdrosselt und nicht zu vergessen Rühler, der Archivar der Polizei. Bei der Obduktion des alten Mannes hatte Berger eine Überdosis Atropin in dessen Blut gefunden. Atropin beschleunigt den Herzschlag. Rühlers Kreislauf hatte der Überbeanspruchung nicht standgehalten, so fiel er in eine schwere Ohnmacht, aus der er nicht mehr erwachte. Auch er zählte zu den Opfern des Engelmachers.

Die Kommissare Andrea Lamprecht, die ihren Dienst wieder aufnahm, nachdem sie vollständig genesen war, Stefan Carstens, Marco Bergmann und Till Ressmann saßen in der Pizzeria Roma. Sie warteten auf Thomas Martini, der, nach stundenlangem Zureden, heute das erste Mal, seit Daniela Birkhus' Beerdigung, wieder seine Wohnung verließ.

In den letzten Wochen sprach Martini ständig mit Carstens. Meistens lief es so, dass Carstens mit einem Kasten Bier und härteren Drogen, Wodka, bei ihm auftauchte und am nächsten Morgen ziemlich verkatert im Präsidium erschien.

Trotz der unschönen Begleitumstände entwickelte sich eine Freundschaft zwischen den beiden Männern.

„Hey ihr zwei!" Carstens blickte böse zu seiner Kollegin und Ressmann hinüber. „Hört mal auf, euch andauernd in den Kopf zu beißen", die beiden lachten und ließen voneinander ab.

„Dafür begleichst du heute deine Wettschulden, Stefan", gab Lamprecht zurück.

„Welche Wettschulden meinst ... oh, ja klar! Die meinst du. Wir hatten gewettet, ob Tom schuldig ist oder nicht und ich hab verloren." Carstens Stirn zog Furchen: „Um was hatten wir gewettet? Ich kann mich nicht recht entsinnen."

„Klar kannst du das", antwortete die Kommissarin. „Du wolltest Tom und mich zum Essen einladen. Dazu hast du heute die beste Gelegenheit."

„Okay, gebongt." Carstens nickte zustimmend. „Aber dafür hört ihr beiden auf, die ganze Zeit rumzuknutschen, zumindest solange Tom dabei ist. Abgemacht?“ Lamprecht schlug mit der flachen Hand kurz in die von Carstens, als Bestätigung für ihr Abkommen.

Ressmann hatte Lamprecht vor drei Wochen aus dem Krankenhaus abgeholt, wie er es ihr versprochen hatte. Danach trafen sich die beiden Kommissare vier Mal, dann waren sie ein Paar. Diese Beziehung der Kommissarin schien auf stabileren Beinen zu stehen als die letzten, die alle an ihrem Beruf gescheitert waren.

Die Tür der Pizzeria schwang auf und ein Mann mit zotteligen schwarzen Haaren und dichtem Bartwuchs kam schweren Schrittes die drei Stufen in den Gastraum hinauf, ein geschlagener Mann.

Martini.

Da saßen sie, meine vier Nemesise – gab es überhaupt eine Mehrzahl dieses Worts?

Sie waren mir so lange auf den Geist gegangen, bis ich endlich einwilligte, mit ihnen Essen zu gehen. Bereits kurz nachdem ich die Tür meines Refugiums hinter mir geschlossen hatte, merkte ich, dass es mir gut tat, mal wieder auf die Straße zu gehen und etwas anderes zu sehen als die kahlen Wände meiner Wohnung.

„Hallo ihr vier“, begrüßte ich die anderen. Alle gaben mir nacheinander die Hand. Ich freute mich, dass keiner mich mitleidig ansah. Ich fixierte als erstes Andrea. Sie wirkte glücklich und zufrieden wie seit Ewigkeiten nicht mehr. „Dir scheint es richtig gut zu gehen?“

„Sehr gut“, antwortete sie mit einem Seitenblick auf Ressmann.

„Wie macht ihr beide das eigentlich? Du in Frankfurt, Herr Ressmann in Wiesbaden.“

Ressmann antwortete an Andreas Stelle. „Erstmal, wie wäre es, wenn wir den Herrn Ressmann weglassen? Ich bin der Till.“ Er streckte mir die Hand entgegen.

„Klar, gerne.“ Ich ergriff die mir gebotene Hand.

„Zu deiner Frage, ich bin seit dem ersten September bei der Frankfurter Mordkommission. Da ist eine Stelle frei geworden.“

„Eine Stelle frei geworden?“

„Ja.“ Andrea übernahm wieder das Reden. „Carola Mauser ist zum Streifendienst verdonnert worden.“

„Warum?“

„Sie war die undichte Stelle in der Abteilung. Benz und sie pflegten näheren Kontakt und das wusste keiner von uns. Als ich im Krankenhaus lag, kam sie zu mir und schüttete ihr Herz aus. Benz erhielt abends im Bett von ihr die neusten Informationen. So kam der Engelmacher zu seinem Namen, weil Carola geplaudert hat.“

„Sie wurde nicht gefeuert?"

„Köster hat sich für sie eingesetzt. Sie fährt jetzt Streife auf dem Neunten."

Till küsste Andrea auf die Wange und fuhr fort. „Da meine Karriere beim BKA mit dem Engelmacher zusammen ein Ende gefunden hat, habe ich mich kurzerhand nach Frankfurt versetzen lassen. Mein Ex-Chef von Willburger und mein neuer Chef Köster sprachen mit den richtigen Stellen und jetzt arbeite ich beim K11."

„Freut mich für euch. Ehrlich. Dann habe ich nur noch einen Freund bei einer Bundesbehörde, Dorian Singer. Ach ja, Stefan, Dorian will in zwei Wochen nach Frankfurt kommen, allerdings ohne Cornelia. Wollen wir zu dritt einen drauf machen oder brauchst du mal Pause?"

Der Kommissar griff sich an die Stirn. „So viel Kopfweh wie in den letzten drei Wochen hatte ich mein ganzes Leben noch nicht, aber einen Abend mit Singer und dir lasse ich mir nicht entgehen." Er zögerte kurz, sah die anderen drei an, bevor er weitersprach: „Andrea hat gesagt, dass du fast nie trinkst. Die letzten drei Wochen stehen in krassem Gegensatz zu dieser Behauptung. Wie wäre es mit kürzertreten? Denn nicht nur ich mach mir deshalb Sorgen um dich."

„Ich glaube, die Ereignisse vor drei Wochen haben mich aus der Bahn geworfen. Mir ist das selbst schon aufgefallen." Mir saß ein Kloß im Hals. „Ich weiß eure Fürsorge zu schätzen, und ich werde wieder kürzertreten, aber erst in ein paar Wochen. Sagen wir nach Dorians Besuch. Abgemacht?" Stefan gab mir die Hand darauf. Ich hoffte, dass ich mich daran halten konnte.

Danach herrschte Schweigen. Marco Bergmann durchbrach es als erster. „Ich finde, wir sollten uns jetzt auch duzen."

Ich nickte. „Gerne."

„Ich habe eine gute Nachricht für dich."

„Die wäre?"

„Ich habe mit der Familie gesprochen, der du den Mondeo geklaut hast."

„Oh! Daran habe ich fast nicht mehr gedacht. Und?"

„Sie verzichten auf eine Anzeige."

„Puh, danke Marco."

„Dank mir nicht zu früh! Herr Meier, so heißt der Halter des Mondeo, hat mir die Rechnung für die Reparatur mitgegeben. Du möchtest sie bitte begleichen."

„Klar, mach ich. Zeig her!" Bei dem Betrag wurde mir leicht schummerig vor Augen. „Ups!"

„Vergiss es bitte nicht!"

„Nein, mach ich nicht."

Dann druckste Marco etwas herum. „Ich weiß nicht, ob es dich interessiert, wo Jimmy sein Versteck hatte?"

Alle blickten Marco vorwurfsvoll an, bis ich die Hand hob: „Ist okay. Ich habe mich an den Gedanken gewöhnt, dass mein ehemals bester Freund ein Serienkiller ist."

„Wir haben in seiner Wohnung einen Mietvertrag für eine Wohnung in Fechenheim gefunden. Das heißt, es handelt sich um eine alte Metzgerei, die schon lange keine mehr ist. Jimmy hatte die ehemaligen Geschäftsräume gemietet. In einem der Keller, einer umgebauten Kühlkammer, fanden wir seine Utensilien für die Morde sowie die Zungen der Opfer und die Schlangen. Und da ist noch etwas." Marco zögerte kurz, als wäre er sich nicht sicher, ob er den nächsten Satz aussprechen sollte oder nicht: „Jimmy ist gestorben, wusstest du das?"

„Nein und es wäre eine Lüge, würde ich sagen, es tut mir leid. Wann ist es denn passiert?"

Marco blickte Stefan irritiert an. „Hast du ihm nichts erzählt? Ihr habt die letzten drei Wochen praktisch zusammen gewohnt."

Stefan winkte ab: „Na ja, es ergab sich nie die Gelegenheit." Er blickte mich entschuldigend an.

„Nicht schlimm", winkte ich ab. „War nicht wirklich wichtig, hätte nur gerne einen Mühlstein in sein Grab geworfen, um seinen Leichnam zu zermalmen. Als Symbol für den Tod, den er nicht durch meine Hand gefunden hat."

„Es gab nicht viel zum Begraben", erwiderte Marco.

„Wie meinst du das?"

„Auf dem Weg zur Uniklinik wurde der Krankenwagen in einen schweren Verkehrsunfall verwickelt. Ein LKW-Fahrer hatte das Martinshorn überhört und fuhr an der Stresemann-Allee über die grüne Ampel. Der Krankenwagen fing Feuer. Es waren sofort Helfer da, es gab ein riesen Durcheinander, aber Jimmy konnte nicht gerettet werden. Er ist auf der Liege verbrannt." Nach dieser Eröffnung breitete sich Schweigen aus.

„Beim ersten Mal hat er es vorgetäuscht, jetzt ist er wirklich verbrannt. Ob das Vorsehung war?" Keiner der Anwesenden kommentierte meinen letzten Satz.

Till sah mich prüfend an. „Alles in Ordnung?"

„Klar!" Ich blickte in die Runde. „Ich bin froh, Freunde wie euch zu haben." Stefan legte mir den Arm um die Schulter und überlegt laut, was wir zusammen mit Dorian unternehmen sollten. Ich versuchte, aufmerksam zuzuhören, doch mein Kopf beschäftigte sich mit Dingen, die mich seit dem Abend im Dom umtrieben. Einer dieser bösen Geister war Jimmy, der mir immer wieder in meinen Träumen begegnete. Und in diesem Moment entschloss ich mich, ihn nie wieder Jimmy zu nennen. Ab jetzt war er Josef Larusso, der Mörder der Frau, die ich geliebt hatte. Das Monster unter meinem Bett, welches es zu vertreiben galt.

Irgendwo, außerhalb von Frankfurt

Der Raum war kahl, unpersönlich und roch nach Desinfektionsmittel. Jedes Geräusch hallte dumpf von den nackten Steinwänden und dem Fußboden wider, bis es leise verklang. An der steinernen Decke hingen Leuchtstofflampen, die kaltes Licht verbreiteten. Sie erhellten eine Szenerie, die in dieser Umgebung völlig deplatziert wirkte. Drei Personen mit weißen Kitteln und Mundschutz standen um eine Bahre herum, auf der bewusstlos ein farbiger Mann mit entstelltem Gesicht lag. In einer der Ecken piepste ein Gerät mit gleichbleibendem Rhythmus. Der Raum erweckte beim normalen Betrachter den Eindruck eines OPs, doch in Wirklichkeit war es eine alte Fabrikhalle, für die sich seit Jahren kein Mensch mehr interessierte. Nicht einmal Penner kamen hierher, um ihr Nachtlager aufzuschlagen. Einer der Männer, er wirkte wie der Anführer der drei, beobachtete die anderen zwei, die sorgfältig die vierte Person auf der Bahre versorgten. Gelegentlich assistierte er den beiden, die wie Ärzte wirkten und agierten.

Als die Versorgung des Verletzten abgeschlossen war, verbanden sie den Farbigen und blickten sich zufrieden um. Der Anführer gab den beiden ein Zeichen, woraufhin diese den Raum verließen. Der Zurückgebliebene bückte sich hinunter zum Ohr des Verletzten und flüsterte: „Ich weiß nicht, ob Ihr mich hören könnt, Meister, aber Ihr werdet wieder gesund. Nicht heute, nicht morgen, aber wenn es soweit ist, ist die Rache unser." Ein diabolisches Grinsen umspielte seine Lippen, und er wisperte leise und bedrohlich ein Wort: „Martini!"

Danksagung:

Danke Corinna, dass du das Manuskript immer und immer wieder gelesen und auf Fehler korrigiert hast. Dass du jedes Mal die richtigen Worte gefunden hast, um mich weiter zu motivieren.

Danke Thomas, dass du als Polizeioberkommissar meine Fragen zu Ermittlungsmethoden der Polizei beantwortet hast.

Danke allen Probelesern, die sich auch die erste Fassung des Manuskripts „angetan“ haben.

Danke Gerd, dass du mir eine Chance gegeben und mir mit Rat und Tat zur Seite gestanden hast.